dtv

Franz Schuhs Selbstinterviews und Essays erwecken den Eindruck, man belausche heimlich ein kluges Gespräch. Hier will aber niemand glänzen; hier entfaltet sich eine Freude am Denken, die vom Leser unmittelbar Besitz ergreift. Gegenstand dieses Denkens kann alles sein, womit man sich beschäftigt: Trash und Politik, Medien und Kultur, die Simpsons und Hegel.

»Literatur«, so heißt es an einer Stelle, »ist immer ein Isolationsmedium; sie ist ein guter Grund, sich zurückzuziehen. Für sich ist Literatur auch in der Isolation freundlich, aber nach außen kann das Lesen zu einer aggressiven Abkapselung beitragen, und bei mir war es irgendwie dazwischen: zwischen einer freundlichen Übung und einer Aggression auf die mich umgebende Welt, die perfekt ohne Lektüre auskam.«

Man kann gewiss auch ohne Franz Schuhs Memoiren auskommen – aber man möchte es nicht mehr, hat man die Lektüre einmal begonnen.

Franz Schuh, geboren 1947 in Wien, studierte Philosophie, Geschichte und Germanistik. Er war Redakteur und Mitherausgeber der Zeitschrift *Wespennest* und Leiter des literarischen Programms des Deuticke Verlags. Derzeit ist Franz Schuh Lehrbeauftragter an der Universität für angewandte Kunst in Wien sowie Kolumnist, unter anderem für *Die Zeit* und *Literaturen*. 2011 erschien ›Der Krückenkaktus. Erinnerungen an die Liebe, die Kunst und den Tod‹. Franz Schuh wurde für sein Werk vielfach ausgezeichnet, unter anderem mit dem Jean-Améry-Preis für Essayistik (2000), dem Preis der Leipziger Buchmesse (2006) und dem Tractatus-Preis des Philosophicum Lech (2009).

Franz Schuh

Memoiren

Ein Interview gegen mich selbst

Deutscher Taschenbuch Verlag

Von Franz Schuh
ist im Deutschen Taschenbuch Verlag erschienen:
Schwere Vorwürfe, schmutzige Wäsche (13734)

FSC www.fsc.org
MIX
Papier aus verantwortungsvollen Quellen
FSC® C019821

2012 Deutscher Taschenbuch Verlag GmbH & Co. KG,
München
Lizenzausgabe mit Genehmigung des Paul Zsolnay Verlags Wien

Umschlagkonzept: Balk & Brumshagen
Umschlagfoto: ullstein bild/Schleyer
Druck und Bindung: Druckerei C. H. Beck, Nördlingen
Gedruckt auf säurefreiem, chlorfrei gebleichtem Papier
Printed in Germany · ISBN 978-3-423-14082-9

Memoiren

Ein Interview gegen mich selbst

Lachend fasst der Dalai Lama in der
Aula der Universität Münster an das Kinn
einer Büste, die ihn selbst darstellt.
Salzburger Nachrichten, 24. September 2007

Dieses Buch verdankt seine Existenz dem Umstand, dass ich gefragt bin. Naja, hin und wieder werde ich halt gefragt. Und das Gefragtwerden ist eine Übung, die mich verändert hat. Manchmal denke ich mir – wie in »Jeopardy« – zu einer Antwort die Frage aus. Manchmal gebe ich Antworten, die sogar auf die gestellte Frage passen. Das Fragespiel ist eine einfache Form, Nachdenklichkeit zu dynamisieren, sie beweglich darzustellen. Ich bin aber weit entfernt von der Journalistenpoesie, mit der gesagt wird: »Ein Interview, in dem Sprechen zu Literatur wird.« Vor Jahren habe ich allerdings behauptet, ein Interview sei ein Essay zu zweit. Manchmal aber ist man lieber allein, und so habe ich für diese »Memoiren« die Interviewpassagen mit einigen Essays (»Brief aus dem Jahr 1976«, »Berufsbild«, »Nervöse Notizen zum Eigensinn der Republik«, »Eine Reiterballade«, »Eins von den Dingen«) unterbrochen, die ohne Frage monologisch sind. Heute halte ich das Interview vor allem für eine der vielen eingebürgerten Übungen, durch die ein Individuum sich selbst hervorbringt, und zwar, wenn's gut geht, als öffentliche Größe. Diese Hervorbringung (durch die man sich souverän vorkommt, während man durch sie doch auch kontrollierbar, erkennbar wird) kann sich kein Mensch ersparen, der sich, um bemerkt zu werden, in der Öffentlichkeit zeigt und nur dann gesehen werden kann, wenn er sich von anderen, von seinen Kollegen, unterscheidet. Nicht alle benützen für ihre Individualisierung (die meistens ohnedies nur zum Schein gelingt, weil ein jeder zu viel vom Kollektiv in sich hat) das Interview. Für manche spricht allein das Werk; sie stehen außer Frage. Aber immerhin gibt es Meister-Interviewte: Thomas Bernhard war einer; heute, glaube ich, ist zum Beispiel der Maler Jonathan Meese einer.

Lieber als interviewt zu werden, war es mir stets, selber andere Menschen zu interviewen. Das Interviewen bietet nämlich (vor allem beim Transkribieren des gesprochenen Wortes) die Chance, sich in fremde Persönlichkeiten zu verwandeln. Man kann sich in ihre Sprache einmischen, und indem man zu ergründen versucht, was sie eigentlich gesagt haben, um ihrer Rede die entsprechende schriftliche Fassung zu geben, beginnt man sie im emphatischen Sinn zu verstehen. Auch das Selbstverständnis lässt sich auf diese Weise organisieren. Das Interview ist eine kommerzielle, durch den journalistischen Gebrauch nicht gerade geadelte Variante des sokratischen Dialogs, fragwürdig, aber noch sokratisch genug, um philosophisch sein zu können. Ich hatte plötzlich die Idee, einige der Fragen, die mir im Laufe der Zeit gestellt wurden, zu sammeln, um sie neu zu beantworten. Außerdem nehme ich die Chance wahr, mir selbst Fragen zu stellen, die nun zusammen mit den Fragen der anderen einen Dialog ergeben. Ich spiele mit dem Prinzip von Frage und Antwort – das heißt, ich nehme alle Fragen so, als ob ich sie selbst gestellt hätte, und alle Antworten so, als ob ein Fremder sie gegeben hätte. Und dann wieder umgekehrt: Als hätte mir wer anderer diese Fragen gestellt, und ich würde sie selbst beantworten. Im Interview als einer gründlichen, gleichwohl fiktiven Selbstbefragung entsteht unter anderem die reizvolle Situation: Wer ist stärker? Ich oder ich?

Aber ich will zugeben, dass es nicht diese Koketterie, diese altbekannte Paradoxie der Selbstbespiegelung ist, die die »Memoiren« hier ins Leben ruft. Es ist der mich prägende Hang zur gesprochenen Sprache. Seit ich denken kann, habe ich mit diesem Denken die größten Glücksmomente in der freien Rede erlebt. Im Interview, der schriftlichen Fassung der Möglichkeit, seine Gedanken beim Reden zu verfertigen, wird einiges von diesem Glück bewahrt. Das Sammeln der Fragen und das Stellen der neuen Fragen war eine Art Memorieren, ein Rekapitulieren des Fragwürdigen. Viel mehr in diesem Sinne als in dem von Lebenserinnerungen heißt das Buch »Memoiren«.

Ein Interview *gegen* mich selbst ist es, erstens weil ich als mein eigener Gegenspieler auftreten kann, zweitens weil jeder, der sich in der Öffentlichkeit individualisiert, sich damit zu erkennen gibt, selbst wenn er lügt. »Rede, dass ich dich sehe!« Ich sage natürlich die Wahrheit, dazu bekenne ich mich, aber ich weiß, dass alles, was ich sage, und sei es die Wahrheit, gegen mich verwendet werden kann. Ja, ich bin ein Mitteilungsmensch, und Friedrich Nietzsche, der auf seine einzige Art auch einer war, schrieb in der »Fröhlichen Wissenschaft«: »... der Mensch, der ›sich mitteilt‹, wird sich selber los; und wer ›bekannt‹ hat, vergisst.« Genau; und das ist fast schon das Beste in dieser Kultur, dass du keinen Schritt tun kannst, ohne dass dir nachgerufen wird, dass er verboten war.

Nur für Kultur ...

Sie schreiben in Ihrem Buch »Schreibkräfte«: »Ich gestehe, manchmal zu glauben, dass in der Kultur überhaupt nicht viel mehr drin ist, als die jeweils eigene Larmoyanz virtuos zu verbergen.« Würden Sie das auch auf sich selbst anwenden?

Es wäre ein sinnloser Aufwand, einen solchen Satz hinzuschreiben und nur das eigene Alibi, nämlich die berühmten anderen, damit zu meinen. Überdies gibt es klarere und brutalere Einsichten in hochgeschätzte kulturelle Praktiken, deutlichere Absagen, zum Beispiel Oswald Wieners unvergessenen Satz, dass der Schaffende sich nichts anderes schafft als ein Denkmal seiner eigenen Borniertheit. Ich glaube auch, dass man die Skepsis gegenüber den Produkten der Kultur stärken sollte. Das ist besser als die gedankenlose Begeisterung, die von vornherein alles zu legitimieren sucht, bloß weil es aus diesem Raum kommt. Dabei ist klar, dass hier eine komplizierte Selbstbezüglichkeit besteht, denn auch Wiener ist ein Schaffender, und wenn er sich die Borniertheit selber zuspricht, muss man erkennen, dass seine Art der (Selbst-)Destruktion artistisch, also eine Kunst ist. Jeder dieser zeitgemäßen Barbaren aus Politik und Wirtschaft, aber auch aus Forschung und Lehre kann sein Unbehagen an der Kultur leicht äußern, und selbst wenn diese Leute ihre Borniertheit zugäben, wäre ihr Eingeständnis auch bloß borniert. Oswald Wiener dagegen bereitet mit seiner Denunziation der Borniertheit jene Freude, die das »Kulturschaffen«, falls es gelingt, nolens volens auszeichnet.

Beim Lesen vieler Ihrer Texte gewinnt man den Eindruck, dass es ein leitendes Motiv ist, sich immer wieder an diese Borniertheit zu erinnern, um ihr mit einer neuen Wendung zu entgehen.

Für jeden Skeptiker besteht die Gefahr, dass er Dogmatiker wird, indem er aus skeptischen Maximen fixe Leitideen macht. Dass ich herumsitze und nachdenke, ist ja nicht bloß eine intellektuelle und physische Begebenheit. Dahinter steckt auch eine Art von Streben nach dem Glück; also etwas, was sich nur unter großen Problemen vermeiden ließe. Die eigene Arbeit ist ja bedauerlicherweise auch ein Ausdruck der eigenen Vitalität.

Warum bedauerlicherweise?

Weil Vitalität hinter dem (oder, von mir aus, unter dem) liegt, was sich begründen lässt. Selbst die größten Ungetüme des Geisteslebens, die hauptberuflich ihren schrecklichsten Antrieben nachgeben und daraus Kunst machen, könnten sich auf Vitalität berufen, mehr als andere, die von Skepsis noch etwas halten.

Immer wenn bei Ihnen eine Art Leitsatz durchschimmert, kommt die nächste Wendung, bei der einem diese Gewissheit, an die man sich kurz angeklammert hat, wieder weggenommen wird.

Ich glaube, dadurch unterscheidet sich ein Essayist vom Philosophen: Der Philosoph ist gezwungen, seine Behauptungen ernsthaft aufrechtzuerhalten. Das ist eine ordentliche Haltung. Der Essayist hingegen hat – in riskanten Grenzen –

die Möglichkeit, das Behaupten selber zu thematisieren. Er kann aus Behauptungen, Meinungen oder Bruchstücken von Ideologemen eine Poesie machen.

Wenn schon von Poesie und Vitalität die Rede ist, sind wir auch gleich bei der Subjektivität: Die subjektiven Umstände Ihrer Lebens- und Schreibsituation werden nicht verleugnet, sondern von Ihnen immer wieder beschrieben.

Eine bedeutende Dame vom Fernsehen war entzückt und entsetzt zugleich, als sie jüngst in meine Wohnung kam. Entzückt war sie, dass es bei ihr nicht so aussieht, und entsetzt war sie, dass es bei mir so aussieht. Sie sagte: »Hier schreibst du doch nur?« Worauf ich entgegnete: »Da ich kaum etwas anderes tue als schreiben, lebe ich hier.« Und so sind die Lebensumstände. Sehen Sie, diese drei Schreibtische sind allesamt vollkommen unbrauchbar für Schreibzwecke. Wieso heißen sie Schreibtische? Niemand weiß es mehr, kein Archäologe, kein Psychiater. Schnell verwandelt sich hier alles in eine Ablage. Hier, in dieser eigenen Welt, erstickt jede Anmutung von Fleiß. Und das ist gut so. Um zu arbeiten, muss man sich erst durcharbeiten. Aber es ist nicht nur die Schilderung von Arbeitsleid, also nicht nur die Mitteilung sadomasochistischer Empfindungen, sondern es ist auch eine Überzeugungssache: Ich bin ein überzeugter Anhänger der äußeren Umstände; sie sollen unbedingt ins Werk eingehen. Das Werk ist ein Konzentrat aus inneren Anstrengungen, ja Überanstrengungen, und äußeren Umständen.

Die Außenwelt dringt aber manchmal doch in diese Wohnhöhle. Zum Beispiel in der Form des Fernsehens. Wie steht es mit Reality Soaps?

Ach, Sie denken, Sie sind hier mit mir in einer! Ich kann Sie verstehen, die Unwirklichkeit meiner Lebensumstände, das Angeräumte meiner Höhle, wie Sie sich auszudrücken belieben, löst den Reflex aus: Das kann doch nicht wahr sein, diesen Trash hat einer inszeniert. Ich bin ein Anhänger von Trash. Aber ich habe weder »Big Brother« noch »Taxi Orange«, die verbiederte österreichische Imitation davon, geschafft. Die waren mir – ganz ohne Ironie – zu intelligent. Da sind konstruktive Intelligenzen am Werk, die eine inszenierte Realität auf der Ebene der Alltagsrealität halten wollen. Dass man ein Konstrukt für ein Nichtkonstrukt halten soll, dass man das Alltägliche zu einem Vorzeigemodell umdeutet (das wiederum in den Alltag Eingang findet), ist ein hochkünstlerisches Prinzip. Außerdem ist mir aufgefallen, dass die Menschen, die in solchen Sendungen auftreten, immer mehr zu Literatur werden, während die Literatur, die zum Beispiel beim Bachmann-Preis vorgelesen wird, immer mehr zu Trash wird. Dass man die Menschen, die in Sendungen wie »Big Brother« auftreten, nach ein paar Sekunden ihrer Weltberühmtheit sofort vergisst (wer – außer mir – weiß noch, wer »Alex« ist?), macht keinen Unterschied. Die Haltbarkeit literarischer Neuerscheinungen ist auch nicht viel größer. Die meisten, die beim Bachmann-Preis lesen, bewahren sich die Anonymität, aus der sie kamen und die sie beschützen möge – sie hatten nicht einmal diese Sekunden der Weltberühmtheit, für die sich's vielleicht gelohnt hätte, sich von der Kritik blöd anmachen zu lassen.

Was interessiert Sie am so genannten Trash?

Einerseits habe ich eine extreme Neigung zur Vereinsamung, in der ich mit den wertlosen Kommunikationsperlen spiele, die mir das fürsorgliche Fernsehen hinwirft. Die Eingeborenen, die Masseneremiten bekommen was hingeworfen, was die Leute, die vor Kommunikation platzen, fallen lassen. Das macht Freude, wenn die Unterhaltungsspezialisten ihre Perlen vor die Säue werfen. Andererseits muss man bedenken, dass mit Trash viel Geld verdient werden kann und dass überall, wo Geld im Übermaß verdient wird, nolens volens eine Wahrheit über unsere Gesellschaft entweder offen gesagt wird oder schlicht begraben liegt. Außerdem finden sich überall, wo Geld im Übermaß verdient wird, hochintelligente Menschen ein. Dass sie gekauft sind, beeinträchtigt – zumindest an der Oberfläche – ihren intellektuellen Status nicht. Schon lange arbeite ich an diesen unübersichtlichen Schreibtischen hier, in dieser Wohnung genannten Abgrenzung von einer Außenwelt, über den Begriff des *Ich*. Naja, und dann dreh' ich den Fernseher auf, und Lisa Simpson sagt plötzlich: »Ich selbst sein hat nicht funktioniert, und jemand anders sein hat auch nicht funktioniert.« Man sieht, dass mitten im Trash veritable philosophische Aussagen zu finden sind. Und zwar nicht allein die Aussagen, sondern auch die Performance, die Gesten, die mit diesen Aussagen Hand in Hand gehen. Es gibt wirklich Menschen, bei denen es – dem berühmten Diktum entsprechend – eine Frechheit ist, wenn sie »ich« sagen. Aber sie sagen's, und sie fühlen sich im Horizont dieser Aussage geborgen: bei sich. Und ausgerechnet die relativ ichstarke Lisa hat eben dieser Stärke wegen Probleme, in der Welt der Frechheiten sich zurechtzufinden; sie muss sich auf den Weg der Selbstfindung machen und kommt in die Sackgasse: Ich selbst sein führt zu nichts, ein anderer sein auch nicht. Wie soll es weitergehen?

Aber die »Simpsons«, über die wir noch gesondert sprechen wollen, haben doch nichts mit Trash zu tun.

Nein, aber das Medium, in dem die »Simpsons« vorkommen, ist ein Müllmedium, in dem alles Mögliche abgelagert wird, also auch wahrhafte Philosophie. Selbst Kunst kommt im Müll vor: »Die Sopranos« zum Beispiel, eine, um es untertrieben zu sagen, im deutschsprachigen Raum zurückhaltend ausgestrahlte Familienserie. Beim Schauen war ich gebannt: zum einen, weil die Amerikaner ein unglaubliches Reservoir an schauspielerischen Könnern haben, zum anderen wegen der geradezu brechtisch-genialen Verbindung von blutiger Kriminalität und Spießerproblemen. Die Spießerprobleme werden kleinlich im eigenen Haushalt ausagiert, draußen wird – von denselben kleinlich Besorgten – im großen Stil gestohlen und gemordet. Brechtisch ist daran die simple dramaturgische Dialektik, die ich in die »Sopranos« hineinsehe: Indem man zeigt, wie bürgerlich die Leute von der Mafia sind, zeigt sich auch, wie mafiös die Bürger sind. Außerdem sehe ich in den »Sopranos«, in diesen amerikanisierten Sizilianern, denen die dicksten Tränen die Wangen hinunterfließen, wenn sie die Lieder der alten Heimat absingen, ein klassisches Thema meiner Heimat: den Zusammenhang von Gemütlichkeit und Brutalität.

»Malcolm in the Middle«?

Ist nicht zuletzt pädagogisch wichtig, weil die Serie mit der Verharmlosung knäblicher Pubertät einprägsam aufräumt. Aber schon vorpubertär, siehe Malcolms kleiner Bruder, sind Menschen keine Kleinigkeit, sondern ein schwer erziehbares Bündel widersprüchlicher Bedürfnisse; sie müssen unbedingt unterdrückt werden, nämlich sowohl die Menschen als auch die Bedürfnisse, das ist die Aufgabe der Elternschaft (Erziehung!), obwohl sich bei den Eltern selber – auf einer anderen, wenn auch nicht höheren Ebene – das unausgegorene Wünschen wiederholt. Die stecken einander mit einem Wahnsinn an (Familie!), der kaum einem Zuschauer unbekannt sein wird. Manchmal wird in der Serie das neurotische Potenzial durch Außenstehende übertroffen: Bei einer Firmenfeier quatscht eine nicht zuletzt an Logorrhoe leidende Chefsgattin – der Chef hat sie schon lange nicht beachtet – Malcolms Mutter an. Es fällt die Maxime der Paranoia als *self-fulfilling prophecy*: »Ich bin fürchterlich süchtig nach Ablehnung.« Wer ständig abgelehnt wird und nichts mehr fürchtet als Ablehnung, hat immerhin noch die Chance, süchtig nach ihr zu werden: In der Ablehnung allein ist er geborgen – mach 'ne Sucht, also das Beste, draus. Auch der Sadomasochismus ist eine Möglichkeit, den Qualen zu widerstehen, die einem unwiderstehlich entgegenkommen. Malcolms ältester Bruder, der am schwersten Gestrafte, kommentiert einmal fremdes Leid mit den tröstlichen Worten: »Andere werden noch mehr gedemütigt als ich. Das sehe ich gerne.« Und die Varianten politischer Inkorrektheit, die in »Malcolm mittendrin« vorkommen, sind großartig und monströs: Wie die Eltern von Stevie diesen hospitalisieren, wie sie den behinderten Jungen durch übertriebene Fürsorge extra lähmen und Malcolm sofort begreift, dass das nicht geht; wie Stevie quasi auf offenem Feld zu leben beginnt, wobei ihm aber gleichzeitig der Rollstuhl geklaut wird – ein dermaßen tiefes Bild der Vergeblichkeit und zugleich des Gelingens menschlichen Strebens muss mir die Theaterliteratur erst einmal liefern!

Aber das alles ist das Edelprogramm. Wo ist der Trash?

Ich finde zum Beispiel, dass die Figur des Clark Garrison in den früheren Folgen von »Reich und schön« die lehrreiche Reduktion eines Menschen auf das rein Intrigante ist – eine vorbildliche Charakterstudie puren Intrigantentums. Genau durch die Klischierung entstehen Bilder und Gesten, mit denen sich das traditionelle Kunsttheater schwertut, weil es zumeist in einer semantischen Tiefe herumrudert. Erst die radikale Oberfläche bringt vieles zum Vorschein, was der manchmal eitle semantische Tiefendiskurs verdeckt.

Tiefendiskurs und Oberflächenmedium trafen sich seinerzeit vorbildlich im »Literarischen Quartett«. Würden Sie es von der Medienentwicklung her mit »Taxi Orange« vergleichen? Und könnte das eine das andere befruchten?

Sie fragen einen Kanon ab, und ich rechtfertige Ihre Fragen, indem ich sie beantworten kann: Ein Mann meines Alters, der die Universität, wie es gesellig heißt, besucht hat, hat einen charakteristischen Kulturkonsum: leicht abweichend, aber doch das Edelprogramm, für das er als Teil der Zielgruppe vorgesehen ist. Es klappt alles, fast ist es Harmonie, eine Idylle aus Angebot und Nachfrage. Aber das »Literarische Quartett« … Ich bin ein Gegner des »Literarischen Quartetts« gewesen; es zählte doch nicht (oder ironisch gesagt: nur an der Oberfläche) zum Edelprogramm. Da ist »Six Feet Under« schon von einem anderen Format.

Also »Six Feet Under«!

Naja, man muss vorsichtig sein, weil die Hermeneutik so clever gemachter Serienfilme nicht nur etwas angestrengt wirken kann, sondern weil sie den Filmen geradezu in den Rücken fällt: Während in der Kunst manches erst durch den Kommentar verständlich, also konsumierbar wird, besteht die Kunst dieser Filme nicht zuletzt darin, dass sie ganz und gar ohne Kommentar funktionieren. Man braucht sie nur anzusehen und versteht sofort, was los ist: »Six Feet Under« ist dadurch genial, dass es direkt auf die Conditio humana abzielt. Die Serie beruht auf einem Grundeinfall, der es ohne auf der Hand liegende Überhöhungen erlaubt, das Dasein zu durchleuchten: Also »gestorben wird immer«, »alle Menschen sind sterblich« – und »Six Feet Under« erzählt die wechselhafte Geschichte einer Kleinunternehmerfamilie im Bestattungsgewerbe. Ihr Leben hängt daran, dass es jemanden zum Verbrennen gibt. Und in jeder Folge wird eine Leiche zu Asche. Es ist die Präsenz des Todes, der diese Bestatter recht und schlecht ernährt. Einmal kommen sie ins halbprofessionelle Sinnieren über ein Leben nach dem Tode. Dieses andere Leben – »ein Sexclub, rund um die Uhr geöffnet, wo einem keiner sagt, ob es der Himmel oder die Hölle ist«. Tja, das ist das Paradies als Trash, Liebesspiele clubmäßig organisiert, alles jenseits der Unterscheidung zwischen Gut und Böse. Diese amerikanischen Schauspieler , auch wenn sie mir in »Six Feet Under« nicht so glänzend vorkommen wie in den »Sopranos«, halte ich deshalb für so gut, weil sie ihre Kunst, die Schauspielkunst, den Bedingungen einer Gesellschaft entsprechend repräsentieren, die vom Alltag geprägt ist. Alltag lässt sich nicht definieren, nur kompliziert in einer Theorie rekonstruieren; er besteht unter anderem aus einem als solchen nicht bemerkten verinnerlichten Zwang, sich an bestimmte zeitliche und räumliche Konventionen zu halten; er hat eine eigene Ästhetik und zugleich eine eigene Kultur, abgebildet zu werden. Dazu sind die so genannten Medien da, die selber ein Teil des Alltags sind. Das traditionelle Theater zum Beispiel, seine Vertreter sind ja genau darauf stolz, setzt sich am liebsten polemisch von der Alltäglichkeit ab. Das hat seine Vorteile, Gerd Voss mag auf der Bühne großartig sein, aber ich hab' ihn auch in einem Fernsehfilm gesehen ... Ein anderes Beispiel: Früher gab's mal österreichische »Tatorte«, also Fernsehkriminalfilme, in denen große Bühnenschauspieler die Gustostückerl mimten, die man ihnen extra dafür auf den Leib geschrieben hat. Sie haben ihre große Kunst in einem Alltagsformat ausgespielt. Im besten Fall waren sie Ausnahmen in einem trivialen Handlungsverlauf. Aber diese amerikanischen Schauspieler, von denen ich hier rede, wirken absolut natürlich im Horizont der alltäglichen Serien-Künstlichkeit. Ihr Spiel ist *die* Kunst im Alltagsformat.

Das »Literarische Quartett« war mit fast natürlich wirkenden Personen besetzt, die ihre Berufsrollen realistisch spielten. Das muss doch für das Bild, das Sie sich hier machen, etwas hergeben.

Ja, als eine Art von Reality Soap kann man das »Literarische Quartett« sicher betrachten: Das ZDF kommt ins Haus und sieht nach, was ein paar Zeitungs- oder Universitätsangestellte, die sofort ein paar Bücher vom Regal nehmen, gerade bewegt. Vor der Kamera benehmen sie sich so schlecht sie nur können, und einer gewinnt immer, weil er das am besten kann. Das war lustig, das war eine Spaßgesellschaft und ohne Zweifel war Intelligenz beteiligt. Aber mein Einwand gilt dem Gefälle von Mündlichkeit und Schriftlichkeit, auf dem ich hier selber, wie ich glaube, legitim segle. Da ich ein begeisterter Schreiber und ein begeisterter Leser bin, verachte ich es, wenn die Kritik sich dem Medium des Kritisierten entzieht: Lese ich von Herrn Karasek einen Satz, weiß ich sofort alles – aber reden tut er ja ganz gut. Angesichts der Fluchtmöglichkeit in die Rhetorik lassen sich ausgerechnet die redenden Kritiker nicht zur Rede stellen. Durch diese hervorstechenden, alle anderen überredenden Redner hat die Kritik die gemeinsame Basis mit der Literatur, die Schriftsprache, verlassen. Was aber die medialen Formen betrifft, erschien mir die Sendung völlig reaktionär: Bestimmte Persönlichkeiten hatten die Möglichkeit, sich als unreformierbar darzustellen; das hatte einen psychologischen und gruppendynamischen Sinn, aber medial war das vollkommen irrelevant, nämlich bloß theatralisch. Ich musste immer lachen, wenn Mitglieder des Quartetts, manchmal in aggressiv werdender Treuherzigkeit, einem versicherten, wie wichtig diese Sendung sei. Das war ja richtig: Für sie war es eine wichtige Sendung. Und auch für mich war es eine wichtige Sendung. Durch sie wurde ich Augenzeuge eines bis heute anhaltenden Phantasmas. Ich sah, dass das Fernsehen eine völlig irre Macht über den Buchmarkt hat. Es ist ein Phantasma, weil diese Macht nur wirkt, indem alle an sie glauben: der Buchhändler, seine Kundschaft, der Autor, sein Kritiker und nicht zuletzt der Verleger.

Brief aus dem Jahr 1976: An einen kleinen, aber schon aufstrebenden Verleger

Da Dir der Goldinger einen Brief hat schreiben müssen – express –, schreibe ich Dir auch einen. Es ist jetzt eine schlechte Zeit, sogar die Blätter fallen von den Bäumen, und ich sehe, wie Dir nach Streit zumute ist. Also, ich möchte jeden Streit vermeiden, leide aber leider unter der Unart, mir nichts gefallen zu lassen, und, Du siehst meinen guten Willen, ich füge dem keineswegs hinzu: von Dir schon gar nicht. Also, ich schreibe, weil ich hoffe, Du bekommst dann Distanz zu meiner Auffassung, kannst mir ruhiger entgegentreten, und die Überraschung über meine Gegnerschaft treibt Dich nicht in Wut …

Höre, Freund, Du gibst mir ziemlich klare Befehle, mit dem Hinweis darauf, ich sei von Dir bezahlt worden. Du hast mich wirklich bezahlt, vor allem aber schlecht. Außerdem hast Du mich bezahlt für das Jahrbuch, Sammeln der Texte, Lesen der Fahnen, bezahlt hast Du mich nicht für das Lesen Deines Literatur-Verlags-Protzbuchs, nicht für das Lesen der anderen Texte, grausliche Arbeit, Freund, das: vierhundert Seiten habe ich in türkischen Gefängnissen verbracht, dreihundert Seiten habe ich eine Alkoholikertragödie erlitten, einen erzählerischen Diplomaten habe ich ertragen, und jetzt, zum Schluss, habe ich Dir einen Porno studiert und ihn Dir zum Druck vorgeschlagen, damit ein bissel Kapital in Deine armselige Kassa kommt.

Nicht bezahlt hast Du natürlich die unzähligen, nicht zu bezahlenden Ratschläge, mit denen ich zu Deiner Orientierung beitragen durfte. Das war alles umsonst und durch das

Vergnügen Deiner Gesellschaft mehr als aufgewogen. Warum solltest Du, gerade Du, von der Taxfreiheit geistiger Arbeit eine andere Meinung haben als die liebliche Mehrheit der Zeitgenossen? Jeder Lagerarbeiter ist (sogar bei Dir) sicherer, und es ist gut, dass er sicher ist (vor allem bei Dir), aber nicht gut ist, dass diese andere Art von Arbeit, meine Arbeit, durch Deinesgleichen seit eh und je für ein Vergnügen gehalten wird, das eigentlich der Arbeiter selber bezahlen sollte, vor Glück darüber, dass er sie in einem so hervorragenden Rahmen durchführen darf.

Was hast Du? »Mich bezahlt?« Aber ich weiß, Du betonst das »bezahlt« deshalb so, weil es in der Strategie Deiner Geschäftsführung die Ausnahme darstellt und nicht die Regel. Ich bin stolz eine Deiner Ausnahmen und dennoch – für Dich – ein gutes Geschäft gewesen, wie ich geknickt feststellen muss.

Na, so ein gutes auch wiederum nicht, wie zum Beispiel der Goldinger, der war Dir ein besseres Geschäft. Hiermit mache ich Dich aufmerksam, keineswegs ich habe ihn, sondern der Goldinger hat mich angerufen. »Was ist mit dem Jahrbuch?«, und ich hatte kaum geantwortet, da fiel ihm natürlich gleich ein, dass eine gewisse finanzielle Angelegenheit, durchaus in Bezug auf das Jahrbuch, von dir noch nicht geklärt worden ist! Was, Du halbseidener Saubermann, Du zahlst schon wieder nicht? Also, das ist ja, nein so etwas, ein Skandal, nein, ich ..., Schwester, bitte bringen Sie mir ein Glas Wasser. So, entschuldige, jetzt geht es schon wieder. Du meinst, Deine Schulden gingen mich nichts an. Sehr wohl gehen mich die was an, und nicht nur in Bezug auf das Jahrbuch, sondern weil die Umstände, unter denen andere mit Dir (und daher mit mir) arbeiten, mich direkt betreffen, und zwar als so genanntes »Arbeitsklima«. Des san nämlich meine

Kollegen, göh, gelt?! Also, es ist mir auch gar nicht gleichgültig, unter welchen Umständen der Verlag den vifen Lödl verloren hat, nicht bloß wegen Arbeitsklima, das mich direkt betrifft, sondern weil er, wenn auch vielleicht ein fauler, so doch ein Schlaukopf ist. Will man »einen Verlag aufbauen«, ist ein Schlaukopf wichtig, und einen billigeren Schlaukopf als ihn gibt es nicht auf dem Markt, was mach ich denn allein beim Verlagaufbauen ohne einen einzigen Schlaukopf? Jaja, ich weiß schon, Du hast nicht im entferntesten daran gedacht, Dir durch mich einen Verlag aufbauen zu lassen, aber lass mich doch verrückt spielen, ich nehm nur einen wunderschönen Satz ernst, aus Deinem Ansuchen ums dicke Geld, wo Du hast schreiben lassen: »Und für die literarische Produktion ist es uns gelungen, den berühmten Germanisten Dr. Franz Unverlacht als Lektor zu gewinnen!« Unverlacht, das bin ich, das ist mein guter Name, den Du einsetzt im Spiel mit der Staatskasse! Du erinnerst Dich nicht mehr? Na geh, das war doch dasselbe Ansuchen, dessen Rechtmäßigkeit Du unterstrichen hast, den Finanzminister geschickt an die Stahlkrise erinnernd, in die dauernd Darlehen gepumpt werden, während die um so vieles sauberere Kulturbranche leer ausgehen muss …

Aber davon erzähl' ich natürlich niemandem, das glaubt auch keiner, es ist ja wirklich zu dumm. Ich würde schon eher erzählen, daß Du meinen Versuch, die Angelegenheiten Deiner freien Mitarbeiter zu besprechen, für diese Angelegenheiten eine Öffentlichkeit herzustellen, für eine »Intrige« hältst, Du Kasperl! So was! Das zeigt, auf welcher Seite Du stehst, auch politisch, nämlich weit rechts, und es zeigt auch, wie plump Du dort herumtappst. Die Intrige, sagst Du, sei erst durch mich in die Firma gekommen. Vierzehn Bücher hättest Du schon produziert, und das ganz ohne Intrige. Na servas und eh klar! Ich war zwei Jahr in Paris, und so was hab i no net erlebt! Als gewerkschaftlich denkender Mensch werde ich Dir mit aller Deutlichkeit jetzt Folgendes sagen: Ein so großer Betrieb wie Deiner sollte einen Betriebsrat haben, der nicht nur die Probleme der Angestellten, sondern auch Deine Affären mit den Freien sozialpartnerschaftlich, funktionell und emotionslos bespricht. Ich glaube, Deine derzeitigen Schwierigkeiten rühren nicht zuletzt daher, dass Du früher immer alles »amikal« in einem Privatverhältnis zum Arbeiter geregelt hast, aber jetzt bist Du sooo groß geworden, dass sich »privat« das Personal nicht mehr oder eben schon schwerer in den Griff kriegen lässt. Du forderst, ach wie klassisch, professionelle Arbeit unter nichtprofessionellen, amateurhaften Bedingungen, die Du wiederum durch Dein gutes, privates Verhältnis zu den Arbeitern legitimierst und etablierst. So a Hetz! Es ist vielleicht gar nicht unwahr, dass erst mit mir die von Dir so gescheute Öffentlichkeit unter den Privaten in Dein Leben und in Deine Firma tritt; aber sie tritt keineswegs durch mich, sondern es ist das Umfassende Deiner Unternehmungen, und die Konflikte, die daraus resultieren, die jetzt, anders als früher, als Du noch ein Putzi-Betrieb warst, die Leute dazu bringen, ihre ohnedies gleichen Erfahrungen auszutauschen, und so kommt es ans Licht, Du finsterer Intrigant, alle sind tief gebeugt über die noch ausständigen Rechnungen, und Dein Privatschmäh zieht nicht mehr …

Du, einzig Großer Deiner Branche, ich verehre Dich, wie Du Arbeitskonflikte ins Privatleben zurückspielst, das macht Dir keiner nach: Wenn das die Stahlindustrie könnte, sie wäre gerettet. Erster Schritt, wie immer, Nichtzahlen, den zweiten Schritt tut der Unbezahlte für Dich, er bittet um das, was ihm zusteht, die Bitte wird von Dir zunächst nicht erfüllt, sie wird entweder als Angriff gegen Deine bekannte geschäftliche Ehrbarkeit ausgelegt und deshalb vorerst abgewehrt und zurückgewiesen; oder aber die Bitte wird herzlichst entgegengenommen, Du raufst Dir jedes Haar einzeln, wieso, rufst Du, wieso ist die Bitte nicht erfüllt worden, wer, um Himmels willen, wer kann daran schuld sein, Du hast alles getan, die letzten Wochen hast Du für die Erfüllung der Bitte unermüdlich Konferenzen abgehalten, aber das nützt eben nichts, heute, wo keiner mehr arbeiten will, jeder nur Ansprüche stellt, da muss man sich alles selber machen, nicht? Ja, und Du wirst jetzt alles erledigen, sofort, gleich, wenn man bei der Türe draußen ist, wirst Du mit dem Buchhalter das endgültig ernste Wort sprechen, Du wirfst ihn auf die Straße, falls er nicht den einfachen Vorgang der Überweisung ehebaldigst bewältigt, hochachtungsvoll und mit herzlichen Grüßen.

Jetzt hat natürlich der Unbezahlte ein so schlechtes Gewissen, Dich, einen solchen Menschen, auf die irdische Diskrepanz zwischen gutem Willen und den Widrigkeiten seiner Durchführung hinzustoßen. Aber, natürlich, übermorgen wird er den Postkasten öffnen, und drinnen steckt eines dieser länglichen, ruhigen und sanftfarbigen Kuverts, die ein Unbezahlter so selten zu sehen bekommt: Post vom Kreditinstitut, Kunde von der Überweisung!

Der Unbezahlte wird wahnsinnig, nach drei Wochen immer noch keine Kunde eingelangt.

Während der drei Wochen, das weiß er aus Konferenzen, die er nun seinerseits abgehalten hat, ist sein Geld auf Deinem Konto gelegen, hat dort für Dich gearbeitet, hat Dir die Negativzinsen erspart.

Baby, das hast Du gut gemacht. Aber was geschieht jetzt mit dem Unbezahlten? Was machst Du nur mit dem Scheißer? Der freut sich wie ein Schneekönig, wenn er nun einen Schilling sieht, gib ihm einen Schilling, und der glaubt, nach all den Wickeln, Du bist sein Vater, erledigst alles für ihn, mach ihm nur ein bisschen Schuldgefühl dazu, erinnere ihn daran, ein bisschen putzi-beleidigt, Unterton: fordernd weinerlich, was Du ihm alles ermöglichst, und er frisst Dir, bis zum nächsten Scheck, aus der Hand.

Tut er es aber nicht, wird er gemein, geht er überhaupt fort von Dir, sabberst Du allen was vor, was für ein Kerl das war, unfähig bis in die Knochen, und wie er der Firma geschadet hat, der Lödl hat Dich überhaupt 400 000 (in Worten: vierhunderttausend) gekostet, aber Baby, die Wirtschaft verläuft doch nicht dem Lödl zu Lieb oder zu Fleiß, Geschäfte gehen schlecht, bei Dir geht überhaupt gar nix, außer der Umsatz, und der geht zurück, denk nur: die Stahlkrise, arbeitslose Jugendliche, nix money mehr, Katastrophe, was dann?

Zunächst mal, alter Erfolgsweg, road to Nirwana, das eigene Versagen einem anderen unterstellen (über die Strategie verlier' ich noch ein Wörterl am Schluss); den andern recht ordentlich hassen, a bissel narzisstische Wut, aufbrausi, bös wern, kalt im Stimmerl, Du Schmierenkomödiant, wie ein pensionierter Mafiaboss in der 3D-Fassung fürs österreichische Fernsehen, ha, ha, Du aufgeblasene grandiose Null Du, also ich find', Du machst das wirklich gut, schon allein, weil keiner Dir hier das nachmacht, Du bist einsame spitze wie der Ötscher und der Großglockner, auf Deinen Höhen weht der Wind so kalt, Du achtest sehr genau, dass keiner, der sie erklimmt, die Höhen, Fäustlinge mit hat, dann machst Du, nur Du allein, die große Fäustlingsverteilung. Kurz, wenn Dir einer abhaut, nimmst Du einfach einen andern, und dann, do it again Sam, wiederum einen andern und so fort.

Das ist ja die Weisheit des schummrigen, des schwindligen Kleinkapitals: Leut gibt's hunderte, aber Betrieb, wenn man überhaupt das Glück hat, hat man nur einen.

I hab' kan. Aber glaubst Du wirklich, ich könnt' nur eine Minute lang glauben, ohne mich kommst Du nicht weiter, glaubst Du, auch nur einen seligen Augenblick könnte mir dünken, irgendwas fehlt Deiner Firma, wenn ich nicht mehr dort bin? Nein, ich weiß, falls Du keinen wirtschaftlichen Strahrer machst, Bussibär, kommst Du on top! Stell Dir vor, eines Tages hat Dir der große Dichter Z., weil er gestorben ist, die Honorare nachgelassen, die Rechte für alles Nachgelassene sind jetzt bei Dir, Du mietest das Pálffy, der Unterrichtsminister kommt und drückt Dir, nachdem Du einige bemessene Worte über den Nachlass gesprochen hast, ergriffen, aber wirklich ergriffen die Hand, und Du spürst in seinen Augen, in den Augen des Ministers, das Aufleuchten einer Hochachtung, wie man sie sprachlich, wörtlich nie sagen könnte, wie es eben nur in jenen Augenblicken zum Ausdruck kommt, in denen sich ein Leben in seinem Bemühen, in seinem Gelingen, aber auch ein bisschen in seinem Scheitern kristallisiert. Zum Ausdruck kommt, was für ein schönes und treffendes Wort für einen Verleger. Aber etwas macht Dir doch ein leises Unbehagen, hinten, in der letzten Reihe, sitzt ein alter, müde gewordener Mann. Ist er Dir gram? Du weißt ja nicht, dass der alte Unseld sich bloß ein Taschentuch von Dir borgen wollte, seit Jahren schon hat er nichts mehr zu lesen gehabt, und die Branche munkelt, das habe mit Dir zu tun!?

Ich kann Dir doch gar nicht schaden, lieber Freund – einen Bankdirektor erschlägt man nicht mit dem Bettelstab! Ich kann mit Dir doch gar nix anfangen, als Dich zu durchschauen und den ungeheuren Triumph zu genießen, von

Deinesgleichen nicht abhängig zu sein. Das ist, heute, fast schon Freiheit! Heute wird man natürlich als Verleger groß, wenn man mit seinem Drucker prozessiert, weil man mit seinen Anwälten besser und mit seinen Autoren gar nicht arbeiten kann. Der Drucker, ein armer Hund, geschäftlich am Ende, das heißt auf Dich angewiesen, überfordert im Detail und im Ganzen, weiß nicht mehr wohin, Du zahlst nicht, was es ihn kostet, er hat sich verkalkuliert, Prozess, Prozess, Du bist kalt und hart, er muss Dich klagen, und was tust Du, Du klagst ihn zurück.

Das geht mich nichts an, wenn einer das Gesetz für seine holprige Geschäftsstrategie blödmacht? Das geht mich nichts an, wenn einer das Recht dazu verwendet, idiotisch rechtsanwältliche Noten mit seinem Drucker auszutauschen, schlicht, um einen Anspruch durch einen anderen zu blockieren?

Nein, Bursche, ich weiß, Du lebst davon, dass man nichts von dem ausspricht, was mich nichts angeht. Du agierst verdeckt, und Offenheit, gar Öffentlichkeit, irritiert Deine Aktionen, verstört Dein Rechtsgefühl. Natürlich fühlst Du Dich im Recht, schon allein, weil Du nicht glaubst, dass die anderen wissen, wie sehr Du gegen sie – für Deinen Vorteil – im Unrecht bist. Aber, einmal verstört, trittst Du aus Deiner Deckung hervor, sozusagen entlarvt, und Du gibst Dich zu erkennen, bar Deiner sonstigen Freundlichkeiten, entschieden, brutal und voller Gier. So nackt, bist Du ein schiacher Hund, noch schiacher als im Anzug, Du Verleger auf meine Kosten! Ach, was ist doch ein Unternehmer ohne Kapital für ein schreckliches Monument der menschlichen Impotenz; ihm würde man den Hilflosenzuschuss nie versagen, aber: So sehr am Ende kann ein Kerl wie er gar nicht sein, dass er nicht ausbeutet wie ein alter Kapitalist. Auch Du, der Du nicht anders kannst, als Du musst, verspielst das Mitleid, das Dir gebührt, leichthin. Höre, immer wenn es erwachsen wird, weil es um Deine Missgriffe geht, wirst Du zum Kind. Weinerlich willst Du es nicht gewesen sein, aggressiv machst Du die anderen für alles verantwortlich, was Du selber in die Wege geleitet hast und was jetzt wie dunkles Schicksal auf dich zurückrollt.

So ein Theater benötigt sein Publikum. Du schnappst Dir dafür die Mitarbeiter, Du kaufst Dir einfach uns dafür, jaulst uns an, beschuldigst uns. Beschuldigt bringen wir Deinen Seelenhaushalt in Ordnung, nehmen Dir Dein Realitätskonzept ab, diskutieren mit Dir darüber, wie es eigentlich gewesen ist, sind, in die Ecke getrieben, von der Dramatik Deiner Schuldüberwälzungskunst erschüttert, alle haben Dir alles ruiniert, und Du nimmst Dir nicht bloß unsere Arbeit, sondern labst Dich auch seelisch an uns: Wir bauen Dich auf, damit Du stark genug bleibst, um uns wiederum hineinzulegen.

Nein, böse bist Du nicht, sondern nur mies. Miesheit ist die Mischung, beliebt und häufig in der Gesellschaft, aus Verstellung, auftrumpfender Erbärmlichkeit und Schwäche, im öden Machtspiel gemixt, saftelnd nach dem Geifer der Dummheit. Erinnerst Du Dich, wie Du, in Deiner kleinlichen Ärmelzupfmanier, diesem alten Hausiererstigma, durch Großsprechen und Auftrumpfen dem Werbemann eines Ölmultis so definitiv ein Inserat abverlangt hast, dass der hat glauben müssen, Du willst in Wirklichkeit seinen Bossen die Ölquellen wegschnappen?

Höre, mein kleiner J. R. Ewing Du, es gibt, Du glaubst es nicht, über Deinen Betrieb hinaus Prinzipien, an deren innerbetrieblicher Handhabung man Deinesgleichen sofort erkennt. Von solchen Prinzipien handeln im Übrigen die Waren, mit denen Du handeln möchtest, und zwar die gediegeneren unter ihnen, die, mit denen man bis ins Pálffy vordringt. Weißt Du, ein Buch, oder besser das Schreiben selber als eine Haltung, die kommen von einer Utopie her und möchten sie bestärken, von einer Utopie, die Deiner Praxis vollkommen entgegengesetzt ist und die Du daher dauernd schwächst.

Diese Utopie bedeutet Dir nichts, nichts als den Schein, mit dem Du Menschen, die Bücher lieben, gängelst, sie glauben machst, bei Dir könnten sie etwas von ihr realisieren, während Du in Wahrheit hinter dem elendsten, kleinlichsten Profit her bist, den guten Glauben der anderen für Dein Geschäft nützt, in ihn fremde, ihm feindliche Schliche investierst. Gewiss bietet der Buchhandel die Chance, Deine Abwege als ein Anderssein zu tarnen, und natürlich erlaubt es Dir das Verlagswesen, Finanzschwäche als »alternativ« zu verkaufen. Nur, für Leute, die lesen und schreiben und die auch kein Geld haben, ist Dein Prinzip auf die Dauer zerstörerisch! Weißt Du, ich wünsche Dir ja, dass Du reich wirst, sehr reich, aber kannst Du das nicht mit Gurken, Regenschirmen oder mit Fleischwölfen werden?

Glück, Liebe, Kritik

Hin und wieder höre ich von Ihnen eine Glosse im Radio. Sie läuft unter dem Titel »Das Magazin des Glücks«.

Naja, der Titel – »Magazin des Glücks« – ist von so vielen geklaut worden, dass ich dachte, da darf ich als Dieb nicht fehlen. Nachdem Alexander Kluge den Titel »Magazin des Glücks« für eine Veranstaltung der Salzburger Festspiele benützt hatte (Untertitel: »Salon zur Erforschung der Grundlagen des Komischen«), nahm ich mir den Magazintitel, der von Ödön von Horváth stammt und den Entwurf einer Revue benennt, ebenfalls heraus. Jetzt heißt meine Radiokolumne »Magazin des Glücks«. Mein »Magazin des Glücks« bleibt näher bei Horváth als ein »Salon zur Erforschung der Grundlagen des Komischen«. Bei Horváth ist das »Magazin des Glücks« eine Art Schaubude mit vielen Abteilungen, die für die jeweiligen Glücksbedürfnisse des p.t. Publikums eingerichtet sind. Hinter den Kulissen, beim Personal, herrscht das Durchschnittsunglück, von dem die zahlende Kundschaft nichts wissen soll. Horváths Satire, ein unerreichbares Vorbild, trifft nicht zuletzt die heutige Kulturindustrie, die am laufenden Band Glücksvorstellungen produziert und Glücksversprechen macht, die – wenn man sie genauer besieht – ziemlich schäbig aussehen.

Ist Ihnen diese Schäbigkeit ein Anliegen?

Ich lasse sie mir angelegen sein, nicht nur der Pointe wegen, dass Glücksversprechen so mickrig ausfallen können und dass sie dennoch ihren Zweck erfüllen: Selbst auf das mieseste Glücksversprechen fällt immer noch irgendeiner herein. Dass es so ist, erfüllt mich mit Mitleid, auch mit Selbstmitleid. Von Horváth kann man Mitleiden lernen, ohne auf die nötige Satire zu verzichten. Aber sein »Magazin des Glücks« hat noch einen anderen Hintergrund, der nicht untypisch für die politische Linke ist und der im schlechtesten Fall als eine ihrer beliebten Immunisierungsstrategien funktioniert.

Ich habe das in Elias Canettis Drama »Komödie der Eitelkeit« zum ersten Mal bemerkt. Das Drama spielt den Grundeinfall durch, dass in einer Gesellschaft die Spiegel verboten seien. Daraus folgt natürlich, dass man für die Besserverdienenden Spiegelkabinette errichtet. Die geilen Kabinette haben Bordellstatus und verfügen über Luxuskabinen, in denen auch »psychoanalytisch« behandelt wird. So genießt in Canettis Drama Direktor Garaus, ein brutaler und nichtsdestoweniger sentimentaler Spießer, die Analyse, die ihm durch Leda Föhn-Frisch zuteil wird. Die Verkörperung der Psychoanalyse durch den Doppelnamen redet ihm gut zu: »Lassen Sie sich jetzt einmal gehen. Strengen Sie sich gar nicht an. Ich weiß, Sie haben so viele wichtige Dinge im Kopf.«

Das ist das eine linke Motiv: Psychoanalyse schmeichle den Reichen, stelle deren Person nun auch im ganz Persönlichen in den Mittelpunkt; sie sei ein Kult ihrer Wichtigkeit. Das andere Motiv ist, dass sich eine Leda Föhn-Frisch gar nichts sagen lässt; sie weiß nämlich, was eine Person ganz persönlich zu sagen hat, immer schon im Voraus. Die Psychoanalyse hat den Menschen, bevor der Analytiker ihn anschaut, längst durchschaut; sie braucht ihn gar nicht erst anzuhören. Dieses Motiv kommt auch bei Horváth vor. Im Supplementband eines seiner Werke steht eine Geschichte, in der ein Psychoanalytiker seinem Objekt sowohl gut zuredet als ihm auch etwas vorredet, nämlich die Erkenntnis, worum es im Grunde immer geht. Charlotte, so heißt es bei Horváth, wohnte in einem Zimmer, in das kein Lichtstrahl fiel. Sie träumte, dass draußen vor dem Fenster eine schöne Landschaft sei: »Ein Psychoanalytiker hatte Charlotte mal gesagt, das Bild von der Landschaft, die es nie gab, sei so 'ne sexuelle Sache. Er wollte ihr das alles erklären, weil er mit ihr schlafen wollte. Charlotte wollte ja auch, und sie dachte sich die ganze Zeit, wenn er nur schon mal das Quatschen aufhören würde und losginge – und er dachte, derweilen dass – und quatschte.«

Dieser alles wissende Psychoanalytiker steht sich auf dem Sexualmarkt mehr selber im Weg, als dass er der herrschenden Klasse nützt. Im Supplementband zwei von Horváths Werk »Ein Fräulein wird verkauft und andere Stücke aus dem Nachlass« kommt dieses andere Motiv der alten Linken, nämlich Psychoanalyse sei was für die Reichen, wieder zur Geltung: In dem Band findet sich (in fünf verschiedenen Textstufen) dieser unfertige Text, der alle Stücke spielt, eben »Magazin des Glücks«. Bei Horváth ist es eine in einem Haus untergebrachte Einrichtung, wo zahlende Gäste – zu einer Zeit, in der das Glück schwer zu finden ist – ihm begegnen können. Es gibt in dem extra zur Glückserfüllung eingerichteten Gebäude die Kulissen vielerlei fremder Länder, und am Ende, wenn man mit allem anderen durch ist, gibt es auch das Paradies. Dieses »Magazin des Glücks« ist die Umkehrung einer Geisterbahn, in der man den Schrecken genießt. Hier, im Magazin, nur Gutes – draußen ist der Schrecken

Alltag. Die Satire Horváths auf die begütigenden Seiten der Kulturindustrie ist gespenstisch aktuell. Wie bei Canettis Spiegelbordell ist auch im »Magazin des Glücks« die Basis geschäftlich, rein kommerziell. Im Glücksmagazin werden die Besucher in einem Dressing Room für die glücklichen Stunden vorbereitet: »Die zahlreichen Angestellten dieser Abteilung erfrischten die Besucher mit optimistischen Gesprächen, und als Psychoanalytiker nahmen sie ihnen die Sorgen für ein paar Stunden ab und machten ihnen Mut und Hoffnung.« Horváths Spott macht mir ambivalente Gefühle, einerseits, ja, die *talking cure*, auf sie fahren mit Vorliebe die Zahlungskräftigen ab. Andererseits versuchten und versuchen nicht wenige Linke, ihr Glück zu machen, indem sie die Selbstreflexion und alles, was zu ihr führen könnte, ausblenden – unter dem Mäntelchen: Was bin schon ich gegen das Elend der Welt? Aber ausgeblendet tut so ein Ich – gleichsam als Spiegelung des brutalen deklarierten Egoismus – nicht selten die grausamsten Dinge. Das Antipsychologische der Linken hat mir immer Angst gemacht.

Nun gut, aber das Glück. Wie erreicht man das?

Weiß doch ich nicht! Es geht mir ja in der Hauptsache um die Merkwürdigkeit, dass alles, was man so tut, eigentlich eine Befreiungsabsicht hat: »Das Glück« scheint mir nichts anderes zu sein als eine Abstraktion, als die Verallgemeinerung einer Selbstverständlichkeit, die in jeder Arbeit, in jedem Sein drinsteckt: etwas zu tun (oder zu sein), was einem ermöglicht, sich besser zu fühlen.

Befreiung und Glück? Glücklich ist, wer sich in die gegebenen Umstände lächelnd einfügen kann. Der Konservative würde es genau so sagen: Das größte Glück liegt darin, sich in die vorgeschriebenen Verhältnisse einzufinden.

Aber ja; weil wir über das Glück hauptsächlich eines wissen müssen: dass alle seine inhaltlichen Definitionen relativ sind, und die meisten sind dann auch noch haltlos. Die Frage, die ich mir stelle, ist eine meditative: Es steckt in unserem Tun eine unvermeidliche Tendenz, einen Zustand herzustellen, der die Konflikte relativiert, aus denen heraus man tätig geworden ist. Unterschwellig handeln meine Bücher davon, dass man als Mensch zum Glück geboren ist, aber ausgerechnet mit dem Leid zurande kommen muss.

Glück schreibt keine guten Bücher, sagt man.

Es gilt mit diesem Spiel der Gegensätze vorsichtig zu sein. Ich bin nicht sicher, ob man Glück wirklich durch die Opposition zum Unglück definieren sollte: Das Glück ist für sich etwas, gleichgültig, womit das Unglück droht. Und was die Literatur und die Kunst angeht: Es ist ein Teil der reklamehaften Dramatisierung schöpferischer Tätigkeit, dass sie in einem enormen Ausmaß mit Leid verbunden sei und nur über Gebrochenheit und Seelenleid funktioniere. Da ist etwas Wahres dran, aber es wird dabei unterschlagen, dass Kunst sehr viel mit dem Glücken zu tun hat. Die gefundene Formulierung oder der gelungene Strich in der Zeichnung sind eine Form des Glückens, zu der der Künstler Zuflucht sucht wie andere zu ihren Formen der Sehnsuchtserfüllung.

Sie beschäftigen sich schon lange und immer wieder mit dem Glück. Was interessiert Sie an diesem Thema?

Einst hörte ich den Satz: Alle Menschen streben nach dem Glück. Und da ich ein Demokrat bin, interessiert mich, was alle Menschen tun, mehr als das, was nur Einzelne tun. Mir fällt auf, dass sich unsere Gesellschaft mit außerordentlich vielen Glücksangeboten ständig selbst aufreizt. Horváths »Magazin des Glücks« arbeitet mit diesen Reizen und lässt durch sie das Unglück durchscheinen, das die nervösen Glückssucher miteinander verbindet. Die Menschen, die angeblich alle von selber nach dem Glück streben, sind zugleich aus allen möglichen Richtungen von sehr verschiedenen Vorstellungen umzingelt, was denn das Glück sei. Wobei ich plump ideologiekritisch unterstelle, dass es der Gesellschaft nicht darauf ankommt, was am Glück dran ist oder welche Lebensweisen glücklich machen. Wichtig ist nur, dass glaubwürdig dargestellt wird, dass es in dieser Gesellschaft überhaupt Glück gibt. Es existieren natürlich auch Glücksformen, die in der Gesellschaft verpönt sind. Berauschungen, die glücklich und zugleich süchtig machen, werden nur in bestimmtem Rahmen und bei besonderen Giften eingeräumt. Die Arbeitskraft muss ja erhalten und der Mensch muss vernünftig genug bleiben, um sich der sozialen Kontrolle unterwerfen zu können. Generell gilt die erstaunliche Meinung, dass Glück, wienerisch gesagt, *leiwand* ist. Man muss leider darauf hinweisen, dass es nicht wenige Leute gibt, die zum Beispiel in extremer Gemeinheit ihr Glück finden. So ist das Glück ein Spielmaterial für Gedankenspiele, die nicht leer laufen, sondern die immer gesellschaftliche Wunschphantasien zu ihrem Einsatz haben.

Wann hat Ihr Interesse für dieses Spielmaterial begonnen?

Meine erste Begegnung mit dem Glück war ein Lesestück aus dem Französischunterricht; es hieß »Kein Glück« – »Pas de chance«. Ich weiß nicht, was in dem Lesestück vorkam, aber der Titel begeistert mich bis heute. Im Deutschen gibt es das alte Wort: »Ehrabschneider«. Die sprachliche Fügung des französischen »Pas de chance« schneidet elegant dem Glück die Möglichkeit ab, einzutreten. Viele Jahre später schrieb ich ein Buch, das heute unter allen Büchern einen der höchsten Ränge einnimmt, nämlich den Rang, vergriffen zu sein. Das Buch hieß: »Schreibkräfte. Über Literatur, Glück und Unglück.« Dieser Titel will darauf vorbereiten, dass es in der Literatur eine Energie gibt, eine Kraft zum Schreiben, die auf komplexe und auf sehr unterschiedliche Weise dem Glück, den Glücksvorstellungen verbunden ist. Vor allem in diesem Buch spielt das Glück, einmal direkt, einmal indirekt, eine Hauptrolle. Wie gesagt, ich hatte erfahren, alle Menschen würden nach dem Glück streben – und ich hielt das für die Geheimformel, die besagt, warum so viel Unglück auf der Welt ist: Der Widerstreit der Glücksvorstellungen von begierigen Wesen, die alle nach dem Glück streben, lässt nichts anderes zu. Ein Abschnitt der »Schreibkräfte« war dann exklusiv dem Glück gewidmet. Der Abschnitt war überschrieben mit »Pas de chance«.

Pascal hat einmal gesagt, alles Unglück der Menschen würde daher rühren, dass sie nicht verstünden, in Ruhe allein in einem Zimmer zu bleiben.

Ja, stillhalten ... Aber das Zimmer, in dem der Mensch ist, war ja nicht von Natur aus da, sondern das Zimmer entstand dadurch, dass jemand rausgegangen ist und ein Haus gebaut hat, in dem ein anderer ein Zimmer nimmt. Das Falsche an dem Pascal-Satz ist, dass er nicht anerkennt, dass der Mensch immer schon draußen ist.

Hat Glück auch mit Arbeit zu tun?

Einer der grundsätzlichen Unterschiede, die man in der Glücksfrage postulieren muss, ist das Zufallsglück und andererseits – ich sage das gleichermaßen ironisch wie gläubig – das Glück, das eher mit den bürgerlichen Werten zu tun hat und das man sich, wie es heißt, hart erarbeitet. Zur Glücksmöglichkeit gehört die Fähigkeit, so diszipliniert zu sein, dass man nicht abhängig von seinen Wünschen wird, die man zum Beispiel sofort erfüllt haben möchte. Es gehört Disziplin dazu und auch die Fähigkeit, aufs Glück zu warten – unter der Voraussetzung, dass man Glück als solches nicht anstrebt, sondern dass man Bestimmtes tun, erreichen will und indirekt stellt sich schließlich das ein, was man in seinem Selbstverständnis Glück nennen kann.

Hat nicht Glück in unseren Breiten viel mit Bescheidenheit zu tun? Die Vorstellung, dass das Glück erst kommt, wenn man sich bescheiden geriert.

Das beschwört das kleine Glück. Fast jedes Versprechen des ganz großen Glücks ist schlecht ausgegangen. Daher ist es nicht unvernünftig, das große Glück durch kleines Glück zu ersetzen. Andererseits unterschlägt die Vorstellung, man werde dadurch glücklich, dass man bescheiden ist, das Faktum der Triebhaftigkeit. Wenn ich das Glück in der Selbstbeschränkung sehe, habe ich wahrscheinlich mit dem Beschränken selber so viel zu tun, dass ich gar nicht zum Glück komme. Und diese Art von Bescheidenheit ist ein Versuch, mich darüber hinwegzuheucheln, dass ich sofort und jetzt und ordentlich glücklich sein möchte.

Ist Denken nicht eigentlich auch lebens- und glücksfeindlich?

Das halte ich für eine lebens- und glücksfeindliche Ideologie. Der Kulturwissenschaftler Wolfgang Müller-Funk und ich waren eine Zeitlang für das Programm der Sommerschule der Waldviertel-Akademie verantwortlich. Die letzte von uns damals in Raabs programmierte Veranstaltung hatte das Thema »Glück«. Ein Vortragender zitierte Gottfried Benn, und zwar das Gedicht »Einsamer nie«, dessen letzte Strophe in meiner Lesart von einer leicht melancholischen Glücksverachtung getragen ist:

> »Wo alles sich durch Glück beweist
> und tauscht den Blick und tauscht die Ringe
> im Weingeruch, im Rausch der Dinge, –:
> dienst du dem Gegenglück, dem Geist.«

Komischerweise würde man erwarten, dass Lyrik die Gegenposition einnimmt und dem Geist zeigt, was ein Rausch ist. Aber gerade die Dichtung muss die Spannung von Rauschhaftem und Maßvollem aushalten. Irgendwann werde ich in meinem »Magazin des Glücks« diese Idee vom Geist als dem Gegenglück ergründen müssen. Jetzt verstehe ich davon nur, dass der Geist wenigstens kein Unglück ist, sondern selber ein Glück, das sich aber dem eingebürgerten Glücksanspruch auf Sinnesrausch widersetzt: kein Tausch der Ringe, kein Rausch der Dinge. Aber was, was ist der Geist für ein Glück?

Ringsherum wird Wein gereicht und alle sind glücklich, den Sinnenfreuden hingegeben, nur ich, der Dichter, sitze da, dem Gegenglück des Geistes verfallen. Aber dieses Gegenglück ist schon auch ein Glück, nur ist es nicht identisch mit dem sinnlichen, rauschhaften Glück. Diese Fähigkeit, sein Glück darin zu finden, sich vom Glück durch eine denkende Existenz unabhängig zu machen, schwingt im Kern unserer abendländischen Philosophie mit. Das von mir eingangs angesprochene marktschreierische, immerzu angebotene Glück, das die Leute auf Trab hält, das ist ja eigentlich eine flüchtige, die Nerven belastende Angelegenheit. Von diesen Glücksangeboten unabhängig zu sein ist ein Appell an Autonomie, gleichsam an ein »wahres Glück«.

Würden Sie sich als glücklichen Menschen bezeichnen?

Nein, und zwar nicht, weil ich ein unglücklicher Mensch bin, sondern weil mich am Glück viel mehr als dieses selber interessiert, in welcher Sprache von ihm geredet wird und in welcher Sprache ich selbst darüber rede. Mich interessieren für mein Leben andere Dinge als Glück. Das Glück hat aber meine Karriere immer schon begleitet. Ich habe es anderswo nicht geleugnet, also gebe ich es auch hier wiederum zu: Kein geringer Teil meiner schwachen geistigen Kräfte ist den ersten Begegnungen mit dem Gegenglück, also meiner Schulzeit, zu verdanken. Außerhalb der Schule gab es für mich nicht viel Geist, und von wo sonst als aus der Schule hätte ich ihn mit nach Hause nehmen können? Und da erinnere ich mich an eine Irritation, an ein Schularbeitsthema: »Darf man andere Menschen zu ihrem Glück zwingen?« Dieses Thema ist mit teuflischer Klugheit gestellt. Man kann nämlich die Frage begründet bejahen und begründet verneinen. Deshalb zwingt einem so ein Thema eine Weltanschauung auf, die sich daraus ergibt, dass man beredt mögliche Gründe für die eine Position denen für die andere Position vorzieht. Auf diese Weise zeichnet der Schüler von sich selbst ein Charakterbild, eine Selbstanzeige, mit der die Schule ihre polizeiliche Aufgabe erledigt. Aber das Glück und der Zwang – man lernt in Paradoxa zu denken, denn Glück hat eine befreiende Funktion, ist mit Spontaneität verbunden, die den Zwang ausschließt, ja, die der Zwang zerstört. »Darf man andere Menschen zu ihrem Glück zwingen?« Mein Sinn fürs Paradoxe ist nicht so stark ausgeprägt, dass ich darauf die Antwort wüsste. Aber immerhin lautet mein Lieblingswitz: »Wie geht's?« – »Schlecht, ich kann nicht klagen.« Zum Glück kann man klagen, ohne einen wirklichen Grund dafür zu haben. Das nennt man bei uns »Raunzen«. Zugegeben, intellektuell gesehen ist Raunzen die unterste Ebene von Kritik, aber ich glaube, man kann sich von unten emporarbeiten: durch Studium, durch Lebenserfahrung. Es wäre schade, nicht klagen zu können – die Klage, sofern sie nicht gerichtsanhängig wird, sondern sich unbeirrt aufs Unglück bezieht, ist eine schöne literarische Form.

Kann die Liebe glücklich machen?

Die Liebe ist – jeder weiß es – zugleich eine Quelle des Glücks und des Unglücks. Liebe hat eine hochgradige Individualisierung zur Voraussetzung: Ich weiß nicht, ob sie mich liebt, sie weiß nicht wirklich, ob ich sie liebe. In der Liebe muss eine große Intelligenz aufgeboten werden (und ich spreche von Liebe und nicht von Freundschaftsverhältnissen plus Sexualität), um den anderen zu schützen, ohne dass ich selbst weiß, ob ich vom anderen geschützt werde. Liebe heißt, dass man nur durch den anderen existiert. Es muss aus dieser Ungewissheit, ob der andere einen liebt, irgendetwas gemacht werden, damit beide das aushalten und Vertrauen fassen können. Das ist der Punkt, wo die Liebe von der Leidenschaft in so etwas wie »Ehe« übergeht. In der Ehe, ich spreche von ihrem Idealtypus, ist das Vertrauen stark, aber die masochistischen Unsicherheiten, die zur Intensität des Liebesgefühls gehören, sind weg. Es ist ein sehr verengender Standpunkt, in der Liebe das Glück zu suchen, weil an der Liebe viel mehr dran ist als ein Zustand, den man glücklich nennen kann. In der Liebe liegt viel Selbsterkenntnis und auch etwas, das genau so schrecklich sein kann, nämlich das Erkennen eines anderen Menschen. Leicht ist es zu lieben, wenn man sich in einem anderen Menschen irrt. Wir, die an die Liebe glauben, glauben, dass man sich über den anderen nicht irren muss, sondern dass man ihn erkennen kann. Und das ist eine weitaus komplexere Angelegenheit als das Glück.

Es würde etwas fehlen, würden wir nicht über die Liebe sprechen. Liebe kommt in den Kapitelüberschriften der »Schreibkräfte« mehrfach vor. Das erste Kapitel endet mit einem Brecht-Zitat: »Wer entkommen will, braucht Glück«, und als nächstes lesen wir: »All you need is love.«

Love is all you need. Peinlich, weil es damals das zweite Buch war, das ich eigentlich über die Liebe schreiben wollte. Das erste war ein Essay-Band mit dem Titel »Liebe, Macht und Heiterkeit«, wo auch schon nichts über die Liebe drinsteht, besser, kaum etwas. Aber was drinsteht, ergreift bis heute mein Herz, nämlich die Montage einer Heiratsannonce aus der *Neuen Zürcher Zeitung*. Den Titel darf man sich nur gehaucht vorstellen: »DU.« Die Annoncen-Spezialisten arbeiten mit der Sprache so wie ein Schizophrener, der nach Bateson in einer Welt lebt, »in der die Ereignisabläufe solcher Art sind, dass sein ungewöhnliches Kommunikationsverhalten in gewissem Sinn angebracht ist«. In gewissem Sinn angebracht – der Annoncen-Spezialist muss die Peinlichkeit der Bedürfnisse seines Mandanten ansprechen, ohne sie aussprechen zu dürfen. Seine Sprache, die nie deutlich werden darf, darf an Deutlichkeit nichts zu wünschen übrig lassen. In der Ehe der Bessergestellten, an die man in der *Neuen Zürcher Zeitung* appelliert (dort geht es nicht um unsereinen), steht – neben der gewöhnlichen Geilheit – außergewöhnlich viel Geld auf dem Spiel. Das Spiel, auch das Sprachspiel, rast den totalen Ernst des Luxus und der Moden entlang, und der Text endet mit der genialen Volte: »… auch bin ich völlig mühelos im Zusammensein, wenn man meine Sprache versteht.« Ich will nicht leugnen, dass es Leute gegeben hat, die diese Sprache ganz einfach so verstanden haben, als wäre der Text direkter Ausdruck der Sehnsucht nach Liebesglück. Aber es gab immerhin andere, die in dem charismatisch gemeinten Machwerk, in dem hohen, pseudo-persönlichen Ton der anonymen Annäherung etwas anderes erkannten: ein Liebeswerben, das unübertrefflich die Denunziation des Liebesmythos betreibt. Mehr war da nicht von Liebe.

Auch das Buch »Schreibkräfte« hält das Thema heraus, mit dem es für mich in Gedanken begonnen hat, nämlich den Zusammenhang von Schreiben und Lieben. Ich denke dabei simpel an die Steigerung des Daseinsgefühls durch Liebe und Kunst. Beide ermöglichen es einem Menschen, intensiver am Leben zu sein. Schwieriger wird's, wenn man einsehen muss, dass die in solchen Beziehungen zelebrierte Spontaneität von Mustern geprägt sein kann, die der Machtsphäre entstammen: Diese junge Studentin, Hannah Arendt, sie hat durch ihre Hingabe den Professor Heidegger zu »Sein und Zeit« inspiriert; ihm jedenfalls die gehobene Stimmung verschafft, die ein Mann benötigt, um sein Werk zusammenzubringen. »Professor und Studentin« sind das Muster eines Gefälles, das – naturgemäß – erotische und sexuelle Überbrückungen herbeisehnen lässt. Ich sah einmal so eine Träumerin in der Barbara-Karlich-Show, dem Talkshow-Hort der österreichischen Gerontokratie: Alle sind in dieser Show alt, und wenn sie zwölf Jahre sind, dürfen sie sich nur so geben, als würden sie – eingerahmt von Lebens- und Sozialberaterinnen und -beratern – der Pension entgegendämmern. Ja, alle sind alt, aber gut beisammen, und das, wenn es sein muss, schon mit zwölf Jahren. Gut beisammen war auch die Seniorenstudentin der Philosophie. Sie schilderte in der Show, dass ihr ein zartes Begehren dem um vieles jüngeren Professor gegenüber durchaus nicht fremd sei. Die Talkmasterin ergänzte diese Tragödie mit dem Hinweis, ihre Redaktion habe den Professor in der zarten Angelegenheit verständigt. Dieser habe am Telefon gestanden, diesbezüglich leider schon versorgt zu sein. Er sei aber spürbar, sagte die Karlich, geschmeichelt gewesen. So zerbrach wieder einmal ein erprobtes Muster an individuellen Lebensbedingungen, und es fragt sich, wer wird das »Sein und Zeit« von heute schreiben? Aber keine Ausrede hilft. Ich bin seit »Liebe, Macht und Heiterkeit« immer wieder an der Liebe gescheitert, werde es mit dem Thema weiter versuchen und eines Tages Wesentliches darüber geschrieben haben.

Ach, das in Aussicht gestellte Wesentliche. Es geht aber – in den »Schreibkräften« – doch um Liebe: um den Schriftsteller zum Beispiel, der von seinen Kritikern und seiner Öffentlichkeit Liebe und Wärme einfordert.

Ich versuche selten, irgendjemandem seine Widersprüche vorzuführen. Ich glaube nur, dass etwas Derartiges wie Kritik nichts ist, woran man sich gewöhnen kann oder soll. Kritik ist eine Art Sublimierung von ernsthafter, teilweise sogar totalitärer Aggression. Es ist eine fatale Neigung dieser Gesellschaft, Kritik wie Spaß aussehen zu lassen, während sie in ihren Wurzeln ja viel eher eine tödliche Seite hat. Daher bin ich auch im Laufe der Zeit ein Gegner von diesen habituellen Polemikern geworden. Polemik hat nur dann eine Kraft, wenn es ein Ja des Neinsagers gibt. Wenn aber der begabte Polemiker überhaupt keine Liebesfähigkeit hat, dann steht in der Gegend ein Nein herum, das nichts anderes ist als die Totgeburt eines um seine Souveränität kämpfenden Urteilenden; und dem ist es scheißegal, womit und wofür er siegt. Hauptsache, er macht irgendetwas hin. Freilich können auch solche Figuren sich zu Recht darauf berufen, dass es nicht konfliktfrei möglich ist, alle gewähren zu lassen. Man muss kritisieren, was einem selbst und den Regeln zuwiderläuft, für deren Geltung man einsteht. Aber jemanden anzugreifen sollte mit einer Art Liebe verbunden sein, die nichts mit Sentimentalität zu tun haben darf.

Sie schreiben über die sogenannte Instanz des Kritikers, dass diese eine Zuschreibung von Publikumsdefiziten darstelle: Was dem Publikum selber fehlt – Überblick, Urteilskraft –, wird einer Person zugeschrieben, die als Kritiker aus diesen Defiziten schöpft, indem sie sich als Erlöser von diesen Defiziten präsentiert. Gibt es Techniken, die eigene Kritik gegen solche institutionelle Verfestigungen zu wappnen?

Was Kritik per se zu einem Sekundärphänomen macht, ist, dass sie ständig das kritisieren muss, was die Verleger gerade gestern herausgegeben haben. Ein Kritiker wird sozusagen zum Afterliteraten, dessen Befreiung darin bestünde, morgen die »Göttliche Komödie« zu rezensieren, und zwar in all ihren Übersetzungen. Das wäre die Befreiung der Kritik. Weil auch der Markt damit überhaupt nichts anfangen kann; es ist der Markt, der es nicht ermöglicht, dass aus dem Kritiker morgen schon ein Schriftgelehrter wird. Es ist allerdings auch der Markt, der den Kritiker in einer wesentlichen Hinsicht dem Akademiker gegenüber überlegen macht: Kritiker und Kritikerinnen sind schnell, sie reagieren auf Bücher in der ersten Linie, und ihre Urteile enthalten den Zeitgeist, und der bringt nicht selten mehr als die akademische Geistlosigkeit, die oft genug dadurch entsteht, dass ein Urteilender dem aktuellen Streit institutionalisiert, also von Berufs wegen ausweicht.

Sie schreiben selten über aktuelle Texte.

Immerhin, über Paulus Hochgatterer, einen äußerst aktuellen Schriftsteller, habe ich schon in den »Schreibkräften« geschrieben, also zu einer Zeit, als seine intellektuelle Gestalt nur in Umrissen abzusehen war. Ich schreibe aber nicht über Texte, sondern über das Lesen von Texten. Das ist bedauerlicherweise keine kritische Tätigkeit; für Kritik bin ich viel zu weich.

Das halten wir für ziemlich kokett.

Hätten Sie recht, wäre ich erst recht zu bedauern. Aber es ist schwierig: Ich habe eine Vorstellung von der Härte, in der Kritik ausfallen sollte. Aber ich habe kein Interesse an dieser Härte. Nicht weil ich mich fürchte, nicht weil ich beliebt sein möchte, ich fürchte mich und bin beliebt genug. Aber ich bin so dekadent, dass mich Härte langweilt. Ein Kritiker, der sich langweilt, während er die nötige Härte walten lässt, muss ein furchtbar blasiertes Wesen sein. Als Kritiker muss man an das glauben, was man anderen antut, und sogar die Vorstellung, dass es ihnen wurscht ist, was man für sie parat hat, müsste einen ärgern. Mir wäre das gleichgültig, und an einer Stelle dieses Buches kann man ja lesen, was mich tatsächlich kränkt und verletzt. Die Triumphe des Kritikers lassen mich kalt. Andererseits habe ich noch nie einen Autor entdeckt, der sich nicht selbst durchgesetzt hätte; der also *mich* für seinen Erfolg benötigt hätte. Ich helfe gerne, aber hier war ich hilflos. Mein Umgang mit Literatur hatte kaum je etwas Missionarisches, nicht einmal im Falle Konrad Bayers. Es war mir genug, darüber zu staunen, dass das Mainstream-Publikum und seine Agenten nicht in der Lage sind, die Bedeutung von Konrad Bayers »der sechste sinn« zu erkennen.

Mein Umgang mit der Literatur hatte immer autistische Züge. Jedenfalls möchte ich, dass das Buch ein Lektüremovie ist. Dabei kann man eine Zeiterfahrung machen. Ich behaupte nämlich Folgendes: Während die so geliebten Medien als einzige Zeitordnung die Zeit der Gegenwart kennen, hat Literatur eine ganz andere Zeit – auch wenn das unangenehm für Autoren ist, die in der Gegenwart gespielt werden wollen und die ununterbrochen Tschechow auf der Bühne sehen müssen. Diese andere Zeitordnung sollte der Literaturkritiker sozusagen zu verstehen geben. Man sagt ja: Das zeitigt Kopfschmerz. Die literarischen Texte zeitigen eben anders als die gängigen Medien. Manchmal gibt es auch blitzartige, funkensprühende Verbindungen aus Literaturzeit und medialem Präsens. Solche Texte suche ich.

Worin besteht die spezifische Leistung von Kritik?

In der Kritik ist etwas institutionalisiert, was uns allen sehr peinlich ist, nämlich der Blick von außen. Jeder zelebriert das Einverständnis mit sich; selbst wenn er mit sich uneins ist, spielt sich das im eigenen Inneren ab. Die Kritik, die diesen Namen verdient, fügt einem Menschen und seiner Leistung von außen ein Bild zu, das dieser sich niemals von sich selbst gemacht hätte. Man lernt durch Kritik, das Bild, das andere von einem haben, ins Selbstbild zu integrieren. Hat man Glück, dann bleibt man weder hoffnungslos und größenwahnsinnig bei sich noch erleidet man die Not, sich den Urteilen anderer unterwerfen zu müssen.

Noch eine ganz simple Frage: Sind Sie nun ein Schriftsteller oder ein Kritiker?

Was die Identität betrifft, bin ich in jedem Fall genau das, was Lisa aus den »Simpsons« im Sinn hat, während sie mit der Einsicht vom Scheitern des Selbstseins und vom gleichzeitigen Scheitern, ein anderer zu sein, aus dem Bildschirm geht.

Kleine Figuren

Michael Krüger vom Hanser Verlag hat Sie als glücklichen Melancholiker beschrieben, der viel Zeit hat. Und ich hab' mich gefragt, ob nicht das Betrachten von allzu viel Fernsehtrash zur Melancholie beiträgt.

Da haben Sie mit Sicherheit recht, also das ist ... der Zusammenhang von Faszination und Langeweile, die diese Bilder auslösen, ist ein schweres Mittel, mit dem man sich selbst leicht deprimieren kann. Wenn man diese Nichtigkeit, diesen realen Nihilismus der Bilder und Töne, den Trash und seine zugrunde gegangene Sprache intensiv hört und sieht, stellt sich einerseits Faszination ein, die in meinem Fall von der Perversion der Fähigkeit zur Meditation herrührt. Es ist das berühmte schale Gefühl, das vom Schauen des Wesenlosen zurückbleibt; es ist – bei aller meditativen Versenkung (man hat in die Leere gestarrt) – ein Gefühl, das aber zugleich nichts als eine profane, oberflächliche Langeweile produziert, und aus Langeweile giert man wiederum nach der ihr doch so sehr verwandten Faszination, die man sich aus der Leere holt. Dieser Kreislauf wirkt gegenläufig zu einem Antidepressivum. Das ist der Preis dafür, dass ich meine Zeit nicht als Medienkonsument verschwende. Ich bin nämlich kein Konsument, sondern selbst ein Medium, das hier von seinen Ausflügen in die Leere berichtet.

Ich verstehe, Sie sind ironisch. Na, wenn es Sie glücklich macht. In Ihrem Buch »Schreibkräfte« findet sich ein Essay mit dem Titel »Postskriptum über das Glück im Unglück«, darin gibt's den Hinweis auf ein Melancholiebuch mit dem Titel »Vom Glück, unglücklich zu sein«, und ich hab' mich gefragt: Haben Sie einen Hang zum Unglücklichsein schon angesichts der Redewendung, dass der Dumme das Glück hat?

Ja, das würde genau in Richtung jener Arroganz passen, um die ich mich so sehr bemühe, für die ich in Wahrheit aber kein Talent habe. Täglich scheitere ich an den Insignien der Arroganz, in der Hauptsache an der Verachtung des Alltags und der Art und Weise, wie sich Menschen alltäglich darstellen. Es ist nur so, dass ich – im Grunde genommen (ach, ich erlaube mir die Floskel) – der Meinung bin, dass weder das Glück noch das Unglück eine menschliche Existenz wesentlich bestimmen sollten, sondern die Existenz eines Menschen sollte sich jenseits dieses Glücksstrebens und jenseits dieser Unglückssucht entfalten können.

Geht gegen die amerikanische Verfassung.

Ja, was denn?

... Pursuit of Happiness.

Ich weiß nicht, aber wenn es gegen die amerikanische Verfassung ginge, dann nicht allein gegen sie, sondern überhaupt gegen »Verfassungen«, die sich allzu sehr in individuelle Existenzen einmischen und zum Schluss deklarieren, dass sie die Antwort auf die Frage haben: Was ist der Mensch? Aber dass eine Verfassung Bürgern die Möglichkeit einräumt, ihr (individuelles) Glück zu suchen, das ist etwas Wunderbares und zugleich auch das Um und Auf einer Verfassung, die sich Menschen selber geben. Ich mein' ja nur (auch diese Floskel erlaube ich mir), dass der Mensch nicht bloß ein Bürger, nicht bloß Teil eines Gemeinwesens ist. Kommt zu seiner Bürgerlichkeit noch der Rest seiner Existenz dazu, dann steht der Mensch als Ganzes da, und im Ganzen, behaupte ich, sind die Glückssuche und ihre neurotische Pervertierung, im Unglück sein Glück zu machen, nicht diese Existenz wert. Diese Existenz ist viel mehr wert. Michel de Montaigne, wenn ich ihn zitieren darf (auch diese Floskel ...), sagt mit Recht, dass man erst nach dem Ende eines Lebens wirklich urteilen kann, ob es glücklich ist (also war) oder unglücklich, und er sagt, bis zu diesem Ende soll man – er sagt allerdings: ruhig und still leben – also man soll vor allem leben. Diese von unserer Gesellschaft entworfenen Glücksbilder oder auch die individuellen Phantasmagorien, man soll jetzt glücklich sein oder glücklich im Unglück sein, diese individuellen und gesellschaftlichen Phantasmagorien sind nicht selten Störungen von Lebensmöglichkeiten, die man ausschließlich außerhalb der Glückssuche entdecken kann.

Aha, die stören Ihre Ruhe, und so ist es Ihr Glück, da Sie doch so viel Zeit haben und die Durchschnittsmenschen nicht verachten, den Trash wie diese in Massen zu konsumieren, um darüber melancholisch zu werden. Herr Schuh, sehen Sie die »Simpsons« auf DVD oder im Fernsehen? Zufällig oder geplant?

Die kleinen gelben Figuren aus Amerika, die Animation, der Trickfilm zugleich als Ernst und als Parodie einer amerikanischen Familienserie. Aber haben wir nicht schon beschlossen, dass die Simpsons nicht zum Trash zählen? Es ist sehr witzig, wie Homer Simpson der lieben Familie gegenüber seinen Egoismus, der ausgerechnet in der Weihnachtszeit mit aller Macht auftritt, verteidigt; er sagt zu den Seinen: »Wenn ich glücklich bin, beleidige ich euch wesentlich weniger.« Das ist eine hervorragende Selbstverteidigung: Erst wenn ich meinen Egoismus ordentlich auslebe, werde ich auch euch gut behandeln – also lasst mir meinen Willen, sonst geht's euch schlecht. Ich bin sicher, diese verdrehte Maxime lässt sich, ohne dass man lange sucht, in der Alltagskommunikation leicht nachweisen. Schön ist, wie Simpson es sagt: laut heraus und zugleich kleinlaut. Schön ist auch, dass sein Egoismus zur Weihnachtszeit ein Spiel mit der »Weihnachtsgeschichte« von Charles Dickens ist: Homer Simpson wird zu Ebenezer Scrooge, dem Weihnachten fürs Erste nichts bedeutet, dieses Hineinwachsen der Trickfilmfiguren in allerhand Rollen, sei es der Trivialkultur oder der Weltliteratur, ist lustig, aber es ist auch kritisch, weil es vor Augen führt, was die Vorbilder aushalten oder nicht. Und was mich betrifft, so möchte ich sein, was man Ernst Jandl nachgesagt hat, dass er es sei: ein aufgeklärter Anhänger der »Massenkultur«. Ich kann aber nicht leugnen, dass der Konsum von Trash etwas Betäubendes hat, das allerdings nicht nur Unglück ins Haus bringt. Dieses Betäubungsmittel verwende ich, um abends die untertags angeworfene Einfallsmaschine zu beruhigen – es gäbe keine Ruhe, wäre ich ununterbrochen meinen Einfällen ausgeliefert. Aber die »Simpsons« – sie sind manchmal ebenso lehrreich wie ein Exemplar der Edition Akzente. Was ich nicht leugnen will, ist eine Abneigung gegen die vornehmeren Töne im Kulturbetrieb, da mache ich mich lieber mit dem Fernsehprogramm von heute Abend gemein. Es gibt ja den Versuch, die Kunst zu retheologisieren, und dafür gibt es eine Sprache, in der die Protagonisten zum Beispiel davon reden, sie seien

»die von der Literatur Angewehten«, als käme die Literatur direkt aus dem Geist Gottes und verdiente daher ein andächtiges Verhalten und eine ausgeklügelte Balance von Sprechen und Schweigen. Die ausgeklügelte Balance läuft manchmal nur darauf hinaus, dass der Dichter spricht und die anderen schweigen. Ich kann es nicht leugnen, dass ich »die Kunst« bewundere, also das Gemachte und die artistischen Tricks seiner Beseelung (»die Animation«), und das selbst in den großen Werken von Peter Handke und Botho Strauß, die das ganz Andere im Sinn haben. Vor der Madonna, hat Hegel gesagt, fallen wir nicht mehr auf die Knie, denn wir wissen ja, es ist nicht die Madonna, die der Künstler uns zeigt; es ist eine *Darstellung* der Madonna, und so sind wir mit Darstellungen beschäftigt, deren Tiefe nicht zuletzt ein Oberflächenphänomen ist. Die Tiefenprediger in eigener Sache und ihre Sekundärliteraten erlauben kein Gespräch darüber, nur eine Polemik, die sie auch ihrerseits gerne anstimmen. So entsteht der »anschwellende Bocksgesang« im jeden Montag neu erscheinenden Hamburger Magazin *Der Spiegel*. Auch gut. Aber ich habe von Raymond Queneau gelernt, was für eine Welt sich auftut, wenn der Dichter die Oberflächen seiner Kunst mobilisiert und wenn er von dieser Mobilität aus »die Literatur« verspottet (die am Ende auch nur »oberflächlich«, nicht alles gewesen sein kann): Plötzlich stellt sich ein Gefühl für das Dasein ein, eben durch die auf sich genommene Endlichkeit der Schreibweise, während im auratischen, pseudo-theologischen Schreibhorizont alles davon verschwindet. Aber wie gesagt, für solche Behauptungen gibt es kaum Antithesen, sondern höchstens kalte Verachtung oder religionskriegartige Ausbrüche der Rechtgläubigen.

Aber die sehr oberflächliche Frage nach Ihrem Freizeitverhalten, ob Sie die »Simpsons« auf DVD oder im Fernsehen, zufällig oder geplant sehen, beantworten Sie nicht?

Ich habe viel Zeit und nehme mir jetzt die Ihre. Und die Antwort: sowohl als auch; es gibt Zeiten, in denen ich planmäßig schaue, auch auf DVD. Es gibt aber auch Zeiten, wo ich nur zufällig hinschaue, und der zufällige Blick entspricht aus meiner Sicht eher dem Produkt. Wenn es gründlich wird, tritt in den Konsum eine Ernsthaftigkeit. Man wird dann zum »Gelehrten«, der sich enzyklopädisch in einer Sache auskennt, die man mit Gelehrsamkeit wenig fassen kann. Aber meine diesbezüglichen Bemühungen machen mich auch skeptisch: Alles in Serie Erzeugte, in Variationen immer auf dasselbe Zurückkommende macht einerseits kindliche Freude, stellt aber auf der anderen Seite auch eine Quelle der Langeweile dar. Grundsätzlich stehen die »Simpsons« außer Streit. Aber alles, was sich durch elegante Werbung und den Fanatismus der Anhänger außer Streit stellen lässt, ist problematischer, als es scheint.

Sie misstrauen dem Erfolg?

Niemals. Ich habe nur eine ambivalente Freude am Erfolg von Produktionen, deren Prinzip eigentlich das Nichtige ist: Unterhaltung. Und Unterhaltung ist bekanntlich nix anderes als das Vernichten von überflüssiger Zeit. Dass die »Simpsons« als Unterhaltung Erfolg haben, erfreut mich sehr. Aber dass man sich ins Zeug legt, um daraus für unsere Moral und unsere Ästhetik etwas Essenzielles herauszulesen, scheint mir sehr bemüht – wenngleich durchaus möglich. Es gibt ein gewiss ehrenwertes Werk: »Die Simpsons und die Philosophie«.

Ich habe es nicht gelesen, weil ich nicht ausschließen kann, dass es unterhaltsame Philosophie ist, und mit der Philosophie meine Zeit vernichten möchte ich nicht ein ganzes Buch lang.

Woher kommt der Drang von Intellektuellen, eine Comic-Serie in den Rang von Weltliteratur zu erheben?

Das kommt daher, dass dieser regressive Genuss, der einem von den »Simpsons« auch bereitet wird, vom Durchschnittsgebildeten – vor allem europäischer Natur – kaum ausgehalten wird. Man muss sich einen solchen Genuss versagen, man muss gegen die eigene Kindlichkeit antreten, um aus diesem Unernst, der einem so viel Freude macht, irgendwas Ernstes hervorzubringen. Quod erat demonstrandum. Aber andererseits steckt in der Serie sehr viel Intelligenz, die man herausarbeiten möchte, damit sie nicht im Spaß verloren geht. Es ist großartig, wie in einer Folge ein Kindskopf von einem Quälgeist, ein Grobian, der nichts als brutal ist, nämlich einer der Schulkollegen Bart Simpsons, eines Nachts die sentimentale Seite hervorkehrt: Er sitzt nach seinen Gewaltexzessen des Tages maßlos traurig vor einer Art Altar und lauscht dem furchtbaren Song von Barbra Streisand, »Papa Can You Hear Me«. Das also ist es: Der Ungustl leidet unter Vaterlosigkeit, und der ganze kalkulierte Kitsch des Streisand-Songs löst sich in Vergnügen und in Erkenntnis auf. Besser als mit einer solchen Parodie kann man die virtuosen Produkte der Rührungsindustrie kaum analysieren – zumal man deren Wirkung hier nicht frontal, nicht von außen denunziert, sondern sie selber einsetzt und auf diese Weise ad absurdum führt.

Den Autoren der Serie geht es doch schlicht darum, möglichst gute Gags zu finden.

Ja, aber ein guter Gag ist nur dann ein guter Gag, wenn er eine bestimmte analytische Kraft entwickelt; ein guter Gag heitert die Stimmung auf und erhellt zugleich einen Sachverhalt. Berühmt ist die Sentenz Homers: »Cartoons haben keine tiefere Bedeutung. Es sind nur doofe Zeichnungen, die auf billige Lacher aus sind.« Aber diese Botschaft ist selber so klug, dass sie einen nolens volens vom Gegenteil überzeugt. Ich sehe die »Simpsons« in zweierlei Zusammenhängen: Fernsehen (und durch das Fernsehen die ganze Unterhaltungsindustrie) ist erstens unerträglich. Fernsehen ist prinzipiell ein solcher Mist, dass es sich überhaupt nur legitimieren kann, wenn auf diesem Mist gleichzeitig die Parodien auf das Fernsehen wachsen. Parodien, die diesen Mist benützen, ihn damit zugleich stabilisieren, die ihn im Benützen aber auch übertreffen, ihn in den Schatten stellen. Wobei die Familienserien bereits in ihren Parodien unerträglich geworden sind – siehe »Eine schrecklich nette Familie« –, und Homer sagt in der anfangs zitierten Weihnachtsfolge beziehungsreich: »Das Fernsehen und die Alpträume haben sich vereint, um mir eine Lektion zu erteilen.« Zweitens sprechen uns die Animationen nicht als Erwachsene an, sondern sie kalkulieren mit unserer Verkindung. Diese Verkindung ist einerseits problematisch, weil sie ja scheinhaft ist – wir alle, ja, selbst schon unsere Kinder, sind große Menschen mit ziemlich ausgewachsenen Problemen –, aber auf der anderen Seite ist sie eine Lustquelle, die einen mir nix, dir nix dazu bringt, die von den »Simpsons« aufgezeichneten charakteristischen Wahrheiten der Massenkommunikation analytisch zu sehen.

Sympathisieren Sie mehr mit Bart oder mit Homer?

Das ist eine heikle Frage. Es ist unter avancierten Simpsons-Konsumenten tabu, Bart besonders gut zu finden, weil es einfach auf der Hand liegt, in Bart den eigenen kindischen Anarchisten zu zelebrieren. Da ich ein frommer Mensch bin, identifiziere ich mich am meisten mit Lisa. Lisa, sie macht ihren Schulabschluss zwei Jahre zu früh, ich bin stolz auf sie. Durch Lisa entsteht zwischen hoffnungsloser politischer Korrektheit – »gutem Willen«, wie man als Kantianer sagt – und poetischer Überhöhung durch Kunst, in ihrem Fall Musik (sie spielt Saxophon), eine wunderbare, das Leben anleitende Gestalt. Aber die Nebenfiguren darf man weder in der Weltgeschichte noch im Alltagsleben und schon gar nicht bei den »Simpsons« vergessen. Willi, der Schulwart, ist so eine Figur. Für ein Mittelalter-Festival der Grundschule von Springfield wird Schulwart Willi, von Haus aus keine Schönheit, vom Schuldirektor kostümiert, also verunstaltet. Willi, der Schulwart, blickt in den Spiegel und ruft verzweifelt: »Welches betrunkene Callgirl wird mich jetzt noch mögen!« Das ist eine scharfsinnige Durchleuchtung der männlichen Eitelkeit, die selbst wenn ein betrunkenes Callgirl ihr Maß ist sich noch das Gemochtwerden suggeriert und im Notfall ihren eventuellen Verlust beklagt.

Die »Simpsons« sind die erfolgreichste Comic-Familie seit den Ducks. Gibt es Parallelen zwischen Donald und Homer?

In meiner Lesart ja. Zum Beispiel ist Entenhausen wie Springfield ein geschlossenes System. Aber es gibt auch Unterschiede. Donald ist ehrgeiziger, er scheint noch zu glauben, dass in der Gesellschaft von Entenhausen eine Chance für ihn als Respektsperson besteht. Aber indem er niemals hochkommt, lebt er wie Homer in der Geltungslosigkeit, die der Letztere allerdings genießt. Nichts zu gelten entlastet ihn von der Mühe, gesellschaftlich etwas anderes zu sein als der Endverbraucher von Bierdosen. Wobei aber ein extremer Unterschied darin besteht, dass die Familie Simpson sexualisiert ist. Ständig gibt es ein unterschwellig behagliches Grunzen, das Homer und Marge miteinander verbindet. Manchmal wird das Unterschwellige von den einander sinnlich zugeneigten Partnern auch überschritten. Der Sex wird dann leibhaftig.

Das Einzige, was Matt Groening heilig ist, ist die Kleinfamilie. Wie konservativ sind die »Simpsons«?

Sie sind, wie jedes gelungene Kunstprodukt, weder konservativ noch nicht konservativ – was im Übrigen auch für die Kleinfamilie selbst gilt. Die Kleinfamilie hat progressive Aspekte. Dass Menschen zusammenhalten, während sie doch zumeist auseinanderfallen, hat etwas ewig Fortschrittliches. Die konservative Utopie des Zusammenhalts hat etwas Progressives. Ich denke, dass das die Vorstellung der Familientherapeuten ist, die die »Simpsons« zeichnen. Sie zeigen, dass das Familienganze zwar ziemlich Scheiße ist, aber dass es doch funktioniert, und zwar zum Besten aller Beteiligten. Könnte Homer ohne Marge überleben? Marge könnte ohne ihn überleben, aber ob's ein Leben wär', oder besser: ob es *ihr* Leben wär', das zeichnet sich in der Serie sehr deutlich ab.

Die Simpsons-Macher sind für Sie Familientherapeuten?

Genau. Und wenn es nur ihre eigenen Familien sind, die ihnen die Wunden geschlagen haben, von denen sie sich befreien, indem sie die »Simpsons« zeichnen. Es gibt diese berühmte Folge, in der die »Simpsons« zu diesem Psychoanalytiker gehen, den sie aus der Fernsehwerbung kennen …

Dr. Marvin Monroe, übrigens ein Wiener …

… ja, für Amerikaner irgendein einschlägiger Ausländer. Und dort müssen sie zeichnen, was das Schrecklichste in ihrer Familie ist. Und wenn ich mich nicht irre, zeichnen alle Homer.

Träfe man Homer im wirklichen Leben, würde man ihn vermutlich verachten. Bei den »Simpsons« mag man ihn.

Die allerunsympathischste Figur ist für mich (und da folge ich nur den Urteilen, die die Macher hegen und pflegen) Ned Flanders. Ein von Religion motivierter, äußerst guter Mensch. Wobei der Witz darin besteht, dass beim Vergleich zwischen diesem äußerst Guten und Homer Simpson herauskommt: Der Gute ist eigentlich unerträglich. Wohingegen Homer weder gut noch böse ist, sondern schlicht schlecht. Und das schlicht Schlechte ist in unserem massengesellschaftlichen Durchschnittsleben die eigentliche moralische Größe. Vor ihr hat schon Nietzsche gewarnt – und auch er hatte gegen sie keine Chance. Matt Groening, der Erfinder der Simpsons, findet allerdings, dass Homer kein schlechter Mensch ist, sondern ein Trottel. Ich glaube, da ist die Figur ihrem Schöpfer über den Kopf gewachsen; es sei denn, dass man im Trottel die Schlechtigkeit erkennt, mit der wir Durchschnittsmenschen unsere Tage abwickeln.

Ein anderer Witz ist, dass ausgerechnet Ned Flanders ständig von Gott gestraft wird.

Lange habe ich an meinem Buch über die menschliche Eigenschaft der Güte gearbeitet, um unter anderem herauszufinden, wie sehr es zu einer bestimmten Imagination des guten Menschen gehört, dass er aus seinem Gutsein überhaupt nicht, auch durch keine Gottesstrafe, herauszuholen ist. Das imaginierte Gute ist wie ein Panzer, der den Guten einschließt und ihn nicht kompatibel macht mit dem Rest der Menschen, die ihren Trieben vertrauen und auf den Wellen, die diese Triebe schlagen, durchs Leben segeln.

Sehen Sie in den »Simpsons« ein aufklärerisches Moment?

Die Simpsons-Macher sind jedenfalls Leute, denen es beim Zeichnen Spaß macht, bestimmte Erkenntnisse über die derzeitige Gesellschaft herauszustreichen. Die Frage, unter welchen Bedingungen so etwas wie Aufklärung heutzutage existiert, ist damit nicht beantwortet. Bei aller Skepsis – es kann schon sein, dass etwa der Spott auf religiöse Werthaltungen, der bei den Simpsons zum Ausdruck kommt, von manchem als Religionskritik im aufklärerischen Sinn verstanden wird. Ein Beispiel: In irgendeiner Konfliktsituation macht jemand den Vorschlag, sie durch Lügen zu bereinigen. Sofort ist Homer in seinem Element, und er salbadert pfäffisch: »Lüge ist Liebe« – auch einer dieser hintersinnigen Sprüche, die gegen den Ernst, die Wahrheit sei dem Menschen zumutbar, im Einsatz sind. Ein Homer Simpson hat doch der Lüge so viel Lebensglück zu verdanken, dass er sie gottlob mit der Liebe gleichsetzen kann. Diese Liebe trägt ihn, und er weiß, die Wahrheit würde ihn vernichten. Das ist »aufgeklärtes falsches Bewusstsein«, also der massenhafte Zynismus, der die Lügen, mit denen man sein Leben bestreitet, durchaus durchschaut und nichtsdestoweniger aufgibt.

Spricht der Erfolg der »Simpsons« für oder gegen die USA?

Für mich spricht er für die USA. Artistisch, weil die Serie als Teil der in den Alltag integrierten Kultur keine Schwellen aufbaut, während sie unterschwellig mit einer hohen Intelligenz Aussagen noch über die letzten Dinge trifft: Kunst, Religion, Philosophie. Artistisch auch deshalb, weil das Gemachte, das Gezeichnete und dann Belebte in einer Animationsserie zum eingestandenen Handwerk gehört – und auf dieser Grundlage auch eine Kunst sein kann. Die Verkindlichung der großen Probleme ist ein Zeichen von Meinungsfreiheit. Und ein Zeichen einer Spaßkultur, in der das Lachen im Ernst einen Platz hat. Lachen zu können, vor allem über die unseligen Versuche (die ja sein müssen), ernst, sentimental und staatstragend zu sein, ist für mich ein Ausdruck jener Art von Freiheit, die ich haben möchte.

Berufsbild

Könnten Sie mich sehen, sehr geehrte Damen und Herren, dann würden Sie einen knapp über sechzig Jahre alten Mann sehen, der in einem Beruf, in einem Medienberuf, als Freiberuflicher (was für ein Wort!) seine Erfahrungen hat. Ich habe 1974 mit dieser Arbeit begonnen, und wenn ich mich selbst befrage, was denn das alles, so ein langer Weg, eine solche Karriere, zu bedeuten hat, dann ist das sicherlich nicht bloß eine rhetorische Frage; es ist, wie man früher einmal gesagt hat, eine existenzielle Frage, also eine an mich selbst gerichtete, deren Antwort, sofern sich eine findet, nicht ohne Risiko ausfallen wird.

Eines ist gewiss: Meine Erfahrung in besagtem Medienberuf bezieht sich nur auf einen Teil desselben, und es hat etwas leicht Überholtes, vielleicht auch Reaktionäres, zu dem ich mich in diesem Fall leider bekennen muss, dass ich diesen, keineswegs bloß von mir ausgefüllten Teil des Medienberufs hochschätze. Ich arbeite für Zeitungen, auch für den Rundfunk, in der Abteilung Feuilleton.

Hochmut ist dem Feuilletonisten nicht fremd – gäbe es diesen Teil, der eben Feuilleton genannt wird und der bekanntlich in sich fragwürdig genug ist, gäbe es diesen Teil nicht, die so genannten Medien gingen mir noch mehr auf die Nerven, als sie es ohnedies tun. Ja, Nerven, es ist eine Nervensache, ich empfinde es bis ins Knochenmark, Zeitung lesend, fernsehend, Radio hörend. Medien sind im Ganzen genommen ein avantgardistischer Zirkus. Den Zirkus verraten das Trara, das Tschinnbumm und die Kostüme.

Das Avantgardistische kommt für mich vom Montagecharakter: Neben der *Bild-Zeitung* besteht die *Süddeutsche* und neben dem Artikel über die Heiligsprechung steht einer über den Kampf der Wiener Bürger gegen Hundekot auf allen ihren Straßen; als Anhänger der modernen Welt, als Modernist, liebe ich eine solche Kombination ihrer Ausschnitte, eine Kombination, die jenseits von Gut und Böse ist und die nur dem pragmatischen Nihilismus der Apparate folgt – keine Kunst ist in der Lage, das Bild unserer Welt so zu zeigen wie diese Medien im Wirbel ihrer Zusammenklänge und Dissonanzen. Man muss es allerdings sehen können, und bedarf dafür eines Blicks, den man sich selbst verstellt, wenn man schlicht glaubt oder nicht glaubt, was die Medien zeigen. Das Spektakel, das sie bieten, ist an ihnen das Wahre, das Schöne und das Gute.

Manchmal allerdings erkennt man es sofort: Auf einem der deutschen Nachrichtensender sah ich einst den Papst, wie er in vielen Sprachen den Erdkreis segnete. Unter dem Bild lief eine der üblichen Informationsschleifen, ich sah hin und nahm zur Kenntnis: Unter dem segnenden Papst gingen die Börsenkurse durch. Welcher surrealistische Künstler hätte es gewagt, oder vielleicht muss man auch sagen, hätte nicht jeder Künstler dieser satirischen Plattheit wegen das Bild vermieden; das wiederum wäre schade gewesen, aber es gibt, zum Glück, den Nachrichtensender und sein Talent zur verbindenden Montage des scheinbar Unvereinbaren.

Mit den Medien ist klarerweise die Skepsis ihnen gegenüber, ja sogar der Hass auf sie entstanden. Ich erspare mir Zitate aus dem reichen Fundus dieser Aversionen von Balzac bis Karl Kraus. Aber es ist mit den Medien noch etwas anderes entstanden: skeptische Kollaborateure, widersprüchliche Menschen, die zu den Medien, mit denen sie kooperieren, auch eine Distanz haben, die sie wahren wollen. Wenn dieser Widerspruch nicht in den Zynismus führt, ist er moralisch begründbar, in dem Sinne, dass man durchaus moralisch motiviert sein kann, um gerade diesen Widerspruch auf sich zu nehmen. Die zynische Reaktion ist eh klar: Man schreibt oder propagiert, was man selbst nicht denkt, nicht glaubt – aber in dem Fall hält man nicht zum Medium die Distanz, sondern nur zu sich selbst. Man behauptet sich selbst (in einem Beruf), in dem man von sich selbst absieht, auch eine Möglichkeit, die öfter, »häufiger« wahrgenommen wird, als man denken sollte, und an der der moralische Defekt weniger interessant ist als das vollkommen Undramatische, mit dem sich das Ausblenden der eigenen Person zum Beruf machen lässt.

Medienberuf – ein Beruf wie jeder andere, man muss sich halt an Regeln halten, die man nicht nur nicht selbst erfunden hat, sondern die man selbst, aus eigenem Antrieb, auch niemals erfunden hätte. Im Terminus »Freelancer« steckt eine Utopie, die eine große Notwendigkeit, aber auch ein hohes Täuschungs- und Selbsttäuschungspotenzial enthält; es ist die Utopie der Freiheit – und Freiheit ist ein Begriff, der zwischen bloßem Gefühl, dem Freiheitsgefühl, und der tatsächlichen, objektiven Institutionalisierung von rechtlich garantierter Unabhängigkeit, von Autonomie schwankt.

Die Notwendigkeit der Utopie ist klar: Ohne Freiheit und Freiheiten würde nichts möglich sein als die Wiederholung des Status quo, und der wiederholte Status quo fiele automatisch unter sein eigenes Niveau. Das heißt: Ohne innovatives Potenzial verliert ein gegebener Zustand (in unserer Art von Gesellschaft) den guten Grund seines Fortbestands. Das gilt für das ökonomische, aber auch für das kulturelle System: Die erstarrte Kultur, der man immer wieder – in

Burg und Oper, im Verlagsprogramm und im Konzerthaus – begegnet, wird zum Einwand gegen Kultur überhaupt. Und je strenger eine Firma ihren Zusammenhalt pflegt, je mehr sie auf der Einhaltung von Regeln besteht, desto besser ist sie beraten, Freiräume, die bis zur Anarchie gehen können und vielleicht sogar müssen, zu ermöglichen. Die so genannten Kreativen (was für ein Wort!) sind nur darüber zu kontrollieren, dass man sie nicht oder möglichst wenig kontrolliert.

Umgekehrt gibt es das berechtigte Bedürfnis der Einzelnen, in einer Ordnung, und sei es als Freelancer, verankert zu sein. Die Institution muss arbeitsermöglichende, also im Wesentlichen lohnende (was Finanzen und Prestige betrifft) Chancen einräumen, durch die der Freiberufliche genug Ordnung hat, ohne an ihr zu ersticken. Andererseits sollten Institutionen, die Freiberufler beschäftigen, ihnen ermöglichen, dass sie weniger unter der Betriebsblindheit leiden müssen, die für den Fortbestand der Routinen, nicht aber für Innovationen nützlich ist. Die Tendenz, nicht zuletzt in den Medienberufen, geht allerdings in Richtung »prekäre« Arbeitsverhältnisse. Das heißt: Die Institutionen, Zeitungen, Rundfunkanstalten haben ein Interesse an den Produkten freiberuflicher Arbeit, aber sie haben wenig Interesse, den Freiberuflichen, vor allem was Lohn und Brot betrifft, den Status der Zugehörigkeit zu gewähren. Absurd niedrig sind zum Beispiel die Honorare der Lehrbeauftragten an Universitäten: Hier ist die Dialektik, jemanden als freiberuflichen Lehrbeauftragten an die Institution zu binden und ihn zugleich aus ihr auszuschließen, Routine; eine Routine, durch die paradoxerweise der Lehrbetrieb aufrechterhalten wird. Die Arbeit dieser Betriebsamen findet zwar Verwendung, die Betriebsamen selbst jedoch, da eben nicht integriert, kommen selten in den Rang des integrierten Außenseiters.

Dass so etwas ohne Weiteres möglich und selbstverständlich geworden ist, liegt – metaphysisch gesehen – an der Austauschbarkeit aller Individuen in der Schöpfung (»niemand im Betrieb ist unersetzlich!«) und – ökonomisch gesehen – simpel daran, dass es mehr Angebote von Arbeitskräften als Stellen gibt. Diese Konstellation intensiviert naturgemäß, also unserer Gesellschaft entsprechend, die Konkurrenz. Die Freiberuflichen haben einen Markt gemeinsam, der sie zugleich voneinander trennt. Aus den Konkurrenzen, die dort, wo ein Geschäft noch eines ist, dasselbe beleben, aus diesen Konkurrenzen entstehen – besonders dort, wo das Geschäft, kaum eines ist – Leidensgeschichten, Kreuzgänge statt Karrieren. Viele investieren ihre Freiheit dann in den Hass und in den Neid auf die Konkurrenten, die von der Freiheit besser Gebrauch machen können. Der Erfolg, der die einen befreit, ist für die anderen ein Leidwesen – das soziale Klima ist unter Freiberuflichen – wahrscheinlich etwas mehr als sonst – von Leid und Triumph, vom Ressentiment geprägt. Einen freien Beruf ausüben heißt in den meisten Fällen, dass man die Nachfrage nach seiner Arbeit nicht einfach voraussetzen kann, sondern dass man diese Nachfrage selber erst erzeugen und schaffen muss. Das führt unweigerlich zu einer Form von Reklame, die abschätzig »Selbstdarstellung« genannt wird. Selbstdarstellungen kurbeln die Konkurrenz an, und die Konkurrenten, immer den anderen Narziss vor Augen, bleiben aufeinander fixiert. Die Freiheit, die keine Macht, keine Verankerung hat, bietet einen Trost, einen letzten Trost, den ihrer Abstraktheit: Romantisierend besingt Wolfgang Ambros, profitierend vom Freiheitspathos und sich damit selbst berauschend, die Berufung zum Sandler unter dem Titel: »Verwahrlost, aber frei.«

Solche Überlegungen mag man freundlich oder unfreundlich der so genannten Kulturkritik zuordnen. Medien überhaupt als einen Ort für Selbstbestimmung auszugeben stammt in meinem Fall aus dem Horizont eines etwas altmodischen Typus der Branche: Es ist »der freie Schriftsteller«, ein historisch relativ spät entstandener sozialer Typus, dem ich mich verpflichtet weiß und der auch meinen Umgang mit den Medien bestimmt. Nehmen Sie als Beweis dafür, dass ich niemals, wie es heißt, ein Buch »besprochen« habe, bloß weil es erschienen ist. Neuerscheinungen müssen schon aus diesem ihren Grund besprochen werden, nämlich deshalb, weil sie da sind. Ich habe mich immer nur mit Büchern befasst, die auf dem Weg meines eigenen intellektuellen Fortkommens oder meines Vergnügens zu gebrauchen waren. Das ist Egoismus, und nicht nur zu Unrecht werden in den Redaktionen Leute wie ich abschätzig »Selbstverwirklicher« genannt, deren Nutzen fragwürdig ist, weil das Medium kein Selbstzweck, sondern, wie man sagt, »für das Publikum« da ist. Aber umgekehrt gilt: In einer Zeitung ist ein Feuilletonist am besten als integrierter Außenseiter, als jemand – ich habe diese Konstellation ja schon beschrieben –, der dazugehört und zugleich nicht oder nicht alles mitmachen muss. Das Feuilleton muss, um gut zu sein, den Charakter der Ausnahmeerscheinung behalten.

In den Anfängen meiner Laufbahn trug ich Artikel, die mir ein Anliegen waren, an den Schreibtisch des Chefredakteurs eines Nachrichtenmagazins heran. Der Chefredakteur überflog sie, ging mit ihnen, ich hinterher, ins Vorzimmer, warf meinen Artikel auf den Schreibtisch seiner Sekretärin und rief mir höhnisch zu: So, wenn die Frau Leibetseder das versteht, was Sie da schreiben, dann druck ich's Ihnen ab. Wie sehr der Boss mich damit verachtete und mit mir zugleich Frau Leibetseder, fiel bei den Hierarchien einer Redaktion, die ja einer Leitung bedarf, nicht ins Gewicht. Frau Leibetseder stellte gründlich fest, dass meine Artikel nicht nur ihr nicht verständlich, sondern überhaupt »unverständlich« waren, und für mich tat sich in dieser nachrichtenmagazinlichen Konstellation ein unversöhnlicher signifikanter Gegensatz auf: Als freier Schriftsteller musste ich darauf beharren, dass der Schwierigkeitsgrad meiner Ausführungen sich aus der Sache entwickelte, ganz der Sache entsprach, die ich darzustellen hatte. Der Medienmann hingegen verlangte, dass jede Sache, jedes Thema für das Publikum formuliert werden musste – in einer allgemein verständlichen, am besten immer gleichen Sprache, gleichgültig, was man im Besonderen zu sagen hatte.

Dafür betrieb er Marktforschung mit Frau Leibetseder als Versuchsperson, aber er studierte die Sache nicht, die aus meiner Sicht jenseits der Komplexität meiner Darstellung gar nicht vorkam: Außerhalb der Formulierung findet für einen Schriftsteller die Sache, von der er schreibt, nicht statt. Es ist ein bestimmt auftretendes vages Prinzip von Verständlichkeit, mit dem der Medienmann dagegen arbeitet, mit dem er selektiert, was vorkommt und was nicht; im schlimmsten Fall ist es bloße Willkür, selektives Kannnichtverstehen, das durchaus inhaltliche, zensurähnliche Gründe haben kann. Der freie Schriftsteller dagegen könnte im besten Fall argumentieren, warum er so oder so schreibt, warum es also die Sache verlangt, in all ihrer Schwierigkeit dargestellt zu werden. Der Stolz auf die wie immer auch notwendig gewordene Schwierigkeit verträgt sich nicht leicht mit dem Stolz auf die Reichweite, auf das Weitverbreitete; der Stolz auf die (vielleicht sogar begründbare) Esoterik verträgt sich schlecht mit dem auf die Quote, an der angeblich alles hängt, nach der alles drängt.

Weshalb also für Medien arbeiten und zugleich sich eine Distanz zu ihnen wünschen, sich eine Distanz zu ihnen ausrechnen? »Einkommensquelle« heißt der materielle Grund – er mag wie das meiste Materielle moralisch schnöde klingen, aber: Da die Miete bezahlt werden muss, sollte man diesen Grund auch aus pädagogischen Gründen nicht unterschlagen, und es ist überdies darauf hinzuweisen, dass der Typus des so genannten freien Schriftstellers seinerzeit nicht zuletzt vom Markt, auch vom Zeitungsmarkt, erfunden, konstituiert wurde. Der Markt hat das Freiheitspathos intus. Das spiegelt sich wider im Stolz mancher Schriftsteller, unabhängig zu sein, und das heißt, weder abhängig zu sein vom privaten Mäzenatentum noch von staatlichen Subventionen, und – radikal ausgelegt – auch nicht vom Publikum. Bescheidener nimmt sich mein Stolz darauf aus, niemals in einem Medienbetrieb angestellt gewesen zu sein, das heißt, niemals Weisungen befolgt zu haben, die mehr im Arbeitsrecht als in der konkreten Arbeit wurzeln.

Beabsichtigt man, aus der eigenen Erfahrung heraus zu sagen, welche Konflikte in einer einschlägigen Karriere durchzustehen sind, so enthält meine Anekdote mit dem Chefredakteur ein klassisches, über Medienberufe weit hinausgehendes Modell, in dem sich die Frage stellt: Wie weit passt man sich gegebenen Anforderungen an oder wie weit versucht man sich gegen solche Anforderungen durchzusetzen? Selbstbestimmung darf man nicht fetischisieren, es besteht stets die Möglichkeit, dass man den edlen Wert der Selbstbestimmung pervertiert, indem man nur auf der eigenen Eitelkeit, auf den höchstpersönlichen Eigenheiten beharrt. Aber grundsätzlich ist dies eine der Fragen: Nehme ich den Medienapparat, seine Hierarchien und seine Logik ernster als mich selbst, der ich doch auf meine Weise so viel zu sagen habe, und wie viel bin ich bereit zu lernen, auch in dem Sinne, dass ich, eines Besseren belehrt, von meinen Utopien Abstriche mache? Welche Lehren, die der Medienapparat, so wie er ist, mir zu erteilen versucht, lehne ich auf jeden Fall ab?

Soziologisch gesehen hat diese Fragestellung wahrscheinlich etwas Unrealistisches. In den meisten Fällen nämlich stellen sich Fragen dieser Art gar nicht oder vielleicht erst hinterher, also an dem berühmten und beliebten Zeitpunkt, an dem es schon zu spät ist. Karrieren haben eine Eigendynamik, sie sind von persönlichen Entscheidungen höchstens ebenso sehr gepflastert, wie man umgekehrt mehr oder minder fraglos in so eine Karriere hineinwächst. Soziologisch gesehen haben die wenigsten eine Wahl im emphatischen Sinn, sondern bei den meisten entsteht aus dem, was sich ihnen anbietet, aus dem, was sie wollen und aus dem, was sie müssen, und last not least aus dem, was sie können, aus Zufällen, Unfällen und Absichten, aus all dem entsteht schließlich eine Art Zwangsläufigkeit: ihr Berufsleben eben.

Das ist ja der Sinn einer Überlegung, die Erfahrungen weitergibt und rekapituliert, dass sie den Zwangsläufigkeiten Freiräume, dem Automatismus Terrain abgewinnen will – und deshalb nun diese andere Frage, die mit dem Materiellen zusammenhängt, eine Frage, die beim derzeitigen Stand der Medienwirtschaft »ein jeder für sich beantworten muss«:

Man kann in der Branche, die zugleich ein eigenes Proletariat, selbständig Verarmte, auf eigene Rechnung Gescheiterte, hervorbringt, auch verdammt viel Geld verdienen. Also lautet die Frage: Will ich ans Geld, ans große Geld heran?

Nein, die moralischen Implikationen dieser Frage, sofern es welche gibt, sind hier nicht meine Sache. Ich meine nur, dass derjenige, der ans Geld will, innerhalb derselben Branche einen anderen Beruf wählt als derjenige, der einen Aufsatz in der *Neuen Zürcher Zeitung* / Abteilung »Literatur und Kunst« unterbringen möchte. Ich rede nicht von Lebensunterhalt verdienen, sondern vom Geldregen, in dem zum Beispiel namentlich bekannte Kolumnisten der *Bild-Zeitung* oder ein paar Zampanos vom Privatfernsehen stehen. Ob man der Massenkultur angehört (die mir, ich wiederhole es, keineswegs in allem unsympathisch ist) oder einer schon sehr zerklüfteten Bildungswelt, ob man den Resten bürgerlicher Bildung (die mir nicht in allem sympathisch ist) zuarbeitet, das ist auch eine Geldfrage. Dieser Fluss, dieses Hinüberfließen von Wort und Bild ins Geld und wiederum zurück, bis hin zur Identität, durch die alles Veröffentlichte von Geldeswert ist, den man für bare Münze nehmen kann, dies verdient unser soziologisches Interesse, weil es – ich betone: auch jenseits von Gut und Böse – diese Gesellschaft charakterisiert. Ich halte dagegen die Reminiszenz hoch an eine vergangene Geistesaristokratie, die den Tausch von Wort in Geld nicht akzeptierte; für Geld schrieben diese Leute nichts.

Ja, und dann die Meinungsmacht. An der Stelle, an der ich meine Meinung veröffentlicht habe, steht keine andere. Ich will hier nicht den Antrieb untersuchen, durch Meinungsmache Einfluss zu nehmen. Im Gegenteil, ich lasse den Verdacht ins Positive kippen, in eine Frohbotschaft. Der ideelle Grund, aus dem ein freier Schriftsteller, also einer, der weder vom Staat noch von einem Mäzen abhängig ist, sich teilweise vom Markt abhängig macht, heißt – Öffentlichkeit. An ihr teilzunehmen und sie mit herzustellen ist ein Privileg, ein demokratisches Privileg, um sogleich einen Widerspruch darin festzuhalten. Gewiss, die Befunde, die dieser Öffentlichkeit ausgestellt werden, sind nicht günstig: Das ursprüngliche Konzept bürgerlicher Öffentlichkeit, die dadurch entsteht, dass Privatleute über ihre Angelegenheit öffentlich räsonieren, ist unterlaufen durch Professionalisierung und Kommerzialisierung. Professionalisierung heißt: Kaum ein Privatmann kann seine Angelegenheiten unmittelbar öffentlich machen, alles läuft über die Vermittlung von Profis, die allerdings Regeln beachten müssen, welche oft der Sache, die kommuniziert werden soll, zuwiderlaufen. Wer kennt die Politiker nicht, die darüber klagen, die Dramaturgie des Fernsehens zwinge ihnen eine komplexitätsvernichtende Rhetorik auf; und wer kennt die Politiker nicht, die sich darüber gar nicht beklagen, sondern die diesen Tatbestand der Begünstigung komplexitätsvernichtender Rhetorik zu ihren Gunsten ausnützen?

Aber, und das ist die Frohbotschaft, man darf annehmen, dass sich hinter allem Strukturwandel der Öffentlichkeit von ihr genug erhalten hat, um – sagen wir einmal – weiterzumachen. Es ist aber keine nationale Öffentlichkeit mehr und noch keine europäische, es ist mit signifikanten Ausnahmen, die globale Belange betreffen, überhaupt keine einheitliche Öffentlichkeit mehr, es ist ein, wenn auch keineswegs idyllisches, Zusammenspiel von Suböffentlichkeiten. In diesem Zusammenspiel, so die These, erhält sich, wie gefährdet auch immer, genug vom Prinzip der Öffentlichkeit. Für mich hat die Öffentlichkeit im Prinzip einen Doppelcharakter: Einerseits ist sie nicht bloß der Ort, an dem Gedanken ausgetauscht werden und auch aneinander geraten; es ist dieses Austauschen und Aneinandergeraten in der Öffentlichkeit, das die Gedanken bereits im privaten Raum mitformuliert. Dogmatisch (und mehr oder minder frei nach Alexander Kluge) gesagt: Ohne Öffentlichkeit auch kein Denken, zumindest keines, wie wir es bisher kennen und das wir, nicht zuletzt in Bezug auf den gesellschaftlichen Fortschritt, als lobenswert erachten.

Andererseits aber ist die Öffentlichkeit ein artistischer Raum, ein Ort der Spiegelungen, der Entlarvungen und der Verstellungen; ein Ort des Protests und der Zustimmung, also ist sie eine Art virtuelle Wiederkehr von Straßen und Plätzen einer Stadt, also hat sie etwas Urbanes, auch wenn eine Suböffentlichkeit wie die dörfliche in ihrer Macht nicht unterschätzt werden darf. Aber um diese Differenz geht es hier nicht, ich will nur auf diesen sozusagen zweiten Charakter der Öffentlichkeit, auf ihren performativen Charakter aufmerksam machen, und wenn es etwas gibt, das ich als älterer Ausübender eines Medienberufs jüngeren mitteilen möchte, so ist es Respekt vor Öffentlichkeit, den man nicht zuletzt dadurch zollt, dass man in seiner Arbeit sowohl ihre intellektuellen als auch ihre performativen Ansprüche berücksichtigt.

Meine These war, Öffentlichkeit lasse sich nur als ein Zusammenspiel unterschiedlicher Öffentlichkeiten (und damit auch der unterschiedlichen Medien) fassen. Ja, und der Ort, an dem unterschiedliche Medien sozusagen fröhliche Urständ feiern, ist der Computer. Ich begebe mich – aus besagtem Grund meiner Zugehörigkeit zur Schriftkultur – auf dünnes Eis, aber dort wage ich mich bis zu der bekannten Behauptung vor, dass nicht wenige soziale Phänomene heute analog zur digitalen Datenverarbeitung gedacht und dargestellt werden müssten. Soziologisch gesehen will ich sagen: In einem Medienberuf stößt das Freie an der Freiberuflichkeit nicht nur an ökonomische und organisatorische Grenzen (oder auf ökonomische und organisatorische Partner), sondern wie in vielen anderen Berufen auch gibt es radikale, berufliche Veränderungen, die auf Technik gründen.

Das ist ein Gemeinplatz, der sich mit dem Hinweis glücklich erweitern lässt, dass es ein folgenreicher Gemeinplatz ist. Mit dem Computer hat man andere Möglichkeiten, die Realität zu entschlüsseln, sie zu zerlegen und zusammenzusetzen als mit der Handschrift. Bilder, Rhythmen kann die Schrift andeuten, die Maschine kann sie realisieren; es ist klar, dass diesem Andeuten eine interessante geistige Würde innewohnt; jedenfalls liegt in diesem Bereich der Digitalisierung eine radikale Veränderung. Der von mir zitierte Chefredakteur arbeitete einst mit einem handgezeichneten Satzspiegel – ein Satzspiegel, das ist ein Modell eines Blattes, wie es erscheinen wird, und wenn Änderungen erforderlich waren, gab es ein großes Radieren und Neuzeichnen.

Ich habe immer gerne für das Radio gearbeitet, für diesen Film ohne Bilder, und meine erste große Radioarbeit war das Umschneiden und Kommentieren der »Letzten Tage der Menschheit« von Karl Kraus. Der österreichische Rundfunk hatte das gesamte Drama aufgenommen und wollte es bei einer Zweitausstrahlung anders, kürzer proportionieren als beim ersten Mal. Da saß man damals in einem Hinterzimmer bei gestapelten Tonbändern, war also nicht nur in der Zeit, sondern auch im Raum tätig; man hatte es mit einer ziemlich unnachgiebigen Materie zu tun: Ein einmal aufgetrenntes Band musste händisch wieder zusammengesetzt werden, falls man die richtige Stelle nicht erwischt hatte oder eine andere für besser erachtete.

Diese Arbeit mit der Hand, so sagen es Erfahrene, hat ein eigenes Verhältnis, ein eigenes Bewusstsein zum Ton, zum Tonwerk hervorgebracht, denn man lernt ja an den Widerständen, die ein Material einem entgegensetzt. In der virtuellen Welt, wo der Bildschirm graphisch, in Kurven, den Tonverlauf anzeigt und man die möglichen Schnittstellen, die man früher hören musste, jetzt auch sehen kann, in der virtuellen Welt kann man blitzschnell in den Verlauf eingreifen und diese Eingriffe ebenso schnell wieder rückgängig machen. Das heißt: Man kann entschieden besser experimentieren, während man im alten System oft erst nach der Fertigstellung des Bandes wusste, wie man es eigentlich hätte richtig machen sollen. Das Resultat erteilte einem die Lehre, wie man es hätte machen müssen, nämlich auf jeden Fall anders. Anders kann man es virtuell sehr schnell machen, und es besteht vielleicht die Gefahr, dass diese Schnelligkeit zum letzten Inhalt, zur Botschaft der Arbeit wird: Der spezifische Widerstand des Materials wird ausgetrickst, und die Trickser kennen am Ende, anders als der händisch Bänder schneidende Mensch, keinen Widerstand mehr. Man darf glauben, dass die Technik kein unschuldiges Mittel ist, sondern dass sie die Inhalte, das Zugelassene und das Ausgeschlossene, selektiert, mit auswählt. Ja, das ist letztlich eine Zukunftsfrage der Medienberufe: die technisch ermöglichte Automatik einerseits und andererseits die alte, nicht überholte Selbstreflexion der Menschen in ihrer Gesellschaft, das, was so schön Öffentlichkeit heißt.

Eindrücke der Vergangenheit

Wie sehen Sie Ihre doch so vorpreschende Generation im Rückspiegel?

Ja, die Geschichte mit der Generation – die Generationenfrage eine Gretchenfrage –, und ich, sechzig Jahre alt, mit allen anderen Sechzigjährigen eine Einheit, vielleicht sogar eine Front bildend? Ein bisschen so was wie »wir Sechzigjährigen beherrschen das Kulturleben« habe ich schon einmal sagen hören, wobei doch niemand das Kulturleben beherrschen kann, weil das Kulturleben eine Organisation ist, von der selbst die Herrscher beherrscht werden. Aber dass diese Generation eine bestimmte Kraft hat (und jede Generation, es ist ein Gemeinplatz, hat eine eigene Kraft und eigene Schwächen), dass diese »meine Generation« eine bestimmte Kraft hat, werde ich in diesen »Memoiren« noch einmal beschwören. Diese Kraft hat damit zu tun, dass wir nach dem Krieg geboren sind, dass unsere Eltern so oder so in den Kriegswahnsinn mit einbezogen waren und dass die Zeit nach dem Krieg für nicht wenige Menschen eine immens glückliche Zeit war – aus dem einfachen Grund: Der Krieg war vorüber. Und davon kriegt man als Kind, ohne zu wissen, was es ist, die Stimmung mit. Man wächst in einer Aufbruchsstimmung auf.

Aber das war die Vergangenheit. Diese Aufbruchsstimmung hatte für meine Generation auch eine Zukunft: Die Eltern aus den so genannten unteren Schichten sahen in diesem sozialpartnerschaftlich verfassten Österreich Aufstiegschancen. So ist unsereins Kind im Rahmen der Möglichkeit gewesen, nicht leiden zu müssen – nicht extrem leiden zu müssen, wie die Eltern in der Zwischenkriegszeit, in der Kriegszeit und in der Nachkriegszeit doch gelitten hatten, und sei es in dieser auf der Welt immer noch existierenden Weise, nämlich an Hunger. Das war alles vorüber, und fast alle schienen bessere Aussichten zu haben. Und wir, »meine Generation«, wir sind in diese Veränderungen und Verbesserungen hineingewachsen. Ein Mensch wie ich konnte studieren, und nicht nur das, ich studierte Philosophie, also nichts, dessen Lohn am Ende irgendein Brotberuf hätte sein können. Was für ein Gottvertrauen! Es waren Veränderungen und Verbesserungen, wie man sie in den Schichten, aus denen ich komme, niemals für sich vorhergesehen oder gar vorgesehen hätte. Es waren außerdem Veränderungen, die man nicht mit dem Ellbogen oder mit sozialer Härte, schon gar nicht im Klassenkampf hat durchsetzen müssen, sondern es war – ironisch gesagt – der Weltenlauf (den man genau analysieren müsste, den ich hier nur fatalistisch anführe, um hervorzuheben, dass wir ja nichts für ihn oder nichts gegen ihn getan hatten). Der Weltenlauf, der da etwas ermöglicht hat in seinen kleinen österreichischen Rinnsälen, etwas, das ganz erstaunlich war. Und was kam?

Die Jugend oder ein Teil der Jugend, nicht zuletzt aus diesen unteren Schichten, hat sich gar nicht affirmativ verhalten, sondern eben kritisch. Aber die Voraussetzung für das Kritische war, dass der soziale Aufstieg und die Verbesserung der Lebensbedingungen uns in Fleisch und Blut, jedenfalls auch ins Unbewusste übergegangen waren. Mit Recht forderten wir (oder besser die, die unter uns eindrucksvoll waren, forderten mit Recht) mehr vom Selben: Alles sollte noch besser werden. Und man fühlte sich sicher genug, um unabhängiger – nicht zuletzt unabhängiger als die Eltern – existieren zu können. Zum Beispiel war meine Gleichgültigkeit gegenüber dem Faktum, dass ich nicht pensionsversichert bin, eine Stärke, die nicht zuletzt aus diesen generationsbedingten Vorteilen kam. Ich war nicht Knecht einer Sorge, die einen niederknüppelt und einem Anpassungsleistungen aufzwingt. Die jugendlichen Generationen heute haben solche Vorteile nicht mehr, und sie verhalten sich auch anders – generell. Sie kennen den Hochmut vor dem Fall nicht mehr, weil sie den Fall vor Augen haben.

Im Wesentlichen also doch eine Generationengeschichte?

Es gilt allerdings: Nicht die Generationen führen ihr Leben, sondern die Individuen, die Einzelnen. Auf seine Generation kann sich keiner ausreden, auch wenn das Denken in Generationen eine Möglichkeit bietet, viele der individuellen Vorgänge zusammenzufassen. Generation ist ja in erster Linie biologisch zu verstehen; meine ist mit dem Geburtsdatum 1947 festgelegt. Grundsätzlich muss man sagen, dass die Zugehörigkeit zu einer Generation zu gar nichts berechtigt – zu keiner Art von Intimität oder Gemeinsamkeit. Ich würde eher sagen, der Versuch, in der Generation zu verschwinden, also seine Individualität auszusparen, indem man sagt, »Wir haben ein gemeinsames Schicksal«, stellt überhaupt keine Gemeinsamkeit her.

Und dennoch: Im Rückblick lässt sich manches generationenspezifisch konstruieren, was im unmittelbaren Erleben, was damals eine höchst individuelle Geschichte war. Alle »in meinen Kreisen« haben jeweils auf eine andere Art die gleiche Geschichte gehabt. Ich erzähle eine, nämlich überhaupt die Geschichte aller Geschichten, weil sie etwas mit Archäologie, mit Ausgrabung zu tun hat, mit einem Rückblick in – sagen wir – Gemäuer, die heute schon abgerissen sind. »Die Gemäuer« meine ich ebenso metaphorisch wie konkret. Konkret meine ich das Café Dobner. Das Café Dobner war ein Café am Naschmarkt –, hervorragend für Lyrismen spätpubertierender Dichter geeignet und hervorragend heute auch für die Erinnerung, denn das Café Dobner war ein bescheidener, aber einprägsamer Rahmen unserer besten Seiten, aber auch unserer Verkommenheiten und Idiosynkrasien. Für manche nicht ungefährlich, was ihr Drogenleben betraf. Für andere war es auch eine Zusammenkunft politisch Gleichgesinnter und solcher, die es werden wollten. Bei den Gleichgesinnten und bei den zukünftig Gleichgesinnten ging es nicht nüchterner zu als bei den Drogenkonsumenten. Und ich erinnere mich, und ich nehme an, er weiß das heute gar nicht mehr, aber an irgendeinem dieser Abende bin ich sitzen geblieben und neben mir am Tisch war auch einer. Und dieser eine war ein außerordentlich gut aussehender junger Mann, Lukas Resetarits, der all das – und das macht die Archäologie so ergreifend –, der all das, was er heute hinter sich hat, damals, in diesem Moment, im Café Dobner noch vor sich hatte. Das heißt, es saß vor mir ein beredtes leeres Blatt.

Und was soll man Ihrer Meinung nach daraus lernen?

Vielleicht nichts, außer dass auf dem leeren Blatt, das Resetarits damals war, immerhin sein Geburtsjahr stand: 1947. Und das sind schon Geschichten (einschließlich meiner eigenen), die – wenn man sie nicht besonders sentimental deuten will – das Unheimliche vergangener Zukunft haben. Ich erinnere mich, wie wir, Resetarits und ich, leidenschaftlich über etwas gesprochen haben, sicher etwas politisch Interessantes und Relevantes, und wie diese Gespräche gleichzeitig Suchbewegungen waren, sich selbst auf irgendeine Praxis festzulegen – und wenn man denkt, wie viele Jahre vergangen sind und wie man jetzt in der Tat festgelegt ist durch die Praxis, die man hatte, dann kriegt man ein Gefühl dafür, was Geschichte überhaupt und was die eigene Geschichte ist. Aber skeptisch bin ich, was Gemeinsamkeiten und das Beschwören von Gemeinsamkeiten betrifft. Denn schon damals waren die Leute, die ähnlich dachten, ähnlich lebten, untereinander zerstritten oder ineinander verhasst. Selbstverständlich waren sie gerade dadurch aneinander gebunden; nichts hält besser als lebenslange Feindschaften, die von der Ähnlichkeit der Kontrahenten gespeist werden können. Aber weil wir da so sitzen und reden – was für diese Zeit damals charakteristisch war, war ein Wunsch, ein Wille und ein Bedürfnis, miteinander zu sprechen. Wenn ich auch nichts vom Beschwören der Gemeinsamkeiten halte (außer bei kleinen Gruppen, die bis heute in mehr oder minder sektiererischer Form zusammenstecken, gab es wenig Zusammenhalt), so war doch dieser Drang, miteinander zu sprechen, für uns charakteristisch. Man hat damals geglaubt (ja, gewiss nur in unserem kleinen, aber was die Lebendigkeit betraf, vorbildlichen Kreis), es hat einen Sinn, wenn der Georg Danzer und ich im Hawelka sitzen und mit irgendwem reden. Der Danzer (der einer meiner Schulfreunde war, die ich im Laufe der Zeit allmählich aus den Augen verloren habe) hat groß seine Augen aufgemacht und ich habe groß meine Augen aufgemacht, und wir waren in Gesprächen versunken. Es gab eine Art von Gesprächsbereitschaft, von der wir annahmen, sie bringt uns weiter. Unter uns waren wir am Wort. Eben so habe ich einmal – Resetarits wird's vergessen haben – mit dem völlig unbekannten Lukas Resetarits, dem »Kottan« späterer Jahre, ein wunderschönes Gespräch in der Nacht gehabt.

Und wissen Sie noch, worüber?

Nein, das weiß ich überhaupt nicht. Aber dass ich heute nicht mehr weiß, worüber wir geredet haben, gibt mir Recht in der Auffassung, dass es darauf gar nicht ankam. Sondern es kam zum Beispiel darauf an, dass die Privatheit der schalldichten Kleinfamilien, aus denen nichts nach außen dringen darf, durch öffentliche Formen jugendlicher Gesprächsbereitschaft und erotischer Besetzung des Sprechens aufgehoben werden. Dass man die quälenden Grenzen der Kleinfamilie, unter deren Obhut man letztlich gediehen ist, verlässt oder wenigstens durch Herstellung von Formen der Öffentlichkeit übertritt, mit denen niemand rechnet. Das hatte auch eine politische Bedeutung, denn die Obrigkeit war damals auf allen ihren Stufen in erster Linie eine schweigende, und zwar in dem Sinn, dass sie sich nicht zur Rede stellen ließ. Im Rundfunk liefen charakteristischerweise Interviews, für die die Fragen eingereicht worden waren und wo die Antworten vom Blatt vorgelesen wurden. Hochgerechnet wollte unsere Gesprächsbereitschaft die gesamte Polis, ja, die ganze Welt in einen Zusammenhang von Diskussionen miteinbeziehen. Wer kann sich das heute, da alle unbedenklich durcheinanderreden, noch als wünschenswert vorstellen?

Was waren für Sie die intensivsten Eindrücke aus der Kindheit?

Die intensivsten Eindrücke aus der Kindheit? Wenn man die Frage bloß stellt, zuckt es schon gewitterartig in meinem

Kopf, und die verschiedenen Bilder lösen einander rücksichtslos ab. Man kann beliebig anfangen. Sicher das große graue Haus, für meine Verhältnisse ein großes graues Haus, eine Gemeindewohnungsburg, und ich bin viel später einmal dort gewesen und habe mir das Stiegenhaus angeschaut, und im Stiegenhaus machte ich die berühmte, für viele geltende Erfahrung: Das Stiegenhaus war klein, schmächtig und keineswegs so groß, wie ich es damals erleben musste, weil ich selbst klein war. Die Hausgemeinschaft war streng proletarisch, und ich erinnere mich besonders gern an die alten Damen, die aus ihren Wohnungen auf die Straße geschaut haben, tagein, tagaus, mit ihren silbergrauen Haaren und diesen sorgfältig unmodischen Frisuren, die in der Folge frisch eingerollter Haare entstehen. Das sind Frisuren und Menschen von einer Art, die es heute nicht mehr gibt; sie waren damals schon Geschichte, die Frauen, die aus den Erdgeschoßfenstern herausschauten, und viele andere, die in solchen Gemeindebauten gelebt haben, sie sind heute nicht mehr da, und ich erinnere mich an Gemeindebaubewohner, die Grundberufe ausübten, an einen Briefträger zum Beispiel, der seltener zu Hause war, der meistens im Wirtshaus saß, denn Briefträger waren damals mit ihrem Job rechtzeitig fertig, um sich noch bei Tageslicht betrinken zu können. Blitzlichtgewitter meines Gedächtnisses: Ich erinnere mich an die Mutter eines Freundes im Haus, an die Harry-Mama, sie war alleinerziehend, der Vater war weit weg, er war Pelzmensch, hat Pelze geschneidert, ein Beruf, den es heute nur noch für die Hautevolee gibt, damals – nach dem Krieg – konnten Krethi und Plethi ihre alten Pelze, die sie aus den Untiefen ihrer Kästen hervorholten, zum Vater meines Freundes tragen. Handwerker, die Felle zu Pelzbekleidung, Pelzdecken oder Ähnlichem verarbeiten, nennen sich Kürschner. Der Sohn des Kürschners wurde viele Jahre später Fischverkäufer. Den Geruch habe ich jetzt in der Nase, wenn ich an ihn, an Harry, denke, der als Bub so oft ein Lachen über das ganze Gesicht hatte, weil er froh war. Ich hoffe, er ist etwas anderes als Fischverkäufer geworden, wenn er denn noch lebt, wir sind ja nicht mehr alle am Leben. Und ich erinnere mich an die freien Landschaften in der Stadt, an den Red-Star-Platz und an den Märzpark, und noch viel früher, bevor der Märzpark existierte, war eine riesige Gartensiedlung dort, wo heute die Stadthalle steht, und ich glaube, ich kann mich noch an die letzten Ausläufer dieser Siedlung erinnern, bevor sie geschleift wurde und man etwas Anständiges, eine Mehrzweckhalle, darauf gebaut hat. Ja, es war eine eigene Zeit dort, will sagen, eine, die sich von allen anderen Zeiten unterscheidet, und weil ich von Ferdinand Schmatz gelesen habe, dass er Fußball gespielt hat, vom Land kommend, hat er in Wien im Käfig, also im Parkkäfig, der ein eingezäuntes Betonfeld für Kinder bot, Fußball gespielt, und mit seinem Fußballspiel war er, vom Land kommend, schon früh in das Kinderspiel der Stadt, also in die Stadt integriert, und das Fußballspiel war sozusagen sein Fundament für seine Zugehörigkeit, die ein Stadtleben lang anhält – so war ich auch einer, der da Fußball gespielt hat, in solchen vorstädtischen Gegenden, aber wir, meine Freunde und ich, wir haben manchmal auch um den Platz kämpfen müssen, wir haben als Straßenkinder den Kindergarten, den katholischen Kindergarten, immer erobern müssen, und wir wurden immer von den Priestern vertrieben und dann sind wir nach der Vertreibung wieder eingewandert und auf dem Platz aufmarschiert – und wieder wurden wir von einem Priester vertrieben … So habe ich das Fußballspiel schon früh als Kampfsportart erlebt – in zweifacher Hinsicht: als Kampf auf dem

Platz und als Kampf um den Platz. Ich bin (k)eine Kämpfernatur. Dann erinnere ich mich, dass ein Mädchenkloster oder ein katholisches Erziehungsheim für Mädchen dem Kirchengebäude angeschlossen war. Wir wohnten vis-à-vis davon, und ohne es zu begreifen empfand ich eine Irritation, ein Gefühl, das ich nicht benennen konnte, das aber besagte: Da drüben leben Menschen, die eingesperrt sind. Ja, die Erinnerung, sie ist, wenn man sich auf sie konzentriert, eine schwere Erinnerung, wie eine Last, weil man sich fragen muss, wo ist denn das alles hin verschwunden? Integriert in den Fortschritt, von ihm auf ein anderes Niveau gehoben und bewahrt wurde das nicht; es ist einfach weg, als ob seine Existenz schon damals gar keinen Sinn gehabt hätte.

Haben Sie in der Zeit, als Sie im fünfzehnten Bezirk wohnten (an der Grenze zum sechzehnten, wie Sie es einmal ironisch dramatisierten), jemals den Verdacht gehabt, dass Sie dort nicht hingehören, oder umgekehrt, hatten Sie die Sehnsucht, von dort wegzugehen oder hatten Sie das Gefühl, genau dorthin zu gehören? Waren Sie jemand, der seinerzeit – sagen wir mal Ende der fünfziger, Anfang der sechziger Jahre, den Widerspruch gesucht hat, oder waren Sie damals jemand, der sich still geärgert hat?

Ich habe weder das Gefühl gehabt, ich gehöre dort nicht hin, noch das Gefühl, ich gehöre hin. Eine solche Unterscheidung setzt Kritik voraus, und für Kritik ist Distanz nötig, die ich nicht hatte. Es war eine Zeit, in der ich ganz und gar der Unmittelbarkeit ausgeliefert war. Widerspruch im Wortsinn hat es in meinem Umfeld nicht gegeben. Denn Widerspruch hat mit Spruch zu tun, und Spruch hat etwas mit Sprache zu tun. Man hatte keine Sprache für die Gegensätze, für die Konflikte, die bestanden haben mögen. Man hat hin und wieder die übliche idiotische, sinnlose, kindische Rebellion veranstaltet, und da gab es sehr gut eingespielte Prozesse, solche Rebellionen abzufangen, und wenn das Abfangen nicht funktionierte, gab es eingeübte Praktiken, jedes rebellierende Subjekt zu isolieren und auszuschließen. Es war damals eine mit dem besten Gewissen ziemlich autoritär geführte Gemeinschaft, die jedes Transzendieren ihrer eigenen Regeln im Notfall virtuos, sonst aber routiniert verhindert hat. Diskussionen gab es wenige: »Keine Diskussionen!« war die pädagogische Maxime. Es war einfach, wie's war, und man hat irgendwelche Vergnügungen aus der allmählich etwas schlampig werdenden Strenge herausgesucht: Man hat relativ früh zu rauchen begonnen oder sonst irgendwelche Dinge gemacht, die im Kanon der Verbote standen, aber im Grunde war man sprachloser Ansprechpartner der Autorität. So war es, und darüber hatte ich keine Meinung, obwohl von heute aus gesehen klar ist, dass ich auf eine seltsame Weise nicht integriert war. Damals war ich unter den Kindern einer der Letzten, der gezählt hat. Ich war nicht wichtig, aber ich war dabei, und wenn auch das Dabeisein alles ist, manchmal habe ich darunter gelitten, dass ich nicht wichtig war. Und das trifft natürlich auch das Fußballspiel, ich hab' nicht gut genug gespielt. Da gab es Leute, die ziemlich gut spielten, einer war sogar Profi bei Austria Wien, es wurde nicht viel aus seiner Karriere, aber er war natürlich konkurrenzlos im Käfig. Ich habe mich, rückblickend gesehen, nicht gut gefühlt, ungenügend und den Werten meiner Umgebung viel zu wenig entsprechend. Der Bruch war schließlich die Schulzeit. Ich erinnere mich an die Vorbereitungen für die Aufnahmsprüfung ins Gymnasium. Man schickte mich zu einer Dame, zu einer Lehrerin, die in der Nähe der Rossauer

Kaserne residierte. Das war, glaube ich, die erste Wohnung, die ich in meinem Leben gesehen habe, die keine Gemeindewohnung war. Dort wurde ich also vorbereitet, und das Gymnasium war der erste Rahmen, in dem ich mich unter Gleichaltrigen halbwegs dazugehörig gefühlt habe, mit allen Schwierigkeiten, die »eine Klasse« selbstverständlich auch mit sich bringt, aber immerhin.

Kommt dieses Zugehörigkeitsgefühl auch davon, dass Sie kein schlechter Schüler waren?

Nein, das war – ach, es hat mit den schulischen Leistungen gar nichts zu tun, sondern irgendwie mit den ... irgendwie mit den Gemeinschaftsformen, mit der so genannten Klassengemeinschaft, das ist das Trauma, das lebenslang durch mich hindurchgeht, diese Vorstellungen von Gemeinschaft, das ist eine eigenartige Geschichte, bei der ich nicht weiß, woher sie kommt. Ich rede mir ein, so was kommt von einer inneren Schwäche, deretwegen man immer andere braucht, aber vielleicht kommt es bloß aus dem Zeitgeist der sechziger Jahre – keine Ahnung, ich weiß es nicht. Es ist – bei gleichzeitig quälender Skepsis – eine Art Fixiertsein auf Gemeinschaftlichkeit, auf sozusagen Soziales, das der defekten Wunschmaschine, die ich bin und eines Tages gewesen sein werde, entspricht.

Mit welchen Erwartungen? An die Gemeinschaftlichkeit?

Wahrscheinlich mit den klassischen ideologisch-psychologischen Erwartungen: Aufheben einer bestimmten aussichtslosen Einsamkeit, die einen doch immer wieder einholt; der Wunsch, von einem Kollektiv durchs Leben getragen zu werden – es ist etwas schwer Ideologisches oder Ideologie-Anfälliges, das spielt für mich eine größere Rolle, als ich es bewusst thematisieren könnte. Seltsam, meine Anstrengungen, Konrad Bayer zu verstehen, waren doch Anstrengungen, die einem Dichter galten, der »Stirnerianer« war. Gewiss, dieser Spott, der einen Dichter auszeichnet, wenn er, wie man in Wien sagt, »sich mit den Weltanschauungen spielt«, ist für Bayers Werk charakteristisch. Dennoch behaupte ich, der Philosoph aus dem 19. Jahrhundert, Max Stirner mit seiner Lehre, sich niemals von sich selbst abbringen zu lassen, seinen Status, der Einzige zu sein, niemals aufzugeben, und schon gar nicht für irgendeine soziale Idee oder Praxis, dieser Stirner war doch der zentrale Ratgeber für Konrad Bayer und Oswald Wiener. Der Philosoph Rudolf Burger hat einen Aufsatz über Max Stirner »Nihilistische Ethik?« genannt und mit dem Zitat eines Grabspruchs römischer Stoiker begonnen: »Non fui. Fui. Non sum. Non curo.« Das gelte gemeinhin als stolze Trostverweigerung, als heroische Zustimmung zur absoluten Endlichkeit des Daseins. Doch, so Burger, »hinter dem Rauch seiner Zigarre hätte Max Stirner nur trocken bemerkt: Die Annonce ›Ich bin gewesen‹ verrät den immer noch trostbedürftigen Metaphysiker! Denn der antike Heroiker rechnet mit seinem Fortleben nach dem Tode im Gedächtnis anderer, und also mit einer Geschichte, die nicht mehr die seine ist; ihr gilt seine Sorge, und sie spendet ihm Trost: Er wird nicht ganz verschwunden sein.«

In der Tat appelliert der Grabspruch an eine Gemeinsamkeit der Toten mit den Lebenden. Auch ihr Dasein, das Dasein der Lebenden, ist eine Einübung ins Nichtsein. Daran vom Grab aus zu erinnern hat keinen Sinn, denn frei nach Stirner ist die Welt, wenn ich nicht mehr bin, auch nicht mehr. Es gibt keine Kommunikation mit denen, die mich überlebt haben, keine übers Grab hinaus. Das sollte ich jetzt schon, wo ich noch unter den Lebenden weile, wissen und mir keine neckischen postmortalen Sprüche ausdenken. Dennoch kann ich mich der stoischen Inschrift nicht entziehen. Ich habe Sympathien für sie, wie ich eben eine Sympathie für eine teilweise Härte habe, für eine, die ihrer Tendenz wenigstens noch mit einer Nuance ausweicht. Zum »non fui, fui« und »non sum« kommt ein »non curo«, das den Appell noch deutlicher macht und das (zumindest in meiner Übersetzung) noch deutlicher die stoische Botschaft vor Augen führt: Bin nicht gewesen, bin gewesen, bin nicht mehr, keine Sorge. Und auch dieses »keine Sorge« ist, mit Stirner gesehen, ein wie immer auch paradoxer Appell, in der Nachwelt beachtet und geachtet zu werden. Es ist die Trostbedürftigkeit, eine Schwäche jedenfalls, die mich ausmacht. Dieser Schwäche wegen habe ich sehr viel Sinn für das Beschwören der Härte, die notwendig wäre, um »wahrhaftig« zu existieren. Stirner gleich radikale Individualität zu denken, also das Ich getrennt von den anderen, kann ich nicht, will ich nicht, ich hätte Angst davor. Philosophisch würde ich dagegen einen ausgetretenen Weg gehen, nämlich den der Behauptung, dass eine bestimmte Gesellschaft, also eine Ordnung der anderen, dem Einzelnen eingibt, er sei der Einzige, und er habe – ohne jede Sentimentalität – sich selbst so zu denken und so zu verhalten. Gesellschaftlich hat der Stirnerianismus eine Pointe: Er ist in der Praxis die Philosophie aller, aber in den Theorien und in der Rhetorik ist der Stirnerianismus geächtet. Stirner, so Burger in seinem Aufsatz, »galt – und gilt – als ›diabolus in philosophia‹ und wurde zum Paria für all jene, die unter Philosophie eine Art höherer Sozialarbeit verstehen; und das ist der Großteil der schreibenden, lehrenden und mahnenden Zunft«. Stirner ist aber – in meinen Augen – der Philosoph riesiger Menschenmengen, unter denen der Einzelne kaum jemals den Namen »Stirner« gehört hat. Aber alle handeln in seinem Sinn. Sicherlich sind Stirners Schriften subtiler als das Grobe, mit dem sie Züge der sozialen Wirklichkeit angenommen haben. Aber das geht vielleicht gar nicht anders, denn für die Philosophie könnte die Regel gelten: entweder verwässert oder am Mainstream vorbei.

Wie hat eigentlich Ihre Politisierung stattgefunden?

Ich bin höchstens ein scheinpolitischer Mensch, ich bin nie wirklich politisiert gewesen. Ein politischer Mensch ist jemand, der die Politik für eine entscheidende Instanz des Lebens hält. Zum Schein habe ich das hin und wieder auch so gehalten, wobei mir entgegenkam, dass es ja tatsächlich Zeiten und Konflikte gibt, für die die Politik das Entscheidende ist. Auch mein Gesellschaftsbild (sofern es mich nicht bloß an der Oberfläche beeinflusst hat) lässt zu wünschen übrig: Ich hatte das komische Glück, von Haus aus, von meiner Herkunft her, also von meinen Eltern her, sprich von meinem Vater indoktriniert worden zu sein, in eine ganz bestimmte (heute unfassliche) Richtung, nämlich in die, dass die Menschen der so genannten »Unterschicht«, die Arbeiter, aber auch die Sandler, die besseren Menschen und dass die der Oberschicht die schlechteren Menschen sind. Das mag ein väterliches Ressentiment gewesen sein, aber für den Jungen, der dem Vater glaubt, ist es die Welt. Es ist – angesichts der Weltordnung – aber auf jeden Fall eine sehr hilfreiche Indoktrination für jeden, der von unten kommt. Ich kenne genug Leute, die auch von unten kommen und denen beim Aufsteigen dauernd die nächste Tür, durch die sie hindurchmüssen, gegen den Kopf knallt. Sie haben Minderwertigkeitsgefühle (und bewegen sich deshalb so schlecht), weil sie die Oberschichten als das eigentliche Ziel der Menschheit, also besonders als ihr eigenes betrachten, und die dumme, primitive Indoktrination hilft einem hier wirklich, überhaupt keine Probleme zu entwickeln – man ist stolz, dass man niemand ist, eine sehr ausbaufähige Position.

1968 waren Sie 21 Jahre alt, und die darauf vorbereitenden Jahre waren Sie doch auch schon bei Bewusstsein – das muss für Sie, nicht zuletzt politisch, eine aufregende Zeit gewesen sein?

Ich habe immer geglaubt, dass »die da oben« in irgendeiner Form darüber belehrt werden müssen, dass »die da unten« die wahrhaftigen Menschen sind, und sicherlich hat das Establishment Eigenschaften, die man bekämpfen muss. Diese Kampfbereitschaft ist auf der Universität zum Teil relevant und akut geworden. Man hat versucht, den Professoren zu zeigen, dass sie nicht das Gelbe vom Ei entdeckt haben. Aber von heute aus gesehen ist diese Seite der Politisierung eher die uninteressantere. Wenn man erwachsen oder alt oder älter wird, zum Beispiel sechzig, dann wächst man, wenn man Glück hat, auch in ein allmähliches Erkennen dessen hinein, was denn das alles soll, dieses Leben, das man geführt hat, und wie es organisiert ist, und man sieht zwar immer nur einige Aspekte, die man aber wiederum nach einem mehr oder minder durchdachten Ermessen ausweitet, sodass man den Eindruck von einem Ganzen gewinnt. Das nenne ich »die eigentliche Politisierung«. Die Politisierung, die sich, mit wie viel Recht auch immer, gegen das Establishment zur Wehr setzt, ist ja sehr partiell. Die wirkliche Politisierung eines Menschen zeigt sich darin, wie er die verschiedenen

Systeme, in denen er sich bewegt, zusammendenkt, also wie er das Private und das Öffentliche zusammendenkt, in ihrer Unterschiedlichkeit aushält, wie er die Feinde, und seien es »die Feinde der Menschheit«, einschätzt und bekämpft, was er von Freundschaft denkt, wie er über die Affirmationen denkt, zu denen er in der Lage ist. Das sind die eigentlichen Politisierungsprozesse – wie er das Religiöse vom Säkularen abzugrenzen versteht, und all das. Aber der bloße Widerstand gegen bestimmte Formationen, gegen die üblen Mächte, der sich gewiss auch gehört, ist für eine Politisierung nicht ausreichend. Die »eigentliche Politisierung« ist der Idealfall, bei dem man eine Ahnung davon erwirbt, wer die anderen sind und wer man – im Verhältnis zu diesen anderen – selber ist, und was man auf der Grundlage dieser (Selbst-)Erkenntnis tun kann und was nicht. Das räumt einer Haltung auch die Chance ein, eine Wirkung auf Dauer zu haben – sie geht dann nicht mit den Zeitläufen einfach unter. Aber dass einer zu seiner Zeit sich auch an ihre Momente verlieren kann, das muss sein – es gibt keine Dauer, der man ganz und gar seine Gegenwärtigkeit opfern soll.

Dann frage ich anders: Mit welchen Emotionen haben Sie die Studentenrevolten in Paris, die Flower-Power-Bewegung in San Francisco begleitet, die Rote-Armee-Fraktion, die Beatniks …?

Das war alles sehr, sehr weit weg und doch sehr nahe – es hatte also eine Aura, die aus der Ferne in die Heimat leuchtete. Die mir angeborene Ängstlichkeit, die ich stets tapfer zu überwinden versuche, hat sich auch in einer Vorsicht gegenüber allen explosionsartigen Äußerungen gezeigt. Und diese Gebundenheit an das proletaroid-kleinbürgerliche Milieu hat mir zu so etwas wie Woodstock keine Nähe ermöglicht; diese dionysischen Phänomene – ich war Österreicher, wäre ich Amerikaner gewesen, wäre es ganz anders gewesen – waren für mich aufs Ausland beschränkt. Amerika, Amerika. Ich hatte im Realgymnasium einen Mitschüler namens Pavlasek. Er war ein merkwürdiger junger Mensch, der von heute aus gesehen Züge eines Dandys hatte, das heißt, er trug elegante Anzüge und besonders sachlich-kunstvoll gebundene Krawatten, und der elegante junge Mensch hatte einen Hang zu Amerikanismen. Ich kann mich nicht mehr erinnern, welche er bevorzugte, mit einer einzigen Ausnahme: Ihn, der ein sehr schlechter Schüler war, und der es am Ende nicht geschafft hat (er schaffte die Matura nicht), ihn hatte der Schuldirektor, ein Lateiner namens Dr. Paradeiser, dazu beglückwünscht, dass er wusste, als Einziger wusste, wie Coca-Cola auf Amerikanisch heißt, nämlich Coke, und ja, das war ein Amerikanismus, ausnahmsweise ein bedankter. Anders als viele Westdeutsche meines Alters, und Österreich war da eine rechte Barriere gegen den Amerikanismus, habe ich diese legendäre emanzipatorische Wirkkraft der amerikanischen populären Kultur damals nicht mitgekriegt. Das war erst viel später, und die Ersten, die ein revoltierendes Geschmacksverhalten ausgelöst haben, waren nicht die Amerikaner, also nicht Elvis Presley und schon gar nicht seine Vorgänger im Jazz, sondern das waren die Beatles. Und es gibt noch ein Foto, auf dem eine Gruppe von uns Schülern mit Luftgitarre das Ensemble der Beatles nachgeahmt hat, auf einer so genannten Schullandwoche, oder Landschulwoche, man weiß nie, wie's richtig heißt und das ist auch gut so. Später dann die Studentenbewegung, ihre Militanz, das hatte weiß Gott eine andere Färbung: Ich habe einmal Texte der RAF in die Hand gekriegt, und von wegen proletaroid-kleinbürgerlich, diese Propaganda der Entschlossenheit – entweder man tut etwas oder man zählt zu den Schweinen –, das hat auf mich schon eine Wirkung ausgeübt, keineswegs, dass ich Gewalt hätte befürworten, geschweige denn anwenden wollen, aber es hat mir ein schlechtes Gewissen gemacht, und dieser Gewissenskult, der bei dieser RAF eine Rolle gespielt hat, dieses in dem Fall vielleicht protestantisch Religiöse der Gewissenserforschung, dass man das Richtige zu tun hat, und koste es einen das Leben, für dieses Pathos war etwas innerlich in mir seltsam anfällig.

Das heißt, es gab abstrakte Sympathien?

Nein, es gab überhaupt keine Sympathien, aber ich hatte damals ein desorientiertes Verständnis für diese Gewissensfrage, die nach dem Muster gestellt wird: Was tust du, dass sich die Welt verbessert? Also dieser lächerliche Katechismus, den die RAF in ihren Propagandaschriften scharf zu machen versuchte. Sie selber haben sich ja überstürzt in eine eigene Welt eingelebt, in eine kriminelle Welt, die sich nicht sehr unterschied von der Welt einschlägiger Dostojewskischer Figuren. Sie hatten gar kein Recht, Gewissensfragen zu stellen, und sie arbeiteten sich allmählich weiter und weiter vor, um ihr eigenes Gewissen ausschalten zu können. Es war eine Perversion des Gerechtigkeitsgefühls, wobei gerade durch die Perversion eine ungeahnte Intensität entstanden ist, die zugleich wiederum zu Spannungen innerhalb der Gruppe geführt hat, die selber mörderisch waren. Also eine Steigerung des Daseinsgefühls durch Mord und Totschlag – eine nicht unübliche und in der Geschichte häufig aufgetretene Form der Existenzbewältigung. Im Unterschied zu anderen, die heute viel darüber zu reden haben, habe ich damals kaum mit jemandem die Ereignisse besprochen. Ich habe es mit mir allein ausgemacht, was von alledem zu halten ist. Leuten, die eine größere Übung im Politischen hatten, blieb ich fern, also auch studentischen Gruppen, denen habe ich nicht angehört, die hab' ich von außen beobachtet, und wohl oder übel auch mit großer Sympathie und mit großer Skepsis. Diese Skepsis kam nicht aus dem Heroismus der Verweigerung, sondern aus dieser Grundeinsamkeit, die sich im Laufe der Jahre relativiert hat, aber nicht verschwunden ist. Dieser Skepsis bin ich nicht undankbar, denn es hat sich herausgestellt, wer nicht an den alten Idealen oder an den damals propagierten Idealen zugrunde gegangen ist, der hat mit ihnen zumeist ein Geschäft gemacht, und wenn ich, um von keinem Maoisten zu reden, so manchen GRM-Menschen (Gruppe Revolutionärer Marxisten) in Erinnerung habe, der vom Podium des Hörsaal 1 die Welt interpretiert hat, fällt mir ein, wie ein und dieselbe Person immer noch die Welt interpretiert. Okay, man lernt nicht aus und wird ein anderer. Aber »das Politische« ist das Gleiche geblieben, und zwar mit alledem, was ich am Politischen nicht leiden kann: Politik als Fetisch, so dass – aus meiner Sicht – alle politischen Handlungen einen Schweif an Bedeutungen an sich haben, der dann gebündelt und zusammen mit den großen Namen der Nationen kundig ausgesprochen wird: Die USA tun dieses, und daraufhin tut die Sowjetunion jenes, in Schweden passiert jenes und der Norden hat einen Einfluss, die Bundesrepublik Deutschland … also diese unter den Großbegriffen flachsten Begriffe – die wurden vom Podium aus vom studentisch engagierten Meister vorgetragen. Und wenn ich sehe, wie derselbe Mensch heute im Fernsehen denselben Schmarrn erzählt, denselben Fetisch, USA, Russland, Brüssel, dann weiß ich, wogegen sich damals schon mein Verdacht hegen ließ.

Sie waren offenkundig nie ein Linker …

Nein, ich war, und in meinem Alter setzt sich das in einem viel stärkeren Ausmaß noch zusätzlich durch, ich war immer von Nietzsche beeinflusst, von seinen Vorstellungen der geistigen Arbeit in (komponierten, scheinbar unwillkürlich aufeinander bezogenen) Fragmenten, davon, dass der wesentliche Dialog nur ein Selbstgespräch sein kann, das war meine Quelle auch angesichts aller Probleme, die Nietzsche für einen nicht nur nicht löst, sondern die man überhaupt erst durch ihn hat. Ich habe Marx studiert und Hegel erst recht, über den ich eine Dissertation schrieb, aber durch all das Weltgeistige und Soziologische hindurch blieb mir dieses politisch nicht engagierte Denken wichtig, bei allen Sympathien für bestimmte politische Aktionen (immer der Linken), aber wirklich wichtig war mir das Politische nie. Auch deshalb, weil ich den Verdacht habe, dass im Politischen nicht das Heil liegt, ohne dass ich weiß, worin denn das Heil läge, aber im Politischen liegt es nicht, und die von der Politik Beseelten, »die politischen Menschen«, haben diese unbändige Lust, einem einzureden, das Heil liege nirgendwo außer in der Politik.

Haben Sie das auch damals schon so formuliert?

Nein, aber ich hatte durch meine Ahnungslosigkeit über das Politische diese Sicht der Dinge sozusagen parat. Da ich von Politik nichts wusste, und es mir große Schwierigkeiten gemacht hat, von Politik irgendetwas zu lernen, weil vor allem die Lehrenden, die einem erklärt haben, wo's politisch lang geht, mir ziemlich irreführend vorkamen, hatte ich eben parat, dass es das Politische nicht ist. Ich weiß, dass das Politische eine ganz wesentliche Ebene der Interaktion ist, die alle anderen Interaktionen mit beeinflusst, aber ich weiß auch, dass die politischen Interaktionen ihrerseits oft aus Ressourcen kommen, die nicht im Politischen aufgehen. Ein Mensch hat zu einer Lebenszeit nicht genug Möglichkeiten, alles, um das Wort zu verwenden, aufzuarbeiten, was für ein adäquates Verständnis der Welt aufgearbeitet gehörte. So erscheint mir das Fremde, das das Politische nach wie vor für mich hat, unauflösbar, obwohl ich hin und wieder politisch rede oder über Politisches rede. Ich habe zum Glück nicht die Möglichkeit, fanatisch entflammbar zu sein. Das hab' ich zum Glück nicht. Ich hab's eh schon gesagt. Einer der Gründe dafür ist meine Ängstlichkeit …

Und ich hab's eh schon begriffen, Sie sind stolz auf Ihre Schwäche, und Sie präsentieren sie als Stärke …

Was sollte ich denn sonst tun? Früher, sagen wir vor dem Ersten Weltkrieg, da konnte man über diesen oder jenen noch sagen: Was für ein Schwächling! Er war damit verurteilt. Denke ich daran, wer heute die Starken sind, dann bilde ich mir sofort etwas auf meine Schwäche ein. Ja, und ein anderer Grund für meine Nichtentflammbarkeit ist eine intellektuelle Skepsis, ein keineswegs immer unfreundliches Nichtglauben, dass der jeweilige Glaube, der sich in einer Person verkörpert, von derselben Person auch morgen noch vertreten wird, das kriegt man relativ schnell mit, weil man sieht auch, wie die Leute glauben, das heißt, wie sie ihre Ideen instrumentalisieren. Das heißt nicht, dass man nicht jemanden respektieren wird für seine Ansichten und dafür, wie er für sie einsteht, aber auf der anderen Seite muss man wenigstens die Ambivalenz dieser Ansichten einbeziehen, weil kein Mensch seine Ansichten bloß aus Altruismus hat. Als Hans Magnus Enzensberger vor vielen Jahren seine Überlegungen zum »Ende der Konsequenz« vortrug, stimmte ich, von einem Vorbehalt abgesehen, mit ihm überein: Ja, ich will nicht morgen das wandelnde Dogma meiner Überzeugung von heute sein. Ja, meine Identität soll sich aus Differenzen, aus meinen Veränderungen ergeben, jawohl, die Abweichungen von mir selbst sollen mich selbst ausmachen. Mein Vorbehalt war für mich allerdings so gewichtig, dass er mir die Freude an dieser hochentwickelten Maxime, an diesem zivilisatorischen Klimax vom Ende der Konsequenz raubte. Ende der Konsequenz, dachte ich, jawohl, endlich – aber das Problem ist doch die Konsequenz, mit der man der Konsequenz ein Ende bereitet. Also alles beim Alten und kein Ende. Für die Konsequenz, mit der man der Konsequenz ein Ende bereitet, stand für mich einer aus meiner Generation: Joschka Fischer. Seine Kostümkomödie, bei der er die Bretter, die Welt bedeuten, zur Umkleidekabine umfunktionierte, um vor Publikum den Turnschuh abzustreifen und in den Nadelstreif zu schlüpfen, kommt mir gerade recht, denn was tut der Mann seit eh und je mit Vorliebe: Er sagt, die USA tun dieses, und daraufhin tut Russland jenes, in Schweden passiert jenes, und der Norden hat einen Einfluss, die Bundesrepublik Deutschland hingegen … Aber sonst bin ich verständnisvoll. Jeder hat das Recht, dabei zu sein und etwas davon zu haben, das steckt im Wort Inter-esse, und so sind alle interessiert, auch wenn sie, wie die Studenten damals, eine historische Substanz, also etwas Unbedingtes, beschworen, sei es die Weltrevolution oder das Gute schlechthin. Es ist das Allzumenschliche, das man jedem zugestehen und auf das man niemanden festlegen soll.

Mein Gott, was für eine spießige Abgeklärtheit.

Erklären Sie sich's aus meiner Faszination vom Allzumenschlichen. Ich liebe die Geschichten, die auf der Hand liegen und die dennoch immer wieder enthüllt werden. Diese Liebe definiert in der Tat das Spießige, aber ich habe keine Lust, mich zu bessern. Wenn ich zum Beispiel lese, dass einige Ärzte im Allgemeinen Krankenhaus nicht bloß der Gesundheit und der Forschung dienen, sondern dass sie auch ein geradezu comedyhaftes Konkurrenzsystem untereinander aufgebaut haben. Der eine – was er allerdings bestreitet, wofür er allerdings vor Gericht, um sich freizukaufen, 15 000 Euro bezahlt hat – prügelt seine Geliebte irgendwo in der Stadt, weil sie einen anderen hat, verliert dann den Chefarztjob, weil ein anderer, der stets gegen ihn gekämpft hat und der jetzt Rektor ist, ihn den Abschied gibt – da kann man nur sagen: C'est la vie, und wir sehen uns vor Gericht wieder. Und gegen Derartiges lässt sich keine altruistische Moral einführen, weil das gehört dazu, das ist nicht das Leben der anderen, das ist unser Leben, mein Leben, und Spuren dieser Art von Leben wird man selbst bei jenen entdecken, die im Grunde anders, also vornehmer, nicht so sehr auf der Basis des Slapsticks gelebt haben. So skeptisch ich auch wirken möchte, ich halte »68« nicht für einen Irrtum, auf den ich mit sechzig hochmütig herabschaue. Der Schrecken vor »68« hat einen guten Grund: Es gab damals eine Reihe von Modellen, die mit der eingebürgerten Vorstellung von Politik brachen – darunter waren eben solche, die heute die Keule liefern, mit der man den Rest erschlagen will: die dogmatischen K-Gruppen und die RAF. Aber es gab Anarchisten, Künstler des Lächerlichmachens, die den Ernst der laufenden Ereignisse virtuos verulkten, es gab Hedonisten, es gab Marxisten, die Feinde der

Praxis waren (weil jedes Handeln mit den unerträglichen Verhältnissen, gegen die es sich richtet, auch kooperieren muss), es gab eine Mischung aus Vernunft und Irresein, und viele Einzelne hatten die Chance, genau daraus zu bestehen. Die Feinde des Dionysischen haben Bauchgrimmen, wenn sie zurückdenken. Und es ging so schnell, die verschiedenen Muster politischer Haltungen waren schnell durchgespielt, alles war auf einmal da und ist schließlich wieder verschwunden. Ich verkenne nicht, dass die Reduktion politischer Leidenschaften auf Interessen eine Erweiterung, ja, ein Fortschritt ist, aber genau das macht den Interessenten in der Politik, deren tote Augen auf den Untertanen ruhen, Angst: »68« ist eine Abkürzung, ein Kürzel, für Politik aus Leidenschaft, die ziemlich viele Menschen erfasste, vor allem die Jugend, die entweder bis zum Gehtnichtmehr gehätschelt wird oder die man, falls sie auf eigene Ideen kommt, paranoid bekämpft. Genauer müsste man sagen, »68« bedeutet für die Politik ein anderes Verhältnis von Leidenschaft und Interesse als das eingebürgerte – die Grünen stellen derzeit die Implosion, die vollkommene Erschlaffung dieses Verhältnisses dar, und in der Gesellschaft gibt es Protagonisten, die bis heute ihren Horror vor der verhassten Leidenschaft und der Utopie ausrufen, von keinem Interesse sich bestechen zu lassen. Ja, dieses nachgestellte »Sich« – ein Stilmittel von damals, heute in Verschiss geraten. Ich gebe zu, dass mein Heimatgefühl, dieses – von mir aus – trügerische und eitle Gefühl, dass es keinen Sinn hat: Hier kannst du nichts tun, weil die herrschenden Österreicher einander unaufhörlich die Mauer machen, damals ein zufälliges, aber mich bis heute überzeugendes Bild gefunden hat: Ein so genannter katholischer Publizist setzte sich vor die Kamera und referierte seine Meinung zu Baader-Meinhof. Sein Redefluss schwemmte einen herausragenden Satz an: »Adorno ist schuld.« Dass er Adorno »die Schuld« gab, wäre nicht der Rede wert – in unserer Ressentiment-Kultur ist die Auffindung und die Bezichtigung des Schuldigen die einzige Freude. Es war dieser freudvolle Hass und seine Intensität – ich sah es vor mir, »das österreichische Antlitz«, bellend: »Adorno ist schuld.«

Sie erwecken den Eindruck, dass nichts so stark auf Sie gewirkt hat, nichts so sehr Ihr Leben beeinflusst hat wie die Universität?

Das ist merkwürdig, ich hab's selbst gerade erst gemerkt, als ich mit Ihnen ins Reden kam: Ja, es war die Universität, aber nicht die Wiener Universität, sondern nur das, was dort wenigstens entfernt an ein universitäres Prinzip erinnerte. Spuren davon, von einer Gemeinschaft der Lehrenden und der Lernenden (da ist sie ja wieder: »die Gemeinschaft«), Spuren davon gab es an dieser Wiener Universität, und ich sollte mich, bevor ich den Rest der Institution der Satire empfehle, für diese Spuren dankbar erweisen. Die lebenslange Prägung vom Universitären kommt davon, dass jemand die Veranlagung hat, nicht von Erfahrungen bestimmt zu werden, sondern von Theorien. Das ist eine Begabung oder das Gegenteil einer Begabung, deren Ursprung schwer feststellbar ist, aber in der Tat ist dieses Interesse für Theorien maßgeblich – Theorien im weitesten Sinn und auch in diesem dialektischen Sinn, dass Theorien einfach keine Erfahrungen sind oder höchstens sekundäre Erfahrungen, wogegen eine Landschaft, ein Geräusch, eine Stadt zu primären Erfahrungen werden können. Auch hier der Verdacht, dass dieser Hang zum Theoretischen mit einer Lebensabwehr zu tun hat, mit einem Distanzierungsbedürfnis: Es möge einem ja nichts allzu nahe rücken; je näher, desto schwerer wird man damit fertig. Aber so ein Verdacht ist nicht notwendig, weil der theoretisierende Mensch schlicht eine andere Form von Existenz sein könnte – eine andere als zum Beispiel der handwerkliche oder der dichtende Mensch. Die erschütternde Trivialität der im Sprechgesang vorgebrachten Floskel »Sechzig Jahre und kein bisschen weise« (das war damals Curd Jürgens at his best) bewährt sich bei mir substanziell, denn es ist in meinem Fall nicht das Professorale, das mich motiviert, nein, die einzige Haltung, mit der ich mich im gleichen Maße durch all die Jahre aufrecht erhalten habe, war die studentische Haltung. Ich habe nicht aufgehört zu studieren.

Aber haben Sie sich damit nicht in eine Art – ohne es jetzt negativ zu bewerten – Gefangenschaft begeben, aus der Sie nicht mehr herauswollen, weil Sie nicht mehr herauskönnen?

An Ihnen studiere ich den Gemeinplatz, dass die anderen immer leicht reden haben. Mir hilft mein Defätismus, ich glaube nämlich nicht, dass man die Wahl hat, Gefangenschaft oder nicht. Ich glaube eher, dass man die Wahl hat zwischen einer Gefangenschaft und einer anderen Gefangenschaft. Und in diesen Gefangenschaften kann man nicht mehr tun, als versuchen, aus den Gittern herauszusehen. Ich bezweifle, dass man mit dem Heraussehen zugleich raushüpfen kann, das bezweifle ich sehr. Und wenn jeder Mensch eine Welt ist, dann muss man sagen, jeder ist auch ein Gefängnis, ein Gefängnis im Gegensatz zu den vielen möglichen Welten, von denen man zwar weiß, dass es sie gibt, genauso wie der Gefangene weiß, dass draußen – neben alledem, das ihn hineingebracht hat – auch noch irgendetwas anderes existiert, das er nicht kennt und nach dem er strebt, falls er überhaupt noch strebt. Man hat das Andere nicht zur Verfügung. Und das, was man nicht zur Verfügung hat, gibt einem die Freiheit, sich zu bewegen, aber es sperrt einen gleichzeitig ein, weil man aus diesen Suchbewegungen nicht herauskommt und es auch nicht will, falls man im Ernst glaubt, es gebe noch etwas zu finden.

Nervöse Notizen zum Eigensinn der Republik

In dem Thema »Österreich« bin ich bewandert, und wenn es vor einiger Zeit in Deutschland hieß, ausgerechnet in Süddeutschland, nämlich in der *Süddeutschen Zeitung*, dieses Österreich der Zweiten Republik sei aus der Gemeinschaft der Völker bloß durch eine urinfarbene Limonade, den Almdudler, und durch zwanghafte Selbstbesinnungsrituale hervorgestochen, so fühle ich mich, der ich dem Almdudler nicht zuspreche, damit richtig verstanden. Diese Selbstbesinnungen – es wird von ihnen noch die Rede sein – verschaffen mir das Gefühl eines quälenden Dejà-vu. Ich weiß nicht mehr, auf welcher Veranstaltung ich bin, für welches Buch ich schreibe, um mich selbst zu besinnen und um meiner Selbstbesinnung besondere Akzente zu verleihen. Diese Akzente haben ohnedies keine Aussicht, denn sieht man vom Almdudler ab, ist das zitierte Urteil über Österreich eine Projektion: Deutschland, das jüngst durch seine Wiedervereinigung aus der Gemeinschaft der Völker hervorstach, ist auch in der Selbstbesinnung Weltmeister.

So wie gestern und vorgestern und vorvorgestern und überhaupt wie jeden Tag habe ich heute früh Radio gehört. Heute früh brachten sie aber, was sie sonst nicht bringen, den Vortrag eines Philosophieprofessors, und sie hatten schon ganz früh angekündigt, dass sie den Vortrag des Philosophieprofessors bringen würden. Da sprach schließlich einer, den ich kannte, schon aus meiner Studienzeit kannte (»Ach, Wien oder Wir alle sind miteinander bekannt« – das ist das Musical, das sich niemals absetzen lässt).

Er sprach über Wirtschaft und Ethik und ohne den geringsten Hass hörte ich etwas durch und durch Hassenswertes: Ja, die Moral und die Ethik und der Utilitarismus und Kant und Aristoteles – und der Mensch soll schon gut sein, gewiss, dann gibt's aber Konflikte, in der Wirtschaft, natürlich: Soll ich zweihundert Leute entlassen, um meine Firma zu retten. Oder soll ich zu meinen Leuten halten und die Firma aufs Spiel setzen – jo, mein Gott, Ethik ist was Strenges, und damit kann man praktisch nicht leben, außer man ist Philosophieprofessor und hält Vorträge über Ethik.

Der Vortrag war bis zwischen die Zeilen glitschig. Eine monumentale Behaglichkeit troff aus dem Rundfunkgerät, und es war nicht nur der so genannte Inhalt, sondern es war der Tonfall: Der Mann sprach wie ein auf der ehemaligen Sirk-Ecke aufgestelltes Mahnmal, wie ein k. u. k-Offizier, der von der Maschine, in der er als Rädchen schaltete und waltete, auf gespenstische Art und Weise keine Ahnung hatte. Ich empfand bloß deshalb keinen Hass, weil das Erstaunen darüber so groß war, dass es das noch gibt, diesen larviert-depressiven, doch stets angeheiterten (und überall dort, wo man daran interessiert war) verschlampten Blick auf die Welt.

Fast in jedem Satz verfiel der Mann in einen leicht näselnden Dialekt – (auch Oswald Wiener zum Beispiel spricht bei seinen Vorträgen mit einer österreichischen Färbung, aber bei ihm hat der Dialekt etwas Zupackendes, während er bei dem Radioredner ganz dem Gewährenlassen oblag). Es hat sich überlebt, aber es hat überlebt: Weil sie jede Kritik überstanden haben, die schärfste, von Thomas Bernhard oder Elfriede Jelinek, ist es zu spät: Das österreichische Establishment besteht aus Leuten, die sich nicht zu ändern brauchen. Ihre ganze Ausgeglichenheit habe ich seit heute Morgen im Ohr; es ist meine Morgenröte: Die Wirtschaftstreibenden sollen sich mehr mit Ethik befassen. Aber dafür sollen die Ethiker mehr die Wirtschaft studieren, nicht die Wirtschaftstheorien, sondern die wirtschaftlichen Gegebenheiten, das reale Leben halt.

Den frischen Eindruck aus der Frühe im Magen, stelle ich schon wieder die alte, offen depressive Frage: Gibt's überhaupt noch was zu sagen, haben wir einander überhaupt noch etwas zu sagen, derzeit, über Österreich? Ich glaube nicht, aber man redet im Rosennetz, wo der Gaulschreck wohnt, vor sich hin. Wie das Summen der Bienen im Garten, so das Murmeln der Redner in Austria: eine Beruhigung, ein ständiges Placebo, das beim Einschlafen hilft, eine Orientierung, sodass im Lande der Klangwolke kein Bürger, während er schläft, darüber unsicher sein muss, wo er ist. Er ist zu Hause. Wo?

Eines Tages war mein Blick auf ein Plakat gefallen. Ich las: »Vom Eigensinn der Zweiten Republik«, und das Wort »Eigensinn«, aus den fremden Geburtsstätten des intellektuellen Jargons stammend, rief mir mein Doppelleben ins Bewusstsein: Ich, Österreicher, geboren 1947, mich durch Reden beruhigend, schlafend bloß aus nackter Angst vor einem Erwachen, beschäftige mich mit so aufregenden Worten wie »Eigensinn«. Ich bin erstaunt und zwiegespalten darüber, dass etwas, womit ich mich befasse, auch dort, wo ich lebe, einen Sinn haben soll.

»Eigensinn« ist intern, ist insgeheim ein utopischer Begriff, ein Nirgendwo-Begriff, der zum Glück keinen oder nur wenig messianischen Hintersinn beansprucht. »Eigensinn« heißt erstens, dass etwas überhaupt einen Sinn hat und noch dazu einen ganz eigenen. Zweitens, und das ist doch schweres Geschütz, bewahrt sich der Eigensinn gegen alle theoretischen und praktischen Sinnproduzenten, sei es nun »die Geschichte«, »die Institutionen«, »der Fortschritt«, »die Reaktion«, »die Theologie«, »die Philosophie«, die »Wirtschaft« und weiß Gott: gegen »die Ethik«.

Der Eigensinn ist nichts, das man zur Existenz auffordern müsste. »Seid doch eigensinnig!«, ist – wie das meiste aus der Pädagogik für Erwachsene – zwecklos. Der Eigensinn, also die widerständigen Momente des Geschichtsverlaufs, die sich in ihm nicht verlieren, existiert so, dass es keinen Sinn hat, zu ihm aufzurufen. Er ist selbstregulativ, aber mit bemerkenswert fundierender Kraft: Gäbe es das mit »Eigensinn« gemeinte Besondere nicht, so könnte auch das Allgemeine nicht sein. Das Allgemeine käme so, wie es ist, nie zustande, wenn es keinen Eigensinn gäbe, der den Zugriff von außen, und sei er noch so sinnvoll, gleichsam automatisch abwiese.

Ich will weniger fragen: Was ist das Besondere, das Eigene dieser Allgemeinheit »Zweite Republik«? Ich bin trotzig und frage einsam verstrickt: Wo denn soll sich dieser Eigensinn abspielen? Auf der Ebene der politischen Großinstitutionen, von mir aus. Aber was ist mit mir selbst – besteht der Eigensinn der Zweiten Republik nicht darin, dass ich in ihr mein bisheriges unwiederbringliches Leben gefristet habe?

Im Vorlaufen des Menschen zum Tode, will sagen, im Lebenslauf, gibt es einschneidende Momente. Zum Beispiel den, an dem man sehr überrascht feststellt, dass man plötzlich selber eine Geschichte hat, zu einer Geschichte gehört. Jener andere Moment, an dem feststeht, dass man Geschichte *ist* (vielleicht sollte man hinzufügen: Geschichte *ist*, die man selber nicht gemacht hat), kann von einem selber persönlich nicht mehr festgestellt werden, er entzieht sich in alle Ewigkeit. Aber ich will nicht verschweigen, dass dieser individuelle Todesmoment, ironisch: der personal verstandene Tod, einen Horizont des Lebenslaufs abgibt, und zwar nicht nur einen sentimentalen, sondern auch einen nüchtern pragmatischen. Ich sehe es wie einen der Schundfilme, in denen der Held auf seinem Weg aus zugleich sentimentalen und pragmatischen Gründen (der Film muss rein technisch einmal aus sein) am Ende im Horizont verschwindet. Dann bin ich einmal dagewesen.

Ich behaupte, dass der Horizont der fünfziger Jahre merkwürdig offen war; merkwürdig deshalb, weil vieles darauf hindeutet, dass diese Offenheit angstbesetzt gewesen sein muss. Die sprichwörtliche Engstirnigkeit von damals war gleichsam das durch Angst vermittelte Kompliment der Offenheit. In der Zeit, in der ich meine Kindheit verlebte, war nach einem Zusammenbruch ein Aufbruch gekommen. Ich erinnere mich an die Schulbänke, und ich habe heute noch das Gefühl, dass die Schulbank, eine foltergemäße Konstruktion der Einheit von Bank und Schreibtisch, meinen Leib, meine Einheit von Leib und Seele, einzwängt. Die Bänke waren Zeitzeugen, sie hatten die Klassen sicherlich in der Zwischenkriegszeit bevölkert, wahrscheinlich aber bereits im Ersten Weltkrieg. In diesen Klassen war zu meiner Zeit von Kaprun die Rede, von einem Ort, der bedeutsam war. Von Kaprun gab es fibelhafte Abbildungen, in Kaprun baute man nämlich ein Kraftwerk inmitten der Berge, Land der Berge; der Stausee diente als Symbol des Aufbruchs, und inmitten der Symbolisierungen stand der ebenfalls symbolisch gemeinte Bauarbeiter von Kaprun.

Er war eine quasidemokratische Milderung des Ernst-Jüngerschen Arbeiters, er war der Jüngersche Arbeiter österreichischer Nation: Nicht Herkunft, gerade nicht die aus der jüngsten Vergangenheit, zählte, sondern nur die Zukunft; ein Rädchen in der gewaltigen gemeinsamen Anstrengung zum

Guten war nunmehr auch der österreichische Mensch, repräsentiert nicht durch die Arbeiter von Wien, sondern durch die Arbeiter von Kaprun.

Die historische Herkunft, das Fundament der Vergangenheit, auf dem die fünfziger Jahre, diese Gründerjahre, gründeten, waren Tote – aber eben nicht die Toten allein, sondern im grotesken Verbund mit ihnen die Überlebenden, die allmählich stark genug wurden, um die Toten zu vergessen. Der Tod wurde – sieht man ab von den kommunalen Bestattungsunternehmen, den städtischen Leichenverwaltungs- und Verwahrungsanstalten – wiederum Privatsache. Der Tod war nicht mehr der allen in Rechnung gestellte Beitrag, mit dem die Einzelnen ihrer Gemeinschaft, dem Kollektiv, ein siegreiches Überleben garantieren sollten. Deshalb sage ich: Es war wenigstens einerseits eine pervers freie Zeit. Arbeit hieß nicht mehr Zerstörung, nicht mehr Kriegshandwerk, sondern hieß Aufbau, und Aufbau hieß: überall kleine Inseln, die gut und gern Kaprun hätten heißen können.

Der lange Atem des Kriegsendes. Ich bin in ein Aufatmen hineingeboren worden, das Aufatmen ging durch mich hindurch, und meine lebenslange Atemnot in diesem Lande verurteile ich selbst als Ungerechtigkeit, als Vermessenheit, weshalb zum oft vergeblichen Luftholen auch noch ein Schuldgefühl hinzukommt, besonders seit einigen Jahren, da mir die Rolle des Österreich-Kritikers, dieses Luftschnappen im Trockenen, das immerhin ein Luftschnappen ist, lächerlich erscheint. Wo hätte man denn besser atmen lernen können als im allgemeinen Aufatmen nach dem Kriege?

Dr. Georg Ringsgwandl, der Performance-Künstler aus Bayern, ist ein richtiger Arzt. Er pflegt zu sagen, hätte er nicht Medizin studiert, dann hätte er sich längst schon sein Knie operieren lassen. Ringsgwandl ist um wenige Jahre älter als ich, daher kann er über die fünfziger Jahre das Folgende erzählen: Nie habe er als Kind Kriegsspielzeug gewollt. Er hat dergleichen nicht wollen müssen, denn nahe am Waldesrand standen die echten Panzer der Amerikaner.

Die Amerikaner waren schlampig, das Kriegszeug lag für die Kinder zur freien Entnahme bereit. Die Kinder fischten mit Eierhandgranaten aus amerikanischen Armeebeständen. Diese Kinder waren nicht bloß grausam, irgendwie sollten die Explosionen aus der Kriegszeit, an die sie gewöhnt waren, weitergehen, und sei es bloß unter Wasser.

Eine solche Kontinuität gab es in meiner Gegend nicht. Aber es gehört in die erste Linie meiner Erinnerungen, dass auch wir einen Abenteuerspielplatz hatten. Ganz in der Nähe eines stillgelegten Ringelspiels lag ein unterirdisches Bunkersystem der German Army: Betonblöcke, Gänge, ein militantes, halb verschüttetes Bergwerk, in dem man sich verschanzen und aus dem man herausschießen konnte. Es war uns strikt verboten, dort hineinzugehen, und der ganze Komplex war tatsächlich derartig unheimlich, dass es höchst selten zu Grenzüberschreitungen kam.

So war – ein Leben in der Zweiten Republik lang – meinem Bewusstsein alles welthistorisch Katastrophische zugänglich, aber eben nur als Dokument, als außer Funktion geratenes Überbleibsel der Kämpfe, die einst zu meinen Gunsten ausgegangen waren. Es war, ohne dass ich es in meiner geschichtslosen Zeit gemerkt hätte, ein Triumph in mir, ein Triumph darüber, dass es vorbei war.

Später war ich auch ein triumphaler Geschichtsstudent. Wir studierten die *Historische Zeitschrift*, und zwar jene Ausgaben, die während der NS-Zeit erschienen waren, und all die Gelehrten, die da an mir, die Reihen dicht geschlossen, vorüberparadierten, hatte ich so etwas von überwunden!

Genau wusste ich, was alles zu ihnen geführt hatte und dass ihresgleichen nie mehr wiederkehren würde. Es war ein sehr provinzielles Gefühl, dieses »S'-kann-da-nix-gsch'ehn«-Gefühl des Steinklopfers-Hannes aus dem gehobenen Bauerntheater. Das Seltsame dieses Gefühls war jedoch, dass man es überall hin mitnahm, dass man es in alle Welt projizierte: Ich bin in der Türkei oder in Israel gewesen, aber ich muss dort abwesend gewesen sein, denn von dem, was dort an der Tagesordnung steht, begriff ich nichts. Ich war die wandelnde Insel der Seligen. Die blutige Wirklichkeit von Machtkämpfen schien mir ausgeschlossen, ein für alle Mal vorüber; selbst wenn sie sich vor meinen Augen abspielten, nahm ich sie nicht wahr. War diese verzerrte, parasitäre Perspektive nicht eine Erbschaft der Zeit nach dem Kriege?

Ich verdanke Doktor Hugo Portisch ein Bild. Doktor Hugo Portisch stellt österreichweit den größten gemeinsamen Nenner des seriösen Fernsehjournalismus dar, er ist eine Art Peter Alexander seiner Branche. In dieser vollkommenen, herrlichen Eigenschaft hat er sich ein Monopol für Fernseh-Geschichtsdarstellungen erworben. Mich fasst ein erheiterndes Grauen vor diesen von Doktor Portisch bewegten Bildern, vor seinen Geschichtsmovies an: die Toten aufgespannt auf die Projektionsfläche einer immerwährenden, ewigen »Zeit-im-Bild«-Ästhetik, moderiert von der geschmierten Stimme eines dafür engagierten, extra sorgenvollen Begräbnisredners.

Aber ich möchte Doktor Hugo Portisch dennoch danken. Man muss absehen können von den Schnitten, die die wunderbaren Bilder in den Sendungen erleiden. Man muss weghören können, wenn die Stimme den Bildern Worte unterstellt. Geschnitten und geredet wird bloß, damit den Kompromissen, die diese Zweite Republik ausmachen, damit ihrer Ausgeglichenheit Genüge getan wird, vor allem jenen Kompromissen, ohne die eine solche Doktor-Hugo-Portisch-Geschichtssendung (»Österreich I«, »Österreich II«) niemals hätte gesendet werden können.

Die Bilder aber sind großartig, von großer Wahrheit. Sie sind das allerbeste Material für wirkliche Erinnerung (auch des nicht Selbsterlebten), und von diesen Bildern wurden mir einige zu einem Bild, das mich seiner Ambivalenz wegen ratlos macht. Da zeigt der Film die Wiener Sängerknaben; sie sind auf dem Land in Sicherheit, gerade noch haben sie ein NS-Kostüm getragen, eine Uniform, das Hakenkreuz gut sichtbar. Aber jetzt ist der Krieg zu Ende, die Engländer sind schon in der Nähe, jetzt heißt es umziehen, genauer: sich umziehen, und die Sängerknaben schlüpfen schnell in Lederhosen. Da – ein professionell militärisch-misstrauischer Trupp Engländer naht, die Sängerknaben haben Aufstellung genommen, die Engländer stehen vor ihnen, die Sängerknaben singen, ihre glockenhellen Stimmen erklingen, und – blame me! – was singen sie? Sie singen: »God save the King«.

Das ist eine Allegorie. Überlegt man, was sie bedeutet, kann man krank werden. Diese Interaktion von am Horizont auftauchenden Angelsachsen, von museal glockenheller Stimmung, von der Jugend, der die Zukunft gehört (»meine Jugend«, sagte Elmayer stets, der alte Monarchist, Rittmeister und Tanzlehrer der aufstrebenden Kleinbürgerjugend, immer wieder, »meine Jugend«) – ist diese Interaktion inmitten der ländlichen Idylle, in der mit leichter Hand ein folgenschwerer Kostümwechsel stattfindet, ist sie nicht so etwas wie der eigentliche Eigensinn der Zweiten Republik oder wenigstens ein Teil, ein wesentlicher Teil davon?

Selbstverständlich befriedigt obige Bildbeschreibung alle Anforderungen an die gut gehenden Klischees der Österreich-Kritik. Aber ich verschiebe nur ein Detail, und man kann vielleicht aus der Selbstzufriedenheit, die einem Klischees verleihen, eine Ahnung von der Unheimlichkeit unseres Daseins zurückgewinnen. Die Knaben verhielten sich, als seien die Soldaten Seiner Majestät Touristen, willkommene, lang erwartete Fremde, denen man im gut geführten Fremdenverkehrsbetrieb ein Ständchen bringt. Die Soldaten wurden unter der Hand zum Publikum: eine perfekte Inszenierung der Realitätsverleugnung, einschließlich der Prämisse, Engländer seien Menschen, die sich dort willkommen fühlen, wo man ihnen ihre Hymne vorsingt.

Was aber wäre gewesen, hätten die Sängerknaben nicht »God save the King«, sondern zum Beispiel ein Stück aus Mozarts »Requiem« gesungen, ein trauriges Stück, durch das das wahrscheinlich einzig Verbindliche zwischen Menschen, also zwischen geborenen Feinden, hätte hindurchklingen können, nämlich die Klage, die Trauer über ihre gleichgültige, sie alle betreffende Sterblichkeit?

Ein Requiem hätte an Ort und Stelle paradox geklungen; es wäre einerseits vollkommen abgelöst vom Diktat des Geschehens gewesen, von der Geschichte mit den Feinden in ihren Uniformen. Eigensinnig hätte es geklungen, vor allem geklungen; keine Worte von der Art, Gott möge irgendeinen Herrscher behüten, wären gemacht worden. Was für eine hymnische Schmeichelei in einem Land, in dem gerade noch der Führer vergöttert worden war. Nach dem teuflischen Schwachsinn der Propaganda in Worten hätte sich die Aufhebung des Wörtlichen ins Tönende, in die Akustik der Gefühle Gehör verschaffen können.

Gewiss, dies wäre nicht zuletzt aus Schwäche geschehen, denn der Logos hat in solchen historischen Momenten abgedankt, er muss langsam wieder aufgebaut, konstituiert werden – und das war ja die erste, die vornehmste Tat der literarischen Avantgarde der fünfziger Jahre: Sie hat diese österreichische Illusion und Anmaßung der glatten Verständigung bekämpft – um den Preis, dass sie, verglichen mit allerhand Bestsellern, bis heute unverständlich geblieben ist.

Die neue Ordnung der Zweiten Republik ist ein Sinnzusammenhang, in dem es sich gut verständigen lässt. Alle Klischees, in die ein Verständnis sich leicht einklinken kann, sind ausgearbeitet und fast nicht mehr zu durchbrechen. Um so größer die Leistung der Sängerknaben, ihnen gehörte damals tatsächlich die Zukunft. Die Paradoxie des »Requiems« hätte darin bestanden, dass es eben einerseits abgelöst, auratisch, eigensinnig erklungen wäre. Andererseits hätte genau diese Ferne die Nähe zum Augenblick des Kriegsendes hergestellt. Das »Requiem« wäre angemessen gewesen, realistisch, von realistischem Pathos; es hätte die Fremdheit des Geschehens bewahrt.

Die Sängerknaben waren freilich eine Avantgarde, weil sie bei ihrer ersten Begegnung mit den Befreiern sofort auf deren Hymne und auf ihre eigenen Lederhosen setzten. Von allem neuen Anfang an agierten sie symbolisch: »God save the King«. Sie vereinten ihre glockenhellen Stimmen zu einem keineswegs paradoxen, sondern zu einem ausgehöhlten, das heißt, gut passenden, intimisierenden Symbol. Derartigen Symbolen gehörte die Zukunft, allerdings erst recht in seltsam rückläufiger Weise: Indem die Sängerknaben »God save the King« sangen, haben sie über die Engländer hinweg, über das Dritte Reich und den Zweiten Weltkrieg hinweg, durch den Ersten Weltkrieg hindurch in der Zeit um 1899 herum geistig Anschluss gefunden. (Hermann Broch hat in »Hofmannsthal und seine Zeit« diese Tradition, in die sich die Wiener Sängerknaben zum Kriegsende mit dem Instinkt einer geschichtsbewussten, vieles überlebenden Organisation stellten, als »Wert-Vakuum« definiert. Dieses Vakuum herrscht in Form einer leeren, rein dekorativen Kunst, die jedoch in der Politik verwurzelt ist; es ist eine Kunst, die das zu allem passende, daher ausgehöhlte Symbol liefern kann.)

Ich möchte nun eine Überlegung *contre cœur* anstellen. Auf ihr könnte allerdings die Staatsräson der Zweiten Republik beruhen. Ich sprach schon von der Ambivalenz des Sängerknabenbildes. »Ich bin total ambivalent / ich hab' zum Zwiespalt ein Talent«, sang einst Lotti Huber. Worin sollte die Ambivalenz bei Sängerknaben bestehen?

Eine damalige Staatsbank ließ, ich glaube in den neunziger Jahren, eine Gruppe so genannter Prominenter Werbung mit so genannten Gedanken zum Erfolg machen. Es ist der Erfolg, der mir Sorgen macht. Der Satz, dass man durch Schaden dumm wird, ist eine Einsicht. Klug kann man durch Erfolg werden. Der Erfolg konzentriert die Kraft, mit der man einen weiteren haben wird. Der Erfolg ist, wenngleich nicht unbeschränkt, eine Quelle für den Erfolg. Man kann auch durch Schaden lernen, die Chancen dafür kommen mir jedoch eingeschränkt vor. Dass man durch Schaden klug wird, ist eine fromme Einrede. Menschen, die sich an anderen schadlos halten, benützen sie, um Schaden von sich abzuwenden. Sie spenden Trost mit dem Motiv des sich ewig aufrappelnden, niemals aufgebenden Geschädigten.

Aber das Wesentliche am Erfolg – in diesem Zusammenhang – ist doch, dass er für sich selbst etwas ist, keines Zuspruchs bedarf, gleichgültig ob er nun klug oder dumm macht. Der Schaden ist für sich selbst nichts. Man muss ihn, um etwas aus ihm zu machen, mit irgendeiner Art von Frömmigkeit, von moralisierender Teleologie aufrüsten. Dann kann sich auch der Schaden sehen lassen.

Aber der Erfolg rechtfertigt sich selbst, und nun kommt der langen Rede kurzer Sinn: Hat die Politik im Zeichen des Wert-Vakuums, haben die glockenhellen Stimmen zum Empfang der gepanzerten Angelsachsen nicht Erfolg gebracht? War die Reaktualisierung des alten Wert-Vakuums nicht der innere Kern der Möglichkeit, den Eigensinn der Zweiten Republik als »Erfolgsgeschichte« zu interpretieren?

Und die Welt? Gilt für sie nicht, dass sie getäuscht werden will? »Mundus vult decipi«, habe ich im Realgymnasium in der Diefenbachgasse 19 gelernt.

Was könnte man gegen das Wert-Vakuum einwenden, wenn es doch wenigstens diesmal, in der Zweiten Republik, geholfen hat, und wenn, wie mir scheint, Gefahr am ehesten von dort herkommt, wo man wiederum »Werte« verkündet – allerdings jene, die gerade in diesem Vakuum gedeihen?

Das ist keine rhetorische Frage, sondern eine Aufforderung, gegen das Wert-Vakuum tatsächlich Einwände zu finden. Die Staatsräson legt sich selbst als »Erfolgsgeschichte« aus. Die Österreich-Kritik kann ihr nicht an; sie ist selber ein Teil dieses Erfolgs geworden. Ich plaudere aus der Schule, denn auch ich wirkte an dieser Art von Kritik, wie ich fürchte sogar vorbildhaft, mit. Die Mittelmäßigkeit der eigenen Gedanken erkennt man am besten, wenn andere von ihnen Gebrauch gemacht haben.

Ich sehe allerdings einen Silberstreif am Horizont der Paradoxien, in die die Österreich-Kritik sich verwickelt hat: Es gibt einen Typus des Deutschen, den so genannten Begierdeösterreicher, wie ihn ein österreichischer Publizist genannt hat. Dieser Typus hat eine besondere Leidenschaft für die Abweichungen, die die österreichische Gesellschaft im Unterschied zur durchrationalisierten deutschen noch vorweisen kann. Der Begierdeösterreicher ist verknallt in die göttlichen

Exzesse einheimischer Unsterblicher, und er mag den moralischen Schlamm, in dem man hier so gerne badet, um schneller alt zu werden. In jedem Fall ist er eingeweiht und macht zum Beispiel Ausstellungen, immer streng österreichische und selbstverständlich kritische. Er, den unser Eigensinn glücklich macht, ist eine Hoffnung, denn erst wenn Deutsche mit ihrem gründlichen Hang zum Extremismus die österreichischen Selbstbesinnungsrituale übernommen haben, sind die Österreicher von der Paradoxie entlastet, die sich 1970 in einer heute längst schon erfüllten Maxime ankündigte. Damals sicherte Bundeskanzler Kreisky eine Politik zu, die »ein Kunst- und Kulturverständnis unterstützt, das sich mit ganzer Respektlosigkeit gegen das Bestehende, gegen das Etablierte wendet«.

Für mich ist Österreich das Land, in dem ich nie etwas werden wollte, nicht Beamter, nicht Schriftsteller, schon gar nicht Professor. Dass ich nichts geworden bin, nehme ich selbstverständlich als Beweis für meine ernsten diesbezüglichen Absichten. Andererseits aber, und wie typisch!, ist Österreich für mich auch das Land, in dem ich der Anhänglichkeit, der Abhängigkeit wegen niemals die Kraft gefunden hatte, auf Dauer wegzugehen – obwohl es möglich gewesen wäre. So bin ich also da, und ich möchte, dass das Ganze hier fair funktioniert, ohne allzu viel zu bedeuten: keinen Heimatsinn, keinen Patriotismus. Meine Utopie, die ich aus einem *Merkur*-Heft (Zeitschrift für europäisches Denken) abgeschrieben habe und zu deren Realisierung ich mich auch sonst in einem Widerspruch befinde, lautet: »dörfliche und tribale Identitätsmarken hinter mich zu bringen, keine Erkennungszeichen zu respektieren, keine Geheimcodes zu achten«, also auch kein Pathos der Vaterlandslosigkeit zu pflegen.

Sich eine solche Haltung, die hoffentlich mehr ist als die Freiheit im Vakuum, auch nur vorstellen zu können, verdankt man dem Land, das einen wenig dabei gestört hat. So nimmt der Terminus vom »Eigensinn der Zweiten Republik« für mich am Schluss eine dialektische Wendung: Es gehört zum Eigensinn dieser Republik, dass sie zumindest bis heute niemanden gezwungen hat, einen übertriebenen Sinn für diesen Eigensinn aufzubringen, und das ist mehr an Freiheit, als viele Länder ihren Bürgern kampflos zugestehen.

Statusprobleme

Vom australischen Satiriker Barry Humphries stammt folgender Satz: »Es gibt wohl kaum einen gefährlicheren Menschen auf der Welt als einen Mann mit dem Empfinden eines Künstlers, jedoch ohne dessen Talent, es auszudrücken. Im besten Fall werden solche Leute Conférenciers oder Innenarchitekten, im schlechtesten Massenmörder oder Kritiker.« – Herr Schuh, Sie sind zunächst Kulturkritiker geworden, allerdings sind Sie nicht dabei stehen geblieben, also müssen Sie Talent haben. Dieses Talent ist ja – völlig unabhängig von meiner banausenartigen Frechheit – mehrfach durch Preise bestätigt worden, zuletzt bei der Leipziger Buchmesse 2006. Nun habe ich gelesen, dass Sie skeptisch sind, wenn Sie öffentlich gelobt werden. Deshalb die gar nicht frech gemeinte Frage: Worin sehen Sie denn selbst Ihr Talent?

Es gibt eine grundsätzliche Lehre, die Leute, die Interviews führen, aus ihrer Praxis ziehen können. Diese Lehre lautet: Am besten macht man jemanden lächerlich und fertig, wenn man zu ihm sagt: Hören Sie einmal, warum sind Sie eigentlich so gut? Erklären Sie mir, was ist eigentlich Ihr Talent? Darauf beginnt der so Gefragte zu reden – und dann schneidet man die Frage weg, und er steht allein mit diesem munteren Geplätscher da, mit diesem narzisstischen Redefluss über seine Bedeutung. Es gibt natürlich auch Menschen, für deren Aussagen man nichts wegschneiden muss; sie können das ohne Frage, nämlich sich Hervortun: »Ohne das literarische

Ansehen meines Debütromans von vor zwanzig Jahren schmälern zu wollen, verfüge ich heute über ganz andere literarische Mittel und Erfahrung.« Das hat einer tatsächlich gesagt, und ich bin davon begeistert. Ein anderer, nicht ohne Ironie mit der Wirtschaftlichkeit seiner kapitalismuskritischen Dichtung konfrontiert, antwortete im Ernst: »Der literarische Positivsaldo ist sicher sehr groß, der finanzielle eher weniger.« Das ist das Beste: Im Auftrumpfen zugleich sein Zukurzkommen beklagen, und das auf einem Gebiet, das man ohnedies als schnöde denunziert.

Ach, meine Frage nach Ihrem Talent kam doch nur daher, dass ich zu wenig von Ihnen gelesen habe. Meine Frage war rein informativ. Ich wollte Ihnen gar nichts wegschneiden.

Naja, man kann nicht wenig genug von mir lesen, das empfehle ich allen. Ich sage: »Bitte lesen Sie nichts von mir, lesen Sie Thomas von Aquin. Das hat sich über hunderte Jahre bewährt, und außerdem handelt es von Gott. Besser kann man in der Buchhandlung nicht bedient werden.«

Ich werde einen zweiten Versuch starten. Im Vorwort zu Ihrem Buch »Schwere Vorwürfe, schmutzige Wäsche« schreiben Sie über sich selbst, dass Sie einen Widerwillen gegen die Hauptsachen hegen. Ich zitiere Sie: Widerwillen gegen die immerwährende glückversprechende Folter, Widerwillen gegen niederschmetternde Auskünfte der Weltgeschichte, gegen das nicht auszusparende Elend. Sie wollen, so schreiben Sie, das Durcheinander der Welt nicht beseitigen, sondern ihm Glanz verleihen, und huldigen einer ironisch verzweifelten Moral und Ästhetik. Das klingt so, als wäre Schreiben für Sie ein Ventil für einen Leidensdruck, den Sie verspüren. Wenn dem so ist: Worin liegt der Schmerz, der Sie bewegt?

Ja, wie sollte ich Ihnen sagen, wer ich bin, wo ich es doch selbst nicht weiß. Und der Schmerz, au weh: Dies ist mein Schmerz ... So, nicht wahr?, beantwortet man solche Fragen. Ein Interview ist von vornherein ein Format, das heißt, im Grunde ist das, was jeder als Besonderer antwortet, allgemein längst schon gesagt. Das ist der Triumph der Formate über jede einzelne Meinung. Jeder wird durch das Format zum bloß vermeintlich Besonderen, der sich beim Versuch, seine Unverwechselbarkeit durchzusetzen, überanstrengt. Was mich betrifft, so bin ich ein Anhänger einer soziologischen Richtung, die mit etwas arbeitet, was man den, glaube ich, »Labeling Approach« nennt. In dieser Art, die Dinge zu verstehen, ist jemand oder etwas genau das, wofür er oder es gehalten wird, und das gilt auch für mich: Was immer die Leute von mir halten, sie haben vollkommen Recht, und es gibt da von meiner Seite her keinen Einwand. Manchmal diskutiere ich – als Gleichberechtigter oder im besten Fall als unterlegener Partner – darüber mit, wer ich denn sei. Ich kann nicht leugnen, dass ich, ohne das mir geltende Interesse allzu sehr überschätzen zu müssen, dabei manchmal schöne Zeiten habe. Ich erinnere mich gerne an eine Szene, in der einer, dessen Identität damals feststand, gegen mich, dessen Identität damals nicht feststand, aggressiv wurde. Er brüllte mich im Gasthaus Hermi an: »Schuh«, brüllte er, »was bist du überhaupt?« Die Antwort wäre einfach gewesen: In dem Moment war ich sein Feindbild. Und warum?

Hören Sie auf, sich selbst zu interviewen.

Aber es geht hier doch gar nicht anders. Also warum?

Da bin ich neugierig.

Ich habe eine Vermutung, und da sie nicht nur für mich spricht, trifft sie vielleicht zu. Der Mann war damals, und das mit Recht, einer »der führenden Schriftsteller des Landes«; er ist es bis heute, obwohl er lange kein Buch mehr veröffentlicht hat. Am Zenit seiner Schaffenskraft kam ihm bei der »Hermi« einer wie ich ganz recht: Ich war einer, der ein bissel herumkritisiert, schlimmer noch, herumtheoretisiert. So was hält man ja aus; aber eines verträgt man absolut nicht: Was alles hat man selber getan, um ein Selbstbewusstsein zu entwickeln und es öffentlich zu etablieren, und was für eine Ungeheuerlichkeit war es am Ende, dass es glückte. Man war wer, man hatte es geschafft – aus dem Nichts heraus (das die eigenen Bücher genial beschrieben), und da kommt einem einer entgegen, ebenfalls aus dem Nichts, das er allerdings noch gar nicht verlassen hat, das er niemals verlassen wird, und was hat der? Ein Selbstbewusstsein.

Sie beeindrucken mich in Ihrem intellektuellen Hakenschlagen, aber ich möchte trotzdem fragen: Wie sehen Sie sich selbst als Schriftsteller?

Ja, aber was die Haken betrifft, da kann ich von Ihnen lernen. Wie ich mich selbst als Schriftsteller sehe, das kann man im Ernst beantworten. Zunächst einmal sehe ich mich gar nicht als Schriftsteller, denn Schriftsteller ist das Produkt einer gesellschaftlichen Anerkennung. Und dieses Individuum, das hier glücklich vor Ihnen sitzt und froh ist, vor Ihnen sitzen zu dürfen und nicht woanders zu sitzen, ist relativ weit entfernt von beruflichen Qualifikationen. Vor Ihnen ist jemand, der heute in der Früh seinen Blutdruck gemessen hat und entsetzt war über dessen Höhe. Das ist jemand, der am Tag davor beim Internisten gewesen ist und entsetzt war über dessen Gesichtsausdruck. Das ist zugleich jemand, der in der Fußgängerzone des zehnten Bezirks auf und ab ging und dieses Leben dort beobachtete. Und das ist jemand, der sich wünscht, im zehnten Bezirk eine Kleinwohnung als Arbeitsraum zu haben. Das ist jemand, der am Abend das Fernsehprogramm sieht und über das uniformierte Fernsehen so ähnlich entsetzt ist wie beim Blutdruckmessen, dass also bei 38 Sendern auf jedem einzelnen dasselbe Programm steht – diese gleichgeschaltete Fülle, ein Faszinosum. Das ist jemand, der in einem Wiener Vorstadtbezirk eine Geschichte hat. Das heißt, das ist jemand, der zerfällt und sich im Zerfallenen gleichzeitig doch eine unterschwellige Identität bewahrt, die er wortlos erduldet, also nicht einmal dann aussprechen kann, wenn er es unbedingt will.

Wie kam es dazu, dass Sie gelernt haben, in der dritten Person über sich zu sprechen?

Das haben Sie mir beigebracht. Ihre Fragen verlangen von mir eine Selbstinszenierung, die ich in der dritten Person am liebsten habe. Ich rede deswegen von mir in der dritten Person, weil ich sagen will, dass die Frage: Wer bin ich denn?, von mir nicht beantwortbar ist, zumindest nicht in einer ersten Person und auf keinen Fall so, wie Sie sie stellen, und das auch gar nicht wegen einer eingebildeten Besonderheit, wegen einer hervorragenden Ichheit. In dem Film »Das Leben des schizophrenen Dichters Alexander März« stellt ein Psychiater die gleiche Frage, die ich hier (nicht) zu beantworten versuche. Die Hauptperson, befragt, warum sie denn von sich in der dritten Person spreche, antwortet im Film mit einer Gegenfrage: »Was von mir ist Ich?« Ich habe doch schon gestanden, dass, wenn es um mich geht, jeder andere Recht hat; er weiß es besser. Würde ich meine Fragen so beantworten können, wie sich diese Fragen Ihnen stellen, dann hätte ich einen anderen Beruf. Ich wäre dann ein Mann in einer Chefetage, sagen wir des Rundfunks oder vielleicht ein Unternehmer oder etwas, was ich immer gerne werden wollte, Verkäufer von Videorecordern, diese Tätigkeit hat mich immer fasziniert.

Warum?

Weil ich technische Geräte sehr mag.

Weil sie treuer sind als Menschen?

Schön wär's, allein die Bedienungsanleitungen gehen fremd. Aber dafür bleibt Ihre Bedienungsanleitung im Vertrauten. Allein schon, wie Sie vom »australischen Satiriker Barry Humphries« sprechen. Das ist apart – der Mann ist als »Dame Edna« weltberühmt geworden, eine Figur, die er übrigens in einige der Folgen von »Ally McBeal« importierte. In dieser Serie gewann die Figur an billiger Skurrilität, das heißt, sie verlor fast alles, was sie im Soloauftritt an schriller und bösartiger Kunst zur Verfügung hatte. Dame Edna war gemein, und die große Klappe, die sie im Smalltalk unaufhörlich wetzte, um Menschen zu verletzen, tauschte sie in der Serie für eine Rolle, in der sie selbst die Verletzte war; jedenfalls zählte sie plötzlich zur (auch juristisch) schützenswerten Minderheit der Transvestiten. Dame Edna goes sentimental – für Ally McBeal. Das ist Fernsehen: Die Konzepte tun einander Gewalt an. Aber es ist auch ein Komiker-Geschick, diese Bereitschaft, ins rührende Fach überzuwechseln. Der Mann ist darstellender Künstler, er fürchtet die Kritik wie der Teufel das Weihwasser. Da wird ihm die Satire zum Deckmantel für den bittersten Lebensernst, den im Künstlerleben die Kritiker verkörpern. Zu emanzipierten Geistern gehört, dass sie Kritiker nicht überschätzen, aber dass sie Kritik zu schätzen wissen; Kritik ist ein eigener Zugang zur geistigen Welt. Deshalb kann man sie auch ruhig als sekundäres Phänomen stigmatisieren; psychologisch ist es beim Künstler die Furcht vor einem Blick, der einen in Augenhöhe trifft, und strategisch ist es die Abwehr von Schlägen, bevor sie noch an einen selbst verteilt wurden. Aber weil Kritik dieser eigene Zugang ist, lebt sie in solchen Scharmützeln genauso auf wie der Kritisierte, wenn er Glück hat.

Sie glauben noch an Kritik?

Im Prinzip schon, das heißt, ich glaube an das Prinzip der Kritik. Ich könnte ohne Ahnung von dem Prinzip gar nicht sagen, dass der reale Zustand der Kritik mir erbärmlich vorkommt. Ich könnte aber auch dann über Kritik nichts Prinzipielles sagen, wenn nicht oft genug Kritiken vorkämen, die einem eine Ahnung davon geben, was Kritik ist. Ein Kritiker zum Beispiel, der nicht erkennt, dass die ganze Einleitung von »Schwere Vorwürfe, schmutzige Wäsche« in erster Linie der pure Hohn auf den Literaturbetrieb, auf dessen Anbiederungs- und Rekrutierungsmaßnahmen ist, kommt mir gerade recht. Wer nämlich den Hohn überliest und mich ernsthaft nach meinem »Leidensdruck« fragt (die Druckerei meines Verlags ist mein einziger Leidensdruck), der steckt so tief in den sozialen Selbstverständlichkeiten des Betriebs, dass er, ohne es zu wissen und zu wollen, meinen Hohn rechtfertigt. Ich muss ihm für die Bestätigung meines Selbstverständnisses dankbar sein, ihn zugleich aber als Beispiel dafür nehmen, was so alles auf der Welt nicht verstanden wird. Und anders als bei Thomas von Aquin kommt es bei mir ja nicht darauf an. Aber man stelle sich vor, was alles nicht verstanden wird, obwohl es darauf ankäme.

Wir haben vor fast fünf Jahren das erste Gespräch geführt. Sie haben in der Zeit ja gar nicht so viel geschrieben, aber von Ihnen habe ich immer noch zu wenig gelesen. Inzwischen haben Sie immerhin für »Schwere Vorwürfe, schmutzige Wäsche« besagten Preis eingeheimst und sind dadurch so ziemlich ins Zentrum der Aufmerksamkeit gerückt. Inzwischen hat sich das wieder etwas beruhigt. Was hat sich für Sie dadurch verändert?

Gar nichts. Außer, wie Sie das sehr schön sagen, dass es eine Aufregung war, die sich beruhigt hat, und das ist im Grunde genommen in meinem Leben immer dasselbe: eine Aufregung, die sich wieder beruhigt. Das ist die Wiederkehr des Gleichen. Ohne ewig. Immerhin wurde ich unmittelbar nach der Verleihung des Preises von einem ehrlich erstaunten Journalisten gefragt, was denn für mich Erfolg sei. Dieser österreichische Journalist war so herzergriffen erstaunt darüber, dass ein solcher Preis an mich ging. Deshalb konnte ich nicht einfach irgendwas auf seine Frage antworten. Gefühle, die mir gelten, müssen sich doch bezahlt machen! So erinnere ich mich genau daran, wie ich mich zusammenriss und konzentriert darüber nachdachte, was denn Erfolg für mich sei. Erfolg ist für mich, dass ich mich heute nicht vor morgen fürchten muss. Monate später habe ich einen erfolgreichen Künstler gehört, der auf die Frage nach dem Erfolg eine emanzipierte Antwort hatte: Für seine Verrücktheiten ein Auskommen zu finden, das ist Erfolg. Aber ich war auch niemals skeptisch gegenüber öffentlichem Lob. Es ist schlimmer – ich leide an umgekehrtem Narzissmus, also daran, dass ich jeden Schimpf wie nichts aushalte, während ich die Thematisierungen meiner Person, die bei lobenden Erwähnungen unweigerlich passieren, unerträglich finde. Das ist sicher auch etwas Wienerisches: In Wien wirst du hart darauf konditioniert, dass du ein Nichts bist, und jedes Nichts lernt schnell, sich daraus nichts zu machen. Aber es hat noch andere Hintergründe, über die ich, ohne Genaueres zu wissen, die fixe Psychologenmaxime ausbreite: Es kann nur an der Kindheit liegen.

Dass sich für Sie gar nichts geändert hat, will ich nicht glauben. Sie unterschlagen wenigstens den finanziellen Aspekt.

Ja, der finanzielle Aspekt – das ist doch das Wenigste! Die Finanzen an und für sich sind die Katastrophe. Das ist schon eine hochinteressante Frage, die Geldfrage – der bürgerliche Mensch wird mit Recht nicht zuletzt als Wirtschaftssubjekt gesehen und die wirtschaftliche Freiheit oder die Fähigkeit, eine Basis zu haben, von der aus man agiert – wirtschaftlich frei und unabhängig –, macht das Individuum zum Individuum oder sagen wir es noch ironischer, macht das Subjekt zu einem Individuum, also den anonymen Untertan zum zahlungskräftigen Einzelnen, der sich mit der Kreditkarte ausweisen kann. Aber für die meisten schreibenden Menschen ist das nicht so, die haben ja de facto die Chance gar nicht, so ein Wirtschaftssubjekt zu werden. Und meine wirtschaftliche Subjektivität ist seit Jahren dialektisch, das heißt, sie baut auf das Negative auf, sprich auf Schulden. Es ist die pure negative Dialektik, ein Adornistisches Konstrukt, das keine Synthese, keine Versöhnung mit dem Konto zulässt. So kann man aber nicht einfach leben, weil das gesellschaftlich einen merkwürdigen *double-bind* aufbaut: dass man nämlich urteilt, unabhängig urteilt, wie die Utopie lautet, und dabei gar nicht die wesentliche Basis dafür hat, nichts von dem hat, was zur wesentlichen Unabhängigkeit in diesem gesellschaftlichen Rahmen gehört, nämlich die wirtschaftliche Selbstsicherheit; sie geht einem ab über Jahr und Tag. Und das ist eines der Spannungsfelder, in denen die Leute, die das tun, was ich auch mache, existieren, spielen oder am Ende vielleicht sogar untergehen.

Wobei Sie ja kurzfristig zum Bestseller-Autor geworden sind. Sie wurden vom ORF zum »Paradeintellektuellen Österreichs« ernannt. Preisverleihungen sind ja oft ein Auslösemoment für irgendwelche Menschen, sich als Fans zu outen – zum Beispiel als Elfriede Jelinek den Nobelpreis gewonnen hat, ist Andreas Khol, ein doch sehr konservativer Politiker, dahergekommen und hat sich als Fan geoutet, auch Günter Nenning, gut – der vorher sowieso. Sie haben einmal über die »Feinde« gesagt, dass ihr Widerspruch allen klarlege, wohin man gehört. Was passiert aber, wenn aus dem Widerspruch ein Zuspruch wird?

Sie sagten es ja schon, dass der Zuspruch in meinem Fall eine vorübergehende Qualität gehabt hat, und im Grunde ist es so, dass man, selbst bei einem verkehrten Narzissmus, den Widerspruch kaum ertragen hätte, hätte es nicht auch Formen des Zuspruchs gegeben. Nicht zuletzt zu dieser vorhin erwähnten wirtschaftlichen Frage gehört das gesamte Anerkennungsproblem. Das Anerkennungsproblem hat nun in der Tat eine teuflische Seite: Ohne Feinde ist die Anerkennung wertlos. Ein guter Feind ist automatisch ein *advocatus diaboli*, das heißt, wenn er einen angreift, verteidigt er einen auch – vorausgesetzt, dass man genug Substanz hat, die der Polemik standhält. Aber es gibt auch Feinde, bei denen es sich bloß gehört, dass man sie hat. Ich zum Beispiel werde, nicht zu meinem Missvergnügen, hin und wieder von der *Kronenzeitung* gemobbt, und ich halte das in der Tat für den Ritterschlag des österreichischen Intellektuellen – im Unterschied zu vielen, die ich jetzt ironisch Kollegen nenne, die von der *Krone* umarmt und geschätzt werden. Ich gönne es ihnen. Aber man würde diesen Widerspruch, den andauernden Widerspruch, ebenso wie ein unaufhörliches Desinteresse nicht aushalten. Es gibt natürlich Leute, die über viele Jahre in der Lage sind, ohne Zuspruch zu existieren, aber auch das sind Termingeschäfte. Eines Tages muss der Zuspruch kommen, sonst ist der Mensch am Ende entkernt, und Fleisch setzt er an durch das, was man ihm an Freundlichkeiten antut, und knochig wird er durch das Feindselige, und beides, wie jeder weiß, benötigt man: Fleisch und Knochen.

Sie haben mit dem Buch, wie Sie selbst im Vorwort sagen, Ihr bisheriges »Hauptwerk« vorgelegt. Die Frage nach dem »großen Werk« und dem Mitleid, falls man keines »zusammenbringt«, wird im Buch thematisiert. Aber es gibt auch die Missgunst und die Schadenfreude darüber, dass jemand kein Werk schafft. In meinem ersten Philosophie-Semester habe ich bei einem Professor eine Übung absolviert, und der meinte damals sinngemäß – ich weiß nicht mehr in welchem Zusammenhang – über einen anderen Professor: Der hat viel herausgegeben, aber hat der ein einziges Buch geschrieben? Und in diesem Satz ist schon sehr viel Schadenfreude und Missgunst mitgeschwungen, also, das ist ja ein generelles Problem.

Ja, aber ich hab' das große Glück, dass ich mich im akademischen Konkurrenzleben nicht bewähren muss. Ich – um diese wunderschöne ironische Wendung zu verwenden –, »ich reflektiere auf den Markt« und nicht auf das innerakademische Treiben, wo die Gehässigkeit treibhausartige Züge annehmen kann, aber nicht muss. Auf dem Markt ist die Gehässigkeit in jedem Fall großzügiger, verstreuter und vor allem vergesslicher. Als ich einst in einer Glosse die Goethe-Interpretation eines deutschen Professors, ich nenne ihn hier Mayer, gelobt hatte, erhielt ich den Leserbrief eines anderen deutschen Professors, ich nenne ihn hier Müller. Professor Müller schrieb, ich hätte nicht Professor Mayers Goethe-Interpretation loben sollen. Lobenswert sei vielmehr Professor Müllers Goethe-Interpretation. Was das Werk generell betrifft, tu ich mir schwer, weil diese Einleitung zu »Schwere Vorwürfe, schmutzige Wäsche« so offenkundig spöttisch gemeint ist, so offenkundig die gültigen Kategorien – zum Beispiel die Kategorie »Hauptwerk« – verspottet, dass ich kaum glauben kann, dass man glaubt, ich hielte das Buch für »mein Hauptwerk«. Ich fürchte, ich gehöre zu einer Fraktion von – na, sagen wir, postmodernen Menschen, die über solche Differenzen wie Haupt- und Nebenwerk nur eine Satire schreiben können, auch deshalb, weil ein einziger Satz, und sei er von einem Zeitungsmenschen verfasst, dem irgendein Verschreibfehler gelingt, manchmal schwerer wiegt als das, was in dieser Gesellschaft als »Hauptwerk« kursiert. Und dass man letzten Endes kein Werk geschaffen hat, hat immer auch den Vorteil, dass man daher niemanden mit seinem Werk belästigen kann.

Die Geschichte – aus »Schwere Vorwürfe, schmutzige Wäsche« – mit dem »Leser im Café« wurde von Ihrem Verleger anscheinend missverstanden – er hielt den fertigen Text für einen Entwurf. Im Vorwort thematisieren Sie auch seinen Wunsch, dass Sie sich doch auf ein Thema festlegen mögen, und in dem Zusammenhang »Missverständnis mit Verlag oder Verleger« fällt auf, dass Sie relativ oft den Verlag wechseln: Jugend und Volk, Ritter, DuMont, auch Libro, die »Schweren Vorwürfe« sind bei Zsolnay erschienen, ihr Buch »Hilfe! Ein Versuch zur Güte« ist bei Styria – in einer eigenen Buchreihe – herausgekommen. Verstehen Sie sich nicht mit Ihren Verlegern, oder hat das andere, pragmatische Gründe?

Das ist eine gute Frage. Es ist in der Tat – anders als die Geschichte mit dem Werk – ein Beweis dafür, dass es mir nicht gelungen ist, mich auf dem Markt – und ich sage es mit Bedauern – entsprechend zu etablieren. Denn zu dieser Art der Etablierung gehört die feste Verankerung in einem Verlag als einer Institution. Das ist mir nicht gelungen, und wir werden sehen, wie das mit Zsolnay weitergeht, da hab' ich das Gefühl, da werde ich bleiben, aber man weiß es ja nicht mit Sicherheit. Einer ironischen Volte von Robert Menasse, dem Suhrkamp-Autor, kann ich die Parodie nachliefern. »Ich«, sagte Robert Menasse, »war immer ein Suhrkamp-Autor, auch in anderen Verlagen.« Und für mich gilt, dass ich auch immer ein Suhrkamp-Autor war – wenn auch niemals im Suhrkamp-Verlag. Und Styria zählt aus der Perspektive Ihrer Frage nicht. Grundlage dieses Buches war eine Vorlesung in Graz, die sich in einen Text verwandeln sollte – und »sollte«

war für lange Zeit der Hauptakzent dieses Unterfangens, denn der Text über die Güte wurde und wurde nicht fertig. Und meine Arbeit hat allmählich alle meine Kräfte beansprucht, sodass ich am Ende sagen muss, herausgekommen ist das Beste, zu dem ich als Essayist in der Lage bin. Ich kann nicht mehr. Auch das Thema kommt aus Urgründen, aus dem Wunsch, die Härte des Daseins anerkennen zu können, ohne sie als Person nachahmen zu müssen; und umgekehrt auch aus dem Wunsch, die persönliche Schwäche nicht allein, nicht ganz allein aushalten zu müssen. Ein Essay, wie ich ihn schreibe, ist eine unreine, aus rein literarischen und aus wissenschaftlichen Motiven zusammengesetzte Form. Die psychologischen Motive, die »Hilfe! Ein Versuch zur Güte« hervorgebracht haben, sind auch nicht ganz reine. Aber die Buchreihe selber, die »Bibliothek der Unruhe und des Bewahrens«, ist (in meiner Lesart: gegen den Imperialismus des deutschen Kulturbetriebs) eine gemeinsame Anstrengung einiger der besten Leute, die hier an ihren Gedanken arbeiten; eine nationale Anstrengung, in der ich sowohl die Gemeinsamkeit als auch das schmerzlich Trennende empfinde. Aber anders als die Geschichte mit dem Hauptwerk ist dieses nervöse Hin- und Herpendeln zwischen verlegerischen Unternehmen, für das es die verschiedensten Gründe gibt, nun wirklich ein Anzeichen für Misslingen und für partielles Scheitern. Die paar Verlage, die sich meiner angenommen haben und die sich offenkundig ganz und gar voneinander unterscheiden, sind aber auch ein Zeichen für die Einheit von Leben und Werk im Sinne meiner Grundkategorie, die auch Sie zitiert haben: für das Durcheinander. Wie die meisten Menschen schreibe ich jener Erfahrung, von der man sich am stärksten geprägt fühlt, beinahe absolute Bedeutung zu; es ist die mildere Form des religiösen Fanatismus, wie das

Durcheinander eine mildere, ja eine biedere Form des Chaos ist. Mehr Biederkeit verträgt das Chaos nicht. Wenn ich lesen muss, es sei ein gelungenes Kunststück, »das scheinbar Belanglose bedeutend zu machen, das tatsächlich Banale poetisch zu verformen, dem disparat Fragmentierten innere Spannung, überzeugende Gesamtstruktur zu verleihen«, dann verletzt das meine religiösen Gefühle. In jeder Hinsicht muss ich das Durcheinander wahren, meine Arbeit darf nicht dem Grab einer »Gesamtstruktur« anheimfallen.

Es sieht nicht so aus, als würde das Beste, was Sie als Essayist können, die Öffentlichkeit fesseln. Sie problematisieren ja selbst die Fragwürdigkeit der Gattung.

Aber die Fragwürdigkeit liegt nicht darin, dass die Essayistik (mit wenigen Ausnahmen) die Öffentlichkeit weniger fesselt als ein neuer Roman. Das ist in meinen Augen eher eine Stärke der Gattung: Wer in meinem Sinn essayistisch arbeitet, zeigt den Funktionären des Mainstreams, die auf ihre festen Vorstellungen eingeschworen sind, seine Gleichgültigkeit. Was den Essayisten von vornherein zum Abwatschen geeignet macht, ist eben diese Doppeltheit: dass er zum Journalisten nicht taugt, wegen Mangels – na, ich würde fast sagen – an Interesse für das empirisch Enthüllbare, denn was ist denn schon enthüllbar? Dass zum Beispiel irgendjemand korrupt ist, wie soll man das enthüllen, das weiß man doch im Allgemeinen genau, und im Besonderen kann man es ruhig übersehen, denn so sind sie halt, die Leute. Auf der einen Seite also ungeeignet für den journalistischen Empirismus und zu stolz für die kommerzielle Meinungsmache und auf der anderen Seite für den akademisch-ernsthaften Diskurs und seine Verpflichtungen ebenfalls ungeeignet. Der

Essayist ist beschreibbar aus einem doppelten Nicht-Talent. Aber das wäre nicht schlimm, es gibt angesehene Tätigkeiten, für die man mehr als bloß zwei Unfähigkeiten braucht. Schlimm ist, dass Essayisten sich bedienen, und zwar sowohl beim Journalismus als auch bei der Wissenschaft, und dass sie durch eine Art von künstlerischem Verfahren (zum Beispiel durch Assoziationen, durch Montagen) eine Mischung aus aktueller Empirie und methodisch argumentierender Theorie zusammenbringen. Es gibt Wissenschaftler, die, wenn sie dem Essayismus begegnen, richtig unangenehm werden – der Soziologe Bourdieu war so einer, aber seine Aversion ist leicht auszuhalten, weil – wie immer er selber das gesehen haben mag – die essayistischen Züge seiner Arbeit unübersehbar waren. Besonders muss es den heranwachsenden Wissenschaftler treffen, der, sagen wir, keine Universitätsstelle hat und der in außeruniversitären Instituten so genannte Projekte bearbeitet. Geld ist immer unsicher, Stellen werden keine frei, und wenn, dann immer für die anderen. Er forscht Tag und Nacht, hat wenige originelle Ideen, aber ein oder zwei hat er doch. In der Hauptsache versucht er sich in die schwere Masse einzufügen, die aus Anmerkungsapparaten und gezüchtigten Diskursen besteht. Er sieht, wie eine Fraktion des akademischen Proletariats, die es aufgegeben hat, eine Stelle zu erwarten, Essays schreibt, kurz, manchmal bündig und doch immer verschwurbelt, und noch dazu über Themen, für die der junge Gelehrte (der junge Gelehrte ist der alte Gelehrte in spe) Quellenforschung betrieben hat. Ach, wie lange dauert es von der Quelle bis zum ersten geschriebenen und schließlich publizierten Satz! Und dann kommen diese Leute daher, die vom Typus (selbst wenn sie ein Studium absolviert haben) Studienabbrecher sind, und werfen etwas Überflüssiges auf Papier: einen Essay. Ich schrieb einst einen Essay für einen Ausstellungskatalog, und eine dieser jungen wissenschaftlichen Persönlichkeiten (verankert in der untersten Ebene der nicht zuletzt von ihm in Gang gehaltenen Hierarchie, mit Anwesenheitspflicht in den Ausstellungsräumen) erklärte aufgeregt den Besuchern, was für ein Depp im Katalog mit einem Essay vertreten sei. So ein Essayist ist ideal zum Abwatschen, und er verdient es sich auch oft genug: das doppelte Nicht-Talent, diese Unfähigkeit zum einen und zum anderen. Aber dass die Gattung nicht hält, was ihre Autoren versprechen müssen, diese bestimmte freche Unseriosität macht sie für mich zum Werkzeug. Man operiert von vornherein nicht im gesicherten Raum, und vor allem, weil einem die Gattung dazu keine Chance lässt, ist Sicherheit überhaupt nicht ihre Utopie. Es ist eine ideale Gattung für den Zweck, die Bestimmtheit, mit der man Behauptungen aufstellt, in ihrer Geltung zu relativieren. Ideal heißt hier, dass die Gattung es ermöglicht, Relativierungen vorzunehmen, ohne dass der Vorwurf zutreffen muss, man stehe zu nichts. Nein, man steht fest zu seinen Behauptungen; in diesem Moment sind nur sie die Wahrheit, von der das essayistische Verfahren, eben ohne diese Wahrheit zu verraten, auch in Aussicht stellen kann, dass sie sich ändert. Dass anders als in der Wissenschaft die Sprache im Essay »literarisch« sein kann, das heißt selbstbezüglich jenseits aller Mitteilungsfunktionen, ist keine geringe Gefahr, wenn es um Gedanken geht. »Ein Gedanke«, habe ich allerdings Alexander Kluge sagen hören, »ist nur gut, wenn er zugespitztes Gefühl ist.« Und im »Zuspitzen« liegt die Arbeit des Essayisten, wenn man das Wort »Zuspitzen« für die Verwandlung des Gefühls in einen Gedanken nimmt, oder besser, wenn man es dafür nimmt, dass man einem Gefühl den dazugehörigen Gedanken abgewinnt.

Wobei Sie irgendwann einmal gesagt haben: Wer weiß, wie viel ohne Druck entstanden wäre. Hat das auch mit diesem Druck zu tun, rechtzeitig etwas abzuliefern, oder meinen Sie da andere Arten von Druck oder Bedrückung?

Nein, ich bin insofern ein altmodischer – in gewisser Hinsicht ein ziemlich hilfloser – Mensch. Ich kann nur arbeiten in einem bestimmten sozialen Rahmen, das heißt, wenn mich jemand anspricht und sagt, er will etwas von mir – also ich benötige ein institutionelles Abverlangen. Ich benötige eine Institution, die mir etwas abverlangt. Die Frage ist für mich so heikel, dass ich als Antwort keinen geraden Satz zusammenbringe. Ich habe ja nicht nur einen Verlag gesucht, nachdem »mein« Lektor bei DuMont entlassen worden ist, sondern ich habe jemanden gesucht, der sozusagen mich betreut, einen, der mich anruft: Wann wird es fertig? Und der mir dieses oder jenes in Aussicht stellt oder in Abrede, je nachdem. Ich habe einen sozialen Rahmen gesucht, innerhalb dessen meine eigene Arbeit nicht zuletzt mir selbst plausibel werden kann. Ich hab' halt Betreuung nötig, weil ich sonst nichts arbeite, sondern träume. Und ja, ich wollte ohnedies aufhören zu schreiben, und zwar aus einem vielleicht doch einsichtigen Grund. Als dieser Streit Walser mit Reich-Ranicki passiert ist, habe ich eigentlich eine tiefe Verachtung für diesen gesamten Betrieb empfunden; es war aber auch ein bisschen eine »Da mach' ich nicht mehr mit«-Pose, aus der mich der Programmleiter von Zsolnay, Herbert Ohrlinger, herausgeholt hat, weil der entschieden ein Buch mit mir machen wollte. Aber ohne diese Entschiedenheit ... Ich wollte eigentlich nicht mehr so richtig, denn diese Reich-Ranicki-Walser-Geschichte, die ich komischerweise in dem »Schreibkräfte«-Buch fast vorhergesagt habe – da steht das, bevor es passiert ist, in Ansätzen schon drin, jedenfalls ist die Konstellation und dieses allzu leichtfertige Spiel mit den historischen Täter- und Opferrollen schon da. Meinen Text über Kritik nannte ich in den »Schreibkräften«: »All you need is love.« Ich habe versucht, den Ernst der Literaturkritik nicht nur aus dem Liebesbedürfnis der Künstler, sondern auch aus Canettis Maxime abzuleiten, dass das Urteilen überhaupt als archaisches Fundament das Todesurteil hat. Martin Walser hatte 1998 in einem Interview, das mir als Beispiel diente, Marcel Reich-Ranicki als »Machtmenschen« charakterisiert: »Und die Macht hat er. Die Autoren sind die Opfer, und er ist der Täter.« Walser rüstete diesen Satz zum Absoluten auf, indem er ihn mit den Worten paraphrasierte: »Jeder Autor, den er so behandelt hat, könnte zu ihm sagen: ›Herr Reich-Ranicki, in unserem Verhältnis bin ich der Jude.‹« Solche Phantasien, behauptete ich, belegen, welche Vernichtungsvorstellungen Kritik mobilisiert. Hinter diesen Vorstellungen, behauptete ich weiter, stecke die Ahnung, dass auch das ästhetische Urteil vom Todesurteil abstammen könnte. Walsers satirisches Buch über den Kritiker, ich weiß gar nicht mehr, wie es heißt, hielt ich nicht für antisemitisch – dass Marcel Reich-Ranicki es dafür gehalten hat, schien mir falsch, aber achtenswert: Man kann niemandem vorschreiben, was er für vernichtend zu halten hat oder nicht. Dann kam es zu Reich-Ranickis Dankesrede in München, wo ihn die Ludwig-Maximilian-Universität zum Doktor honoris causa gewählt hatte. Er denke bei Martin Walsers Buch, sagte er damals, an Goethes berüchtigten Satz: »Schlagt ihn tot, den Hund! Er ist ein Rezensent.« Jedoch entnehme er Walser nicht das klassische Fazit, sondern die Quintessenz: »Schlagt ihn tot, den Hund! Er ist ein Jude.« Das war mir zu blöd, diese elaborierte Koketterie mit Goethe und dem Massenmord. In der ganzen Debatte zuvor schien mir der Betrieb Wellen zu schlagen, als sei er erst in seinem Element, wenn es gilt, kritiklos, ungeachtet der wirklichen Gewichte, Schuldzuschreibungen aus einer mörderischen Vergangenheit für einen Literatenstreit zu aktualisieren. Wenn man die journalistischen Begleiterscheinungen dieses Streits beobachten musste, hatte man doch meinen können, dass viel von dem Kraftaufwand, in diesen Markt hineinzukommen, besser für das Verkaufen von Videorecordern und DVD-Playern verwendet würde.

Autorenversammlung

Hat Literatur für Sie, als Sie ein Kind waren, in einem größeren Ausmaß eine Rolle gespielt?

Das gehört zu den schönsten Seiten der Erinnerung an die verlorene Zeit. Literatur ist immer ein Isolationsmedium; sie ist ein guter Grund, sich zurückzuziehen. Für sich ist Literatur auch in der Isolation freundlich, aber nach außen kann das Lesen zu einer aggressiven Abkapselung beitragen, und bei mir war es irgendwie dazwischen: zwischen einer freundlichen Übung und einer Aggression auf die mich umgebende Welt, die perfekt ohne Lektüre auskam. Dort, wo heute in Wien die Lugner-City ist, auf der Gablenzgassenseite, war eine kommerziell geführte (wobei »kommerziell geführt« zum Glück nur ironisch zu verstehen ist) Leihbibliothek, und in dieser Leihbibliothek gab es jede Menge Schundromane, die alle in einem Plastikumschlag steckten, um sie vor dem längst schon eingetretenen Verschleiß zu bewahren. So habe ich mich schon früh durch viele Arten von Schund gelesen. Es gab dann auch noch die Städtische Bücherei, an die ich später herangekommen bin, in der Benedikt-Schellinger-Straße, und die war dann eine Quelle, bei der ich auch ihrer Unerschöpflichkeit wegen blieb. Aber seitdem ich damals begonnen habe, die kommerziell geführte Buchhandlung zu frequentieren, dicke, in Plastikumschläge gewickelte Schinken nach Hause zu tragen, hat es nicht mehr aufgehört mit der Leselust.

Können Sie sich noch erinnern, wie Sie gesprochen haben; ob Sie als Kind Dialekt gesprochen haben, wenn ja, einen breiten …?

Was für eine indiskrete, beinahe obszöne Frage, die mir Gelegenheit gibt, diskret zu antworten: Ich habe, glaube ich, durch meine Lektüre relativ schnell in zwei Sprachen gesprochen: im Dialekt und in der Hochsprache. Der Dialekt hat mich gewiss beherrscht. Ich beherrsche ihn meinerseits immer noch, ganz breit, aber heute eher wie eine Fremdsprache. Wenn ich ihn höre, bin ich entweder erschrocken oder gerührt; erschrocken, weil der Dialekt in Wien seltsam verblasst, weil er mir wie eine ausgetrocknete Quelle vorkommt; er ist für meine Ohren verkommen, entweder ins ganz Grobe oder ins Pseudonoble. Das unterschwellige Wienerisch spreche ich ja immer noch, das ist nicht weg. So lebt der Dialekt noch in mir, er lebt durch mich, und er lebt auch in vielen sprachlichen Fehlern, die ich mache (oder in der Ausrede, dass meine Fehler vom Dialekt herrühren). Die Schule diente dazu, mich allmählich auf das Hochdeutsche zu konditionieren (oder auf das, was man in Wien dafür halten kann und muss). Wien ist ein eigener Themenkreis – ich habe mich nicht nur einmal als »Lokalschriftsteller« bezeichnet, was schon schlimm genug ist, aber am schlimmsten ist, dass ich stolz darauf bin, einer zu sein. Es fehlt mir in Wien eigentlich an gar nichts, und das ist erst recht beängstigend, denn es müsste einem in Wien sehr viel fehlen, vor allem das Großstädtische, welches sich bekanntlich nicht bloß mit einer großen Stadt begnügt. Das Großstädtische ist ein geistiger Zustand – dieser Mangel an dem geistigen Zustand, an der Urbanität, wird in Wien durch das Furchtbarste vom Furchtbaren kompensiert, nämlich durch Gemütlichkeit, und wie

Karl Heinz Bohrer unvergesslich gesagt hat: Gemütlichkeit ist das Gebrüll im Winkel. Dieses Gebrüll tönt durch diese Stadt, durch jeden ihrer Winkel. Aber wie in so vielen anderen Fällen gilt es hier ja auch, (was soll man tun? soll man es überspielen oder gleich scharf leugnen, es durch Polemik verschleiern?): Man ist der, der man ist, und kann vernünftigerweise darüber hinaus denken, aber dennoch – solche Bindungen wie zum Beispiel meine an Wien kann man nur schwer loswerden. Wenn man dieses nervenzittrige Sensorium hat, wenn man in der Lage ist (unter dem Zwang steht), etwas sehr stark aufzunehmen, dann wird man zugleich sehr stark davon abhängig. Beeindruckbarkeit bringt ein hohes Unterwerfungspotenzial mit sich. Ich habe oft versucht, aus Wien wegzukommen, und es ist mir nicht gelungen. Wien ist eben aus verschiedenen Gründen eine Stadt, an der man kleben bleibt. Wien ist klebrig – und bin ich altersmilde geworden, dass ich kaum eine Spur von Wienhass in meiner Seele entdecke? Im Café Prückel traf ich einen Altersgenossen. »Na, wie geht's?«, fragte ich ihn, und auf diesem Weg kam das Gespräch zur Frage, was er denn im Alter unter keinen Umständen sein möchte. »Altersmilde«, sagte er, »altersmilde«, und nicht zuletzt deshalb, weil ihm die Altersmilde als das Verächtlichste überhaupt erschien, empfand ich einen Gewissensbiss. Dann fiel mir aber ein, dass mein Altersgenosse, dem die Altersmilde so ein Gräuel war, niemals, nicht einen Moment in seinem Leben, jungradikal gewesen ist. Er war immer ein halbwegs gemäßigter Opportunist, jedenfalls einer, der absichtlich nichts tut, was ihm schadet – unabsichtlich ist ihm einiges passiert, aber das hat er durch Intensivierung der Anpassungsleistung wieder gutgemacht. Altersmilde oder nicht, ich kann mich erinnern, das letzte Mal, als ich hätte weggehen können, um Auslandsösterreicher zu werden, stand ich eines Nachmittags, es war ein sonniger Nachmittag, in der Marc-Aurel-Straße und blickte Richtung Donaukanal hinunter. Und in dem Augenblick fiel die Entscheidung: Nein – ich geh' da nicht weg.

Haben Sie sich schon in Ihrer Kindheit oder Jugend vorstellen können, dass Schreiben, dass eine Art von artistischer Phantasie in Ihrem Leben einen wesentlichen Platz einnehmen wird?

Überhaupt nicht. Es ist merkwürdig (und es war in unserem Gespräch, siehe »Eindrücke der Vergangenheit«, schon einmal davon die Rede), dass man in seiner Kindheit vollkommen an den Pflock des Augenblicks gebunden ist. Die Kindergrübelei, der ich anhing, existierte nicht mit Zukunftsaussichten, selbst als Grübler existierte das Kind für den Moment – das ist eine merkwürdige Angelegenheit, man hält den Rahmen, in dem man lebt, für etwas Absolutes, und das Verstehen jener Vorgänge, die auf Veränderungen beruhen, überhaupt das Verständnis für Veränderung, für das ewige Stirb und Werde, das bringt erst das Altern mit sich. Ich verallgemeinere meine eigenen Erfahrungen, weil die Erinnerung an die kindliche Unmittelbarkeit, an das scheinbar Unveränderliche mir entscheidend vorkommt: Dass man für seine Existenz einst, einmal in seinem Leben, einen absoluten Rahmen annahm, prägt einen auch dann noch, wenn man im Meer der Vergänglichkeit immer schneller dahinsegelt. Im schlimmsten Fall macht es sentimental. Es hat lange gedauert, bis mir die Bücherwelt selbstverständlich wurde. Der erste Mensch, der eine Bibliothek hatte, und zwar im Privatbesitz, der erste, den ich kennen lernte, war Professor Hermann Mayer, ein von seinem Beruf begeisterter Mittelschulprofessor für deutsche Literatur. Bei ihm zu Hause war ich hin und wieder in der einen oder anderen Funktion, und er hatte tatsächlich Bücher in Regalen stehen und darunter wahrscheinlich die wichtigsten Werke der Weltliteratur, alle großen Autoren, in weißen Bücherkästen alphabetisch versammelt, und so was hatte ich überhaupt noch nicht gesehen. Zum ersten Mal eine Bibliothek sehen, das ist wie – wie heißt dieser Ort, an dem man stirbt? Das ist wie – na, diesen süditalienischen Ort, sehen und …

Venedig.

Na, Venedig sehen und sterben? Nee.

Ja, Venedig.

Nein, das ist ein anderer Ort, im Süden Italiens. Den Ort sehen und dann sterben. Das ist ein geflügeltes Wort …

Geläufig als Ausdruck heller Begeisterung, wenn man etwas Wunderschönes entdeckt hat oder betrachtet.– Sie meinen Neapel.

»Vedi Napoli e poi muori«, jawohl.

»Muori« ist ein kleiner Ort in der Nähe von Neapel.

Und »muori« heißt auch »sterben«.

Ein Wortspiel!

Der Italiener sieht Neapel als ein auf die Erde gefallenes Stück Himmel, und so kam mir auch die erste Privatbibliothek vor, die ich zu sehen bekam: überirdisch und zugleich im Besitz eines hervorragenden Erdlings. Jedenfalls ist das eine vollkommen andere Welt gewesen, diese Welt des Professors mit eigenen Büchern, und das war gut so, weil die Fremdheit von Bibliotheken (dass man sozusagen nicht der Chef über die Heerschar der Bücher ist, sondern dass sie ihre Unerreichbarkeit behalten), das kann für jemanden, der mit Büchern arbeitet und der Bücher benützt, nur lehrreich sein. Dieser Privatbesitzer einer Bibliothek wurde dann noch einer der großen Stifter in meinem Leben.

Was hat er denn gestiftet, eine Religion?

Nein, er hat meine Bekanntschaft mit dem Schriftsteller Gustav Ernst gestiftet. Über das alles will ich eines Tages vielleicht Genaueres sagen, weil es – im Rückblick – ein Glück war, weil es ein glückliches Leben war, das ich nicht vergessen möchte. Gustav Ernst war damals der Aufsichtsratsvorsitzende der Literaturzeitschrift *Wespennest*, um die herum sich eine Gruppe kleinbürgerlicher Menschen gebildet hatte, die das Beste der kleinbürgerlichen Lebensform, familiäre Wärme ohne väterliche Gewalt, füreinander bereithielt. Das ist allein meine Sicht der Dinge, ein Gespräch darüber hat mit den anderen niemals stattgefunden. Ich sag's hier allein für mich, dass das *Wespennest* und seine Rituale (gemeinsame Mahlzeiten, zum Beispiel Knackwurst mit Senf und Brot, Besprechen der Texte und Austausch von Ansichten) meinen fragwürdigen Wunsch nach Gemeinschaft hervorragend bedienten. Diese kleine Gemeinschaft von Schriftstellern war vom großen Markt der Literatur abgeschottet, worüber man auch sagen kann, dass sie vom Markt unabhängig war. Diese Unabhängigkeit beschäftigt meine Phantasie bis heute. Was Geltung hatte, so schien es mir, galt uns damals nicht von vornherein als gültig, und es ging uns um ganz etwas anderes als darum, in den Literaturbetrieb hineinzukommen. Ja, es ging um den damals nicht unüblichen Mix aus politischen und ästhetischen Motiven, die in eine generelle Verbesserung des Lebens und in eine Emanzipation von uns Kleinbürgern investiert werden sollten: Den proletarischen und kleinbürgerlichen Menschen musste in der Öffentlichkeit endlich jene bedeutende Rolle zukommen, die sie nach unserer Auffassung in der Gesellschaft tatsächlich innehatten! Auch beim *Wespennest* war mein Verhalten fragwürdig: Ich genoss das Ideal, arbeitete aber kaum praktisch (ich bin ein unpraktischer Mensch) und wurde dennoch von den anderen hingenommen, akzeptiert, und zwar so, wie ich war. Aber davon unabhängig kann ich sagen, dass ich bis heute eine tiefe Zuneigung für die Freunde von damals empfinde, auch wenn sich diese Zuneigung bei einigen in eine unglückliche Liebe hat verwandeln müssen.

Ist das nicht infantil, Wärmestuben gegen den kalten Markt zu propagieren? Diese Rückzugsphantasien kursieren außerdem, als andere Seite der Medaille, ebenso wie der aggressive Kampf um öffentliche Präsenz. Um nicht von Ihrem Buchtitel »Das phantasierte Exil« zu reden, so hat doch kein Geringerer als Peter Handke für eine lange Erzählung eine Hauptfigur erfunden, die ein Ex-Autor, ein Schriftsteller in Ruhe ist?

Vielleicht gibt es in dieser Gesellschaft Menschen, die das, was sie tun oder sind, nur im Horizont der Phantasie aushalten, es sein zu lassen oder die Flucht davor zu ergreifen. Ja, das Zurückziehen kann nur dann erfolgreich sein, wenn es gleichzeitig bemerkt wird. Der klassische Fall ist Thomas Pynchon, dieser großartige Autor, der kommt persönlich überhaupt nirgendwo vor, weil er sich nirgendwo öffentlich zeigt. Nur bei den »Simpsons« kommt er vor, und da hat er eine Tüte über dem Kopf, damit ihn niemand erkennen kann, ihn aber alle an der Tüte erkennen können: Man muss eben sehen, dass er nicht gesehen werden will, denn sonst existiert er nicht. Der Aufmerksamkeitsterror (um von meiner Infantilität abzulenken) …, das ist so schwierig, da kann man nur mit Überlisten arbeiten, aber die aggressive Aufmerksamkeitsökonomie ist für mich kein Grund, den Untergang der Künste, den allein die Stillen im Lande verhindern könnten, zu beklagen.

Meinen Sie, es gibt die Möglichkeit des Sichzurückziehens nicht?

Nein, für einen Künstler nicht, denn ein Künstler ist ein Bewirtschafter der Öffentlichkeit. Wer sich zurückziehen kann und sich in der Tat zurückzieht, sind Großindustrielle und die Finanzmenschen. Da gibt es eine lange Reihe von sehr Zurückgezogenen.

Nein, ich meine jetzt eigentlich die … Ich meine, sich überhaupt vom Künstlersein zurückziehen, ich meine nicht …

Das ist eine freie Entscheidung, das fällt nicht mehr in meine Betrachtung, wenn einer nicht mehr Künstler sein will und aufhört, dann ist es schön für ihn …

So ein Rückzug heißt ja nicht automatisch, dass er nichts Künstlerisches mehr macht.

Wenn er nur für sich privat Künstler ist, das ist eine Möglichkeit, aber es gibt halt in diesem Beruf eine extreme Spaltung, und diese Spaltung tritt von dem Moment an auf, in dem das Werk öffentlich wird. Von dem Moment an wirkt es auf den zurück, der es gemacht hat: Durch das Öffentlichwerden des Werks tritt der Künstler als Person hinter sein Werk zurück und wird aber gleichzeitig durch das Werk definiert, nämlich als Künstler. Sie können die Stärke haben, diese ganzen Prozesse für sich selbst zu machen, und sagen: Ich bin ein Künstler, nur es weiß es niemand. Das ist okay, aber es ist …

Es ist verständlicherweise und auch klarerweise dann nicht von öffentlichem Interesse.

Ja, das Mönchische, die Genügsamkeit in der eigenen Versenkung – es gibt allerdings ernstere Formen des Mönchischen als den zurückgezogenen Künstler.

Ich habe das gar nicht als mönchisch wahrgenommen, in keiner Weise. Ich habe das nicht als einen Verzicht …

Das Mönchische ist gar kein Verzicht, lieber Kollege, das Mönchische ist eine Erfüllung abseits der Öffentlichkeit. Das ist das Wesentliche des Mönchischen, das Mönchische ist kein Verzicht.

Ahm, interessant. Vielleicht bin ich da zu weit weg davon, als dass ich das verstehe, was das Mönchische … In seinen Idealen wahrscheinlich schon, ich kann mir aber nicht vorstellen, dass es tatsächlich so etwas gibt, ohne dass es ein Verzicht wäre.

Das an die Öffentlichkeitgehen, in der Öffentlichkeitstehen ist auch ein Verzicht. Ja, ja, dieser Verzicht wird oft mit Krokodilstränen beklagt von Leuten, die nach der Öffentlichkeit und ihren Aufmerksamkeiten gieren. Das Verzichten unterscheidet den Aufmerksamkeitsvirtuosen in meinen Augen kaum vom Eremiten – der härteste Verzicht der Selbstentfremdung in der Öffentlichkeit ist der, dass jeder Trottel über einen sagen kann, was er will. Und das ist hart! Das muss man mal aushalten. Das bleibt dem zurückgezogenen Künstler vollkommen erspart.

Eben, das war auch meine Meinung, deswegen hab' ich auch gemeint, das ist ein Gewinn.

Ich sag's ja umgekehrt – das Mönchische ist ein Gewinn –, »eine Bereicherung«, wie es nicht unverräterisch im gängigen hedonistischen Jargon heißt.

So könnten wir uns verstehen, würden wir uns verstehen. Ich hätte das mit dem Mönchischen nicht mit dem Rückzug zusammengebracht, nicht mit ihm parallel gestellt. Mönchisch ist für mich mit katholischen, kirchlichen Dingen konnotiert.

Es gibt doch nicht nur katholische Mönche.

Ja, eh, ich weiß. Wir sind, also zumindest ich, ich bin von unserem Kulturkreis geprägt.

Kulturkreis ist geradezu ein Synonym für Prägung.

Das ist das Glatteis der Exkurse. Sonst halte ich mich ja zurück …

Womit denn?

Ihr Insistieren auf Ihrer Herkunft. Ich sehe ein, dass der, der nichts anderes hat als das »Proletarisch-Kleinbürgerliche« (und der sich vor allem für nichts anderes anstrengen möchte, weil er sich bereits perfekt dünkt), mit seiner Herkunft herumfuchtelt. Das war schon früh die altersmilde Variante des Klassenkampfes: Da man »von unten« kommt, will man ein Gratisticket für eine Reise durch die Gesellschaft, »nach oben«. Es ist nichts anderes als ein verkapptes Aufsteigersyndrom.

Sie sind ein Reaktionär, nichts anderes.

Und Sie kein Linker. Aber unpraktisch, wie Sie sind, sind Sie einmal in Ihrem Leben sogar Funktionär gewesen. Sie waren nicht nur Lektor, nicht nur Kritiker, nicht nur Schriftsteller, Sie waren auch Funktionär, Literaturbetriebsfunktionär, und das als »Generalsekretär«. Sie kennen den Betrieb von der Pike auf und von allen Seiten – das muss schrecklich und korrumpierend sein.

Dem Ingeniör ist nichts zu schwör, und der Funktionär hat es nicht leicht. Der Funktionär steht in der Rangliste der Verwerfungen an der Spitze, mit denen besonders Künstler und solche, die es werden wollen, ihre Selbstvergewisserungen betreiben. Ich gebe zu, ich bin ein Modernitätstraditionalist, was Folgen hat. Ich fürchte mich vor jedem Plädoyer für das entschiedene, stolze, traurige Hinterwäldlertum – obwohl ich weiß, dass ich mich gar nicht zu fürchten brauche, weil die Beschwörung des Hinterwäldlertums als des eigentlichen Ortes der Humanität zu den ergänzenden, kompensatorischen Gegenbildern der (mit friedlichen Mitteln) irreversiblen Moderne gehört. Ich hab' Leute lieber, die in den Großstädten auf und ab eilen, Stadtneurotiker, die einen schnellen Witz haben und deren Traurigkeit sich komplexer auswirkt, als man es im Hinterwald zu träumen wagt. Die Liebhaber der stolzen Hinterwäldler beliefern uns nur mit dem Traum, dass es auch einfach und stolz geht, und das ist gut so, weil dieser Traum wenigstens manchmal dabei hilft, unsere Alpträume, also nicht zuletzt unseren Alltag, zu ertragen. Ach, in diese Richtung gehe ich sogar so weit, dass ich Funktionäre, die funktioneren, für notwendig und für nützlich halte. Man sollte einmal eine tendenziöse wissenschaftliche Arbeit schreiben, die den Funktionär vom Manager unterscheidet. Der Funktionär, der funktioniert, arbeitet im Gemeinsinn so, wie eine Uhr im Uhrzeigersinn läuft. Der Manager arbeitet für sich und ist von einer Firma angestellt, die sein Eigeninteresse für sich benützt.

Aber welcher Funktionär hat jemals funktioniert? Sie haben ja selbst geschrieben, dass Sie als Generalsekretär der Grazer Autorenversammlung unfähig waren.

Ja, unfähig, völlig unfähig. Insofern war ich ein Demokrat und übte demokratische Herrschaft aus, denn Demokratie ist die Herrschaft der Unfähigen über die Desinteressierten.

Das kommt mir bekannt vor.

Ich hab's gestern im Fernsehen gehört. Übertragung aus dem Kabarett.

Weiß nicht, vielleicht hab ich das Kabarett auch mal gesehen.

Aber sicher ... Ich war als Sekretär nicht zynisch, sondern damals, Ende der siebziger Jahre, war ich schüchtern und hilflos. Ich habe es in dem Buch »Das phantasierte Exil« geschildert: Als ich in die Gasse mit dem wunderbaren Namen kam, in die Schwertgasse, den Sitz der Autorenversammlung, machte ich den Generalsekretär eine Zeit lang alleine. Es war am Anfang wirklich so, dass ich noch nicht einmal Schreibmaschine hab' schreiben können. Das stellen Sie sich mal vor. Und Ernst Jandl, damals geschäftsführender Vizepräsident, hat mir dann tatsächlich Briefe des Inhalts geschrieben: Man muss, wenn man einen Punkt getippt hat, danach einen Abstand machen. Für mich war das rückblickend, ach, für mich war die Zeit in der Grazer Autorenversammlung eine sehr ambivalente Zeit. Eine Zeit, die mich schwer beschädigt hat, einerseits, aber bei der ich mir andererseits Dinge angeeignet hab', weil ich sie mir aneignen musste, ohne die ich mein Leben später nicht hätte fristen können, zum Beispiel: Maschineschreiben. Das hab ich dort gelernt, weil ich idiotische Aussendungen machen musste. Also irgendwie kommt mir das Leben schon schwer gespenstisch vor.

Ich habe mir in Ihrem Essay über die Autorenversammlung aus dem »phantasierten Exil« ein paar Sachen angestrichen, wo Sie der Meinung sind, dass die bürokratischen Fähigkeiten, die Ihnen abgingen, Sie dazu berechtigen, Ernst Jandl eine »Bürokratenseele« zu nennen. Und um eben Jandls extreme oder damals wahrscheinlich einzigartige Führungsrolle im literarischen Betrieb Österreichs zu beschreiben, schildern Sie, wie er allmählich als Dichter anerkannt wurde und wie er einerseits als anerkannter Dichter und andererseits als »Bürokratenseele« von vornherein der Einzige war, der den Verein auf Dauer zusammenhalten konnte.

Das ist wahr, ja.

Meine Frage dazu ist folgende: Ich kannte Ernst Jandl nicht, und ich kann über seine bürokratischen Fähigkeiten nichts aussagen, aber »Bürokratenseele«?

Jaja … das ist nicht leicht zu beantworten, wenn man unschuldig bleiben will. Also ich kann Ihnen erzählen, was ich unter »Bürokratenseele« verstehe. Ich habe Jandl kennen gelernt, da hat's überhaupt noch keine Autorenversammlung gegeben, da bin ich – mit anderen – bei ihm, in seiner Wohnung im zweiten Bezirk, eingeladen gewesen, und es kam zu Gesprächen über dieses und jenes, und wenn sich zum Beispiel irgendeine Person als Diskussionspunkt herauskristallisierte, ist er aufgesprungen und hat einen Akt, unter den vielen Aktenordnern, die er hatte, herausgeholt, und dann hat er darauf hingewiesen: Das hat sie über uns damals gesagt. Er besaß viele solcher Akten. Die gesamte Grundordnung der Grazer Autorenversammlung, eine Ordnung, auf der spätere Generationen von Generalsekretären aufbauen konnten, stammt von Ernst Jandl, nur von ihm, von niemandem sonst. Er war in dieser Hinsicht ein Funktionär, der funktionierte, und in meinem Leben war er zugleich der Dichter, dessen Kunst mir half, an die Kunst zu glauben. Jandl war aber auch als Funktionär ein Genie, denn heute ist es ja so, dass jeder zweite Idiot einen Kulturverein aufmacht und irgendwo Subventionen anzuzapfen versucht, aber Jandl hat die heute gültigen Prozeduren, wie man vom Staat berechtigterweise etwas herausholt, überhaupt erst erfunden (oder wenigstens hat er die vorhandenen konzentriert, erweitert und fruchtbar gemacht). Dahinter stand bei ihm auch die schmerzliche Erfahrung, als immer schon bedeutender Dichter immer viel zu wenig anerkannt gewesen zu sein. Die ganze Autorenversammlung war auch ein Aufstand gegen diese für die heutige Szene gar nicht mehr vorstellbare Diskriminierung von künstlerischen Leistungen durch die österreichische Öffentlichkeit und durch die Kulturpolitik, eine Diskriminierung, wie sie nicht zuletzt Ernst Jandl erfahren hat. Bei Jandl kam noch dazu, dass zum Beispiel Konrad Bayer ihn auch nicht wollte; ein Grund war, weil er zu lustig war, in seiner Poesie zu pointiert.

Das macht einen immer verdächtig, wenn man Humor hat.

Den hatte der Konrad Bayer auch, aber halt eine andere Art von Humor.

Das war der Humor, jetzt kommt die Kontroverse, der Konflikt. Sie meinen in Ihrem Aufsatz, die Grazer Autorenversammlung sei ein informeller Kader der SPÖ gewesen.

Ja, dieser Meinung bin ich.

Das finde ich insofern jetzt einfach einmal spannend … ein paar Dinge jetzt einwerfen, die …

Hast du Worte?! Naja, es ist eine ironische Formulierung.

Jaja, das ist schon klar

Eine Übertreibung.

Das ist mir schon klar, dass das eine Übertreibung ist. Ich nehme an, mit so einer Übertreibung wollen Sie auch etwas Bestimmtes sagen über eine bestimmte Nähe …

Es ist keine Übertreibung von der Art, dass ich es nicht für wahr halte.

Josef Haslinger, der – im chronologischen Sinn – nach Ihnen Generalsekretär war, sieht es anders; er sieht nichts von Parteipolitik. Jandl wollte vor allem die Hegemonie ästhetisch und politisch konservativer Autoren, die im österreichischen PEN organisiert waren, bekämpfen.

Aber darum geht's nicht – Kinder, Kinder, das sind ja Anfängerkrankheiten. Da geht's nicht darum, was die einzelnen Leute wollten, sondern da geht's darum, welche Prinzipien effektiv waren und welche Muster es in der Gesellschaft gab, welche Organisationsmodelle, denen gemäß man sich institutionalisieren konnte. Und effektiv war – das haben wenige gewusst oder bemerkt –, und wenn Sie mich fragen, Haslinger hat das sehr wohl gewusst, aber er hat's lieber nicht so genau bemerkt –, effektiv war eine (wie immer auch indirekte) Nähe zur SPÖ, die überhaupt dem Ganzen die kulturpolitischen Möglichkeiten eingehaucht hat. Ohne diese Nähe wäre keine Subvention, wäre kein Groschen geflossen. Es ist heute für mich kein Vorwurf, sondern eine nüchterne Beschreibung: Egal, was die Leute wollten, ihre Autorenversammlung wäre anders nicht realisierbar gewesen, und bis zu einem gewissen Grad halte ich die Realisierbarkeit für richtig und für wichtig, also es war gut so, auch wenn es anders besser und durchaus machbar gewesen wäre. Richtig war nämlich auch, was Oswald Wiener in seiner Austrittserklärung gesagt hatte, dass er nämlich aus einem Verein austritt, in dem so viele Leute organisiert sind, gegen die der Verein einst gegründet wurde. Es war ein Sozialdemokratismus, den Subventionsgeber durch die Vielen, durch eine Mitgliederquote, zu beeindrucken. Mit Recht stellt Haslinger die Frage, wo denn die vielen Stipendien, die vielen Glücksquellen für die Autoren hätten herkommen sollen wenn nicht aus dem Jandlschen Pragmatismus. Aber auch das andere Extrem sagt mir etwas. In meinem Alter begreift man allmählich den Satz aus Thomas Bernhards »Ritter, Dene, Voss«: »Wer einem Künstler hilft, vernichtet ihn.« Naja, es war bald nicht mehr viel zum Vernichten da, unter uns gesagt. Aber politisch, literaturpolitisch für einen funktionierenden, halbwegs gerechten Literaturbetrieb zu sorgen, der auf gut Österreichisch nur durch die staatliche Unterstützung möglich war, in dieser Hinsicht war die Bindung an die Sozialdemokratie, die eine informelle Bindung war, nicht nur wichtig, sondern die einzige Chance. Aber wenn man so eine Chance wahrnimmt, sollte man sich auch ausrechnen können, was sie kostet.

Ihre Beschreibung zielt darauf ab, wenn ich es richtig verstehe, dass diese informelle Bindung und das durch sie Erreichte (und zugleich Verspielte) analog zum Aufschwung der Sozialdemokratie geschah. Es war für Sie eine Parallelaktion?

Genau. Es ist ein anderes, ein kulturpolitisches Feld, das sich analog zum politischen Aufbruch der Sozialdemokratie organisiert hat. Für mich ist es heute eine abgelegte Geschichte, die mich aber als Geschichte, als Historie interessiert. Die These von der Parallelaktion finde ich bestätigt. Die Grazer Autorenversammlung ist versandet wie die Sozialdemokratie selbst; sie ist konturlos geworden, amorph. Manche streiten das vehement ab, andere sehen es cool anders. Ja, wer der Romantik anhängt, dass es sich um eine Selbstorganisation von intellektuellen und poetischen Wesen handelt, den will ich nicht stören. Ebenso wenig diejenigen, die es nicht stört, dass es sich um keine Selbstorganisation intellektueller und poetischer Wesen handelt und niemals um so etwas gehandelt hat. Ich verstehe alle, die Wert auf ihre Betriebsblindheit legen. Ich bin nur in der peinlichen Lage, dass mir genau diese Art von Blindheit das überschwängliche Gefühl gibt, im Recht zu sein. Aber ich muss auch die tragische Seite meiner diesbezüglichen Selbstgerechtigkeit erwähnen. Dieser merkwürdige Aufsatz von Haslinger, in dem er die »scharfsinnigen Kritiker« apostrophiert, »denen im Prinzip nicht zu widersprechen ist«, um ihnen anschließend prinzipiell zu widersprechen, macht mich traurig. Seine Tonart verstärkt mein Gefühl, gemeint zu sein, denn ich bin's, der immer erzogen werden muss: »Diejenigen«, schreibt Haslinger über die Ungehörigen, »die mit dem Gestus des illuminierten Gesellschaftskritikers der GAV und damit auch Ernst Jandl und mir vorwerfen, dass sie nichts anderes gemacht haben, als sich mit dem P.E.N.-Club die Peripherie der staatlichen Macht sozialpartnerschaftlich aufzuteilen, übersehen, dass es dazu keine Alternative gegeben hat.«

Dass es zum Pragmatismus keine Alternative gibt, das ist »ein Sozialdemokratismus«, eine Propaganda-Argumention, mit der die Partei lustlos »kritische Geister« an sich binden und sie zugleich von sich abwehren will. Haslinger geht den einen allzu bekannten Schritt in diese Richtung weiter, indem er dann doch eine Alternative nennt, nämlich die, »den Henzens, Lernet-Holenias und Federmanns noch weiterhin das ganze Feld zu überlassen«. Das ist als Argument des »kleineren Übels« in Österreich weltberühmt geworden: Ja, wir sind übel, aber wählt uns, die anderen sind noch viel übler! Und dann kommen endlich wir scharfsinnigen Kritiker dran. Die scharfsinnigen Kritiker, wenn ihnen auch im Prinzip nicht zu widersprechen ist, »sollten«, so Haslinger, »zumindest dann, wenn ihre Kritik persönlich wird, einen Moment darüber nachdenken, woher sie einen Teil ihres Einkommens (ich meine nicht den kleinen Teil der Buchtantiemen) beziehen und wie dieses Einkommen aus Preisen, Stipendien und Subventionen historisch in jene Bahnen zu fließen begann, in denen letztlich auch die Kritiker dieser staatlichen Subventionsbahnsysteme sich bewegen«.

Na und? Das ist doch vernünftig, und einen Moment nachzudenken, kann nie schaden.

Das nachgestellte »Sich« freut mich ja, das sind alte Zeiten, und auch das insistierend Kleinbürgerliche, mit dem das Wort Einkommen seine spröde, aber hervorragende Rolle im Satz spielt, macht mich glücklich. Wie dann Einkommen mit Buchtantiemen verknüpft wird, das klingt überhaupt nach Delikatesse. Die alte, uns Kleinbürgern eingetrichterte Mahnung aber, dass man die Hand, die einen füttert, nicht beißen soll, ist von derselben Klasse wie zum Beispiel der ziemlich miese Spruch: »So lange du deine Füße unter meinen Tisch stellst, machst du, was ich sage.« Man fährt oft aus der Haut, weil man aus seiner Haut nicht heraus kann. Der Schuster bleibt bei seinem Leisten, der Kleinbürger bei seiner

Moral, und jeder hält für vernünftig, was ihm von Haus aus einleuchtet. Man muss auf seine Art damit fertig werden, dass die Systeme, die einen stützen, subventionieren, keineswegs perfekt sind. Ich schlage vor, es diesen Systemen zu danken, indem man sie offen kritisiert, sie der Kritik für würdig erachtet. Schweigend mit der Beute abzuhauen, als ob alles in Ordnung wäre, ist nicht so ein guter Stil. In der Kritik wird man leicht persönlich, vor allem, wenn man Personen kritisiert. Aber ich schwöre, ich habe Josef Haslinger, den ich persönlich und als Schriftsteller sehr schätze, auch in seiner Eigenschaft als Generalsekretär mit keinem Wort kritisiert. Mein Aufsatz über die Autorenversammlung aus dem Buch »Das phantasierte Exil« heißt: »Beschreibung eines Wunsches«, und im Untertitel »Die Grazer Autorenversammlung als Paradigma eines Schriftstellervereines der siebziger Jahre«. Mein Versuch, diese Institution zu verstehen, bezog sich auf eine Zeit, in der Haslinger mit der Vereinsspitze nichts zu tun hatte. Der Verein hat sich in der Zeit danach verändert, es war – unter Haslinger – vieles ganz anders, in wesentlichen Punkten vollkommen anders geworden. Das ist der besondere Witz: Es war nämlich nicht zuletzt deswegen anders, weil nach den Auseinandersetzungen, die zwischen Jandl und mir leider unvermeidlich waren, tatsächlich eine Umkehr stattgefunden hatte: Das Klima, in dem die funktionierenden Funktionäre miteinander umgingen, hatte sich verbessert. Sonst war unter Haslinger nichts mehr zu ändern, der alternativlose Pragmatismus war ein für alle Mal durchgesetzt, und persönlich angegriffen hatte ich nur diejenigen, die daran noch etwas hätten ändern können. Was »die illuminierte Gesellschaftskritik« betrifft, das ist wohl, wer Haslinger kennt, eher auf ihn selbst anzuwenden, bei mir ist es – im Fall der Autorenversammlung – von vornherein das Pathos des Erleidens gewesen und keineswegs irgendein Theorierausch.

Ihr Leid streichen Sie auch immer wieder heraus …

Ich muss sagen, ich habe – mit einer Ausnahme – im Literaturbetrieb nie etwas erlebt, das mich ernsthaft kränken konnte. Ich bin ein echter, harter Kumpel – nicht von Anfang an gewesen, aber man wird es, man wird schnell ein Veteran. Das – es ist die Ausnahme – hat mich extrem gekränkt. Es war komischerweise nicht bei der ersten Lektüre, dass ich so litt. Als ich seinerzeit Haslingers Aufsatz, der den genialen Titel trägt: »Ich habe noch unter Jandl gedient«, und der den Stolz auf diesen Dienst ausdrückt, als ich diesen Aufsatz zum ersten Mal las, dachte ich: Na, da will er ein allgemeintypisches Szenario zeichnen, und so weiter, immerhin eine Gegenposition. Aber nach dem Tode von Ernst Jandl habe ich eine Reihe von Sachen gelesen, um mich an ihn, an den Dichter, zu erinnern, und da war er wieder, Haslingers Aufsatz über den Funktionär Jandl. Erst dann, bei der zweiten Lektüre, konnte ich so richtig leiden. Josef Haslinger weiß von meinem Schmerz nichts, und ich sag' ihm nichts davon, weil ich mich meiner Empfindlichkeit wegen schäme; sie ist ja die Kehrseite einer tiefen Zuneigung. Ich habe Haslinger einmal auf der Mariahilfer Straße getroffen, wir sehen einander ja nicht mehr, wir haben völlig andere Lebensumstände, und da hab' ich ihm gesagt, dass ich mich dazu einmal äußern werde, zu dieser Geschichte, und er hat so getan, was durchaus glaubwürdig war, als wüsste er gar nicht, wovon ich rede. Hat er vielleicht auch vergessen, ist ja lang her.

Das kann doch nicht sein, dieser Jammer – nur weil jemand mit guten Gründen eine andere Meinung hat als Sie.

Ich versuche mich doch selbst als Virtuose des Andersmeinens und bin daher auf Meinungen angewiesen, vor allem auf Gegenmeinungen. Es ist etwas anderes: Schriftsteller haben ein Aufmerksamkeitsproblem, Schriftsteller wissen voneinander, dass sie in der Öffentlichkeit auf Aufmerksamkeit angewiesen sind. Aufmerksamkeit, das heißt: Dort, wo wir mit unserem Namen etwas sagen, wenn das jemand anderer benützt, der diesen Namen sehr, sehr gut kennt, und wenn dieser andere aber den Namen ausstreicht aus seiner Überlegung, in der er sich dennoch auf den Ungenannten bezieht, dann ist das eigentlich ein Affront, eine Aggression, die man analysieren müsste.

Es ist nichts als eine dezidierte Kampfansage, ja? Weil doch jeder weiß, dass es um Aufmerksamkeit geht, und dass …

Es geht um Aufmerksamkeit, aber nicht als Selbstzweck, nicht als Reklame, sondern um Aufmerksamkeit, die sich einer verdient hat, und ich glaube, wenn ich mit meiner Gegenmeinung Haslingers Aufmerksamkeit erregt habe (so sehr, dass er gegen sie polemisiert), dann stellt sich die Frage, warum anonymisiert er meine Meinung? Nicht, dass er eine andere Meinung hat, ist für mich kränkend, sondern dass er meinen Namen nicht erwähnt, den er doch so gut kennt. Das ist bitter. In dieser Gruppe, in dieser *Wespennest*-Gruppe war Haslinger für mich ein Mensch, den ich gern hatte. Auch die Prosa, die er in unserer Zeitschrift veröffentlichte, schätzte ich besonders, vor allem diesen einen Text, der in harter, unmanierierter Weise von einem Philosophieprofessor erzählt, der Studenten für seinen Hausbau rekrutierte – das war ein intelligentes Bild von geistiger und körperlicher Arbeit. Das *Wespennest* war in meinen Augen eine Gemeinschaft, die über die fragwürdigen Werte des an Äußerlichkeiten hängenden Betriebs triumphierte. Aber wenn einer von uns, einer von innen, draußen sofort meinen Namen vergisst, und zwar in dem Moment, in dem er sich gerade auf mich bezieht, dann ist es nicht ausgeschlossen, dass das *Wespennest* etwas ganz anderes war als das, wofür ich es gern halten möchte. Die Frage, was war es denn dann, macht schon zu viel Mühe, um sich die Antwort anzutun.

> Überall, wo man hinschaut, Enttäuschung, Scheitern. Es ist typisch für Menschen, die von Gemeinschaft schwärmen, dass sie immer jemanden finden, der daran schuld ist, wenn sich ihre höchstpersönliche Sicht auf die Gemeinschaft nicht bestätigen lässt. Sie sagen ja auch, das Projekt Grazer Autorenversammlung sei gescheitert.

Aber das hat nichts mit irgendwelchen individuellen Verstrickungen oder eventuellen Idiosynkrasien meinerseits zu tun. Das Projekt Grazer Autorenversammlung ist genau deswegen gescheitert, weil der Gegner auch nimmermehr existiert. Der Gegner war damals ausgemacht als im P.E.N.-Club organisierte, eher konservative Schriftsteller, die im Staat ziemlich fett drin saßen, und die gleichzeitig ein gewisses Geschmacksdiktat in der Öffentlichkeit verkörperten; es waren »die Henzes, Lernet-Holenias und Federmanns«. Geschmacksdiktat war: zum Beispiel Jandl, schlechter Dichter und Infantilkunst und was weiß ich was alles. Die waren organisiert, und die Gegenbewegung, 1973 gegründet, hat sich eigentlich allmählich durchgesetzt, man müsste es für eine soziologische Studie genau studieren – diese ästhetischen und literaturpolitischen Konzepte, wie sie Hilde Spiel und andere (um von Friedrich Torberg nicht zu sprechen) vertraten, diese Konzepte sind verschwunden; es gibt sie jedenfalls in ihrer alten Macht nicht mehr.

Also insofern ist die Grazer Autorenversammlung durchaus erfolgreich gewesen, nämlich dadurch, dass sie sich zum Mainstream gemacht hat …

Und insofern auch nicht erfolgreich, da sie im Mainstream verschwunden ist – so wie die Sozialdemokratie, die laut Ralf Dahrendorf als Partei deshalb radikal relativiert ist, weil alle Parteien nicht wenig von der Sozialdemokratie übernommen haben.

Ja, und man muss zugeben, dass der Literaturbetrieb in Österreich, ich will jetzt keinen Prozentsatz sagen, zu großen Teilen von ehemaligen oder Noch-immer-GAV-Leuten beherrscht wird.

Das weiß ich nicht. Aber die Vorstellung von GAV-Leuten klingt, als ob das eine Organisation wäre, gegen die James Bond im Dienste Ihrer Majestät kämpft, gegen die GAV-Leute …

Erinnerung an das »Gedankenjahr«

Österreich feiert in diesem Jahr sich selbst. Sechzig Jahre Kriegsende, fünfzig Jahre Staatsvertrag und zehn Jahre EU-Mitgliedschaft sind unter anderem würdig zu begehen. Werden Sie mitjubeln?

Ich werde jubeln, wenngleich nicht mit. Da der Druck zu jubeln ziemlich groß ist und mich als Einzelnen sozusagen auf dem linken Fuß erwischt, habe ich beschlossen, das Ereignis zu privatisieren: Ich werde das Jahr 2005 für mich feiern und es gleichstellen mit dem Schiller-Jahr. Ich werde mich mit Schiller beschäftigen – wissenschaftlich und in reinem Selbstzweck. Und zugleich werde ich über dieses Land ganz für mich nachdenken.

Neben allerlei anderen Inszenierungen gibt es auch einen Nachbau jenes Balkons, auf dem der österreichische Außenminister Leopold Figl 1955 vor das Volk trat, um ihm den errungenen Staatsvertrag zu zeigen. Das Volk ist jetzt aufgerufen, die Szene nachzuspielen. Sie werden nicht auf diesem Balkon stehen und hinunterrufen: »Österreich ist frei!«?

Die Frage stimmt mich metaphysisch, weil dieser Satz, »Österreich ist frei!«, überhaupt nur durch die in dem Moment, in dem er gesagt wird, vergangene Unfreiheit einen Sinn hat. Aber heute bedeutet der Satz nichts Identisches mehr mit dem alten Satz, der einer der Grund-Sätze der Freiheit dieser Republik ist: Er steht am Anfang. Aber Freiheit ist bekanntlich immer eine Freiheit bezogen auf etwas. Frei wozu? Österreich ist in diesem Sinne sicherlich kein sonderlich freies Land, weil Abhängigkeiten sowohl nach außen hin bestehen – ich sage nur: deutsche Wirtschaft – als auch nach innen – ich sage nur: ein überaus großer Einfluss des Staates, genauer: der Parteien, noch genauer: im Jahr 2005 vor allem einer Partei. Dadurch, dass der Staat einen großen Einfluss hat, tut er auch Gutes. Und mit der Berufung auf die guten Taten des Staates den übergroßen Einfluss, den er meiner Ansicht nach hat, zu legitimieren, ist ein üblicher Trick. Ich kann es nicht beurteilen, aber würde man an der Sprache, an dem, was sozusagen die Literatur thematisiert und was die öffentliche Sprache freigibt, den Grad der Freiheit messen, dann könnte man sagen: Ein Land, das vom Massenblatt *Kronenzeitung* so stark beeinflusst ist, von einem Blatt dieser Art, müsste der eigenen Freiheitsliebe gegenüber zumindest skeptisch sein. Es ist ohnedies kein Land des Freiheitspathos und des freimütigen Sprechens. Das ist die große Chance der Literatur, weil sie eben eine Institution ist, in der frei gesprochen werden muss – sonst wär's keine Literatur. Dass aber die Leute in ihrem Alltagsleben der Zivilcourage oder gar »der Freiheit« huldigen, will ich sehr bezweifeln.

Die österreichische Regierung hat mit pädagogischer Absicht gleich ein ganzes »Gedankenjahr« ausgerufen.

Beim Wort »Gedankenjahr« muss man vorsichtig sein. Man sollte damit aufhören, Gedanken für etwas Regierungsmäßiges zu halten; für etwas Regierungsmäßiges, zu dem dann auch das Volk eingeladen ist. Die Gedanken sind immer noch spontan auf der Straße (dort, wo auch demonstriert wird) und in den Köpfen. Wenn es gelänge, daraus ein Fest zu machen, dann hätten sich die Jahrhunderte der Philosophiegeschichte ja wirklich gelohnt. Aber ein Gedanke lässt sich von keiner Regierung ausrufen. Am besten hätte mir eine kurze Jubelwoche statt einem ganzen Jubeljahr gefallen. Und das Zentrum hätte meiner Meinung nach sein sollen, und da bin ich ein spießiger Anhänger von Gelehrtenrepubliken, dass Gelehrte aus aller Welt hier eintreffen und uns zum Publikum machen. Also würden wir im Gedankenjahr Publikum und hörten zu. Wir hätten erfahren können, wer wir sind. Es ist aber leider umgekehrt geplant. Wir werden die Akteure und die Adressaten zugleich sein. Wir werden also wie üblich von uns geblendet sein.

Wird Österreich wieder ein Opfer seiner bekannten Selbsthistorisierungen?

Ich halte Österreich mit Ausnahme von wenigen Details für ein relativ modernes Land, das sich mit den Mitteln der Systemtheorie beschreiben lässt. Das heißt, es hat eine Gesellschaft, die ausdifferenzierte Systeme besitzt. Die sind partiell blind füreinander, funktionieren aber gerade deshalb, weil sie einander selten stören. Eine Ausnahme ist nach meiner Auffassung die Rolle der Kirche. Eine andere Ausnahme mag sein, dass sich in Teilen der SPÖ und in Teilen der ÖVP historische, aus dem Bürgerkriegsjahr 1934 stammende Lagermentalitäten festgesetzt haben, die ständig ein altes Theater aufführen. Ich denke aber, dass durch die ausdifferenzierten Systeme, die eine moderne Gesellschaft ausmachen, alles, was dieser »Überbau« betreibt, im Grunde an der Lebenstechnik und an dem, was wirklich passiert, nichts auszurichten vermag. Es wird ja nicht zuletzt die Geschichte, »die Selbsthistorisierung«, modern verkauft.

Mit dem »Gedankenjahr« versucht Österreich einiges, um Gefühle zu kollektivieren.

Es ist eine Art historisches Weihefestspiel. Wie das allerdings gehen soll, dass Kollektive ein Geschichtsverständnis nicht nur entwickeln, sondern »leben«, wie die Katholiken sagen, das weiß ich nicht. Man muss natürlich Einheiten bilden, wunderbar! Ich selbst habe erstaunliche Erlebnisse in Bezug auf die Differenz zwischen Österreichern und Deutschen oder zwischen den Österreichern und den Schweizern: Es tun sich Abgründe auf. Ich sehe eine große Reihe von Geschichten in diesem Land, die uns trotz aller Verschmelzungsversuche mit dem Internationalen von anderen Ländern unterscheiden. Österreicher, vor allem die offiziellen, reden gerne so wunderbar blühendes, verlogenes Zeug am Rande der Wahrheit, sie vollführen so herrliche Selbstdarstellungsvolten in ihrer miefigen Gemütlichkeit. Aber stets ornamental und vielschichtig. Und da muss man doch sagen, es ist hier etwas anderes als in anderen Ländern. Und wenn dieses Andere sich Geschichten sucht, um sich darin zu spiegeln, so sind es zwar nicht meine Geschichten, aber ich bin froh darüber, dass es sie gibt. Sie machen die hiesigen Menschen harmloser, erzählbarer.

Gibt es denn eine österreichische Binnenwahrheit? Etwas, das nur hier gilt und nirgendwo sonst?

Es gibt keine Binnenwahrheit. Wenn es etwas gibt, dann ist es eine österreichische Binnenlüge. Eine bestimmte Virtuosität, in der Öffentlichkeit zu lügen. Und diese Fähigkeit ist nicht nur eine des Inszenatorischen, sondern auch eine der Einbildungskräfte. Und die gleichen Einbildungskräfte, mit denen man das Belügenswerte, etwa das Ausland, anlügen kann, die gleichen Phantasiekräfte kann man auch dazu benützen, um große Wahrheiten zu sagen.

> Die beiden prominentesten Österreicher des Phantasiegeschäfts waren im vergangenen Jahr Elfriede Jelinek und Arnold Schwarzenegger.

Was für ein Vergleich! Jelinek und Schwarzenegger haben etwas gemeinsam, was sie aber wieder radikal voneinander trennt. Sie haben gemeinsam, dass sie sich jeweils in ihren Medien auflösen. Elfriede Jelinek gibt's nur in ihren Texten; die reale Person existiert für sich, für uns nur aufgelöst in den Texten. Und Schwarzenegger existiert aufgelöst in den USA. Für mich ist Arnold Schwarzenegger gar nichts Österreichisches, sondern er ist ein wunderbares Phänomen anderer Art. Er ist der Mensch ohne Ressentiment. Und zwar, weil er in der Lage ist, das Äußere und das Innere total gleichzuschalten. Das gelingt den wenigsten Menschen. Und die Dimension, in der er das gleichgeschaltet hat, heißt Amerika. Es war die Dimension eines Österreichers im Filmgeschäft. Da aber das Filmgeschäft durch Ronald Reagan ein politisches Gesicht bekommen hat, konnte er seine Auflösung ausdehnen auf die USA. Für mich ist es Heuchelei, wie er ständig den in seinem Gedächtnis noch übrig gebliebenen Österreichern auf die Schultern klopft. Aber für ihn ist das keine Heuchelei, sondern eine der Werbemaßnahmen, mit denen amerikanische Ich-AGs im Melting Pot ihre eigene Herkunft eitel nennen und sich damit noch einmal krönen. Der Bursche ist schrecklich, aber er macht einen guten amerikanischen Job.

Wird das Verlangen nach Künstlichkeit nicht gerade auch in Österreich ideal befriedigt?

Aber man kann doch heute in diesem Land so leben, als ob man gar nicht da wäre, und zwar ohne Scheuklappen. Die Tatsache, dass die österreichischen Selbstbeschäftigungsrituale sehr intensiv sind und dass man ihnen kaum entgehen kann, ändert daran nichts: Bei allen Besonderheiten und Akzentuierungen, die dieses Land so bietet, man lebt hier den Alltag einer späten Industriegesellschaft mit fast allen seinen Vernetzungen und Paradoxien. Das heißt, ich kann in eine Richtung schauen und sehen, o je, am Schloss Belvedere packen die Organisatoren des Gedankenjahres mahnende patriotische Artefakte aus, und ich schaue woanders hin und sehe im Computer die erste Seite der *New York Times.* Und beides unvermittelt in mir existieren zu lassen ist doch eine Lebenschance. Es gibt die Möglichkeit, die österreichischen Inszenierungen abzulehnen oder sie zu genießen, und dann wiederum in diese Inszenierungen überhaupt nicht miteinbezogen zu sein. Ich will das stärkste aller Argumente benützen: Im Irak ist derzeit so etwas nicht möglich. Dort entwickelt die Gegenwart durch die Gewaltförmigkeit der Zustände eine Unausweichlichkeit. Überall wo diese Unausweichlichkeit nicht gegeben ist, kann man sie zwar in der Rhetorik beschwören, aber ist ihr in der Lebenspraxis nicht ausgeliefert. Und für diese Freiheit bete ich auch im so genannten Gedankenjahr.

Die offiziellen Österreich-Erklärer vom Schlage eines Robert Menasse werden in diesem Jahr einiges zu tun bekommen. Wie sehen Sie diese, auch in Ihren Argumenten längst nicht mehr überraschenden Interventionen?

Glücklicherweise gibt es auch Widerspruch, wie den Menasses, außerhalb des gepflegten Konsenstheaters. Aber in Österreich scheint mir die klassische Funktion des Intellektuellen fürs Erste gescheitert; sie besteht darin, mit überspitztem Widerspruch die Institutionen der Gesellschaft und des Staates zu begleiten. Durch Personalisierung ist diese Begleitung kaum jemals zu einer sozialen Funktion geworden: Es gibt nur zwei, drei öffentlich anerkannte Intellektuelle, deren Namen man sich auf der Zunge zergehen lassen kann. Mittlerweile nützt alles, was ein personifizierter österreichischer Intellektueller sagt, denen, gegen die er es sagt. Paradoxerweise auch mangels Geschicklichkeit der Gegner. Wenn man nämlich – wie solche Gegner – grundsätzlich nichts von den Mühen der Reflexion hält, ärgert man die Gruppe derer, die von Reflexion leben, so sehr, dass sie manchmal unreflektiert werden. Und das kann man ihnen dann wieder vorhalten. Wär's Absicht, müsste man sagen, es ist eine sehr geschickte Immunisierungsstrategie im Gang. Menasse halte ich für wahrhaftig. Es ist ein Feuer, das in ihm glimmt. Auch mir ist dieses Feuer bekannt. Aber meine Wut ist weg.

Was ist an ihre Stelle getreten?

Es gibt schlichte sozialpsychologische Reflexe, zum Beispiel die Langeweile, die allmählich eintritt; sie ist – genau wie die Spaßkultur – keine schlechte Waffe für Herrschende (die an der Betäubung der Leute interessiert sind oder an ihrer Begeisterung, was auf dasselbe hinausläuft), und so kommt es, dass die Vertreter der politischen Spaßkultur sich zu Protagonisten der Langeweile entwickeln: Wenn Jörg Haider zum tausendsten Mal erklärt, das österreichische Innenministerium würde ihn abhören, dann tritt die Langeweile ein. Auch die *FAZ* kann sich über die Situation sprachlich nicht mehr orientieren und druckt den schönen Satz: »Österreichische Regierung will den Kärntner Landeshauptmann nicht abhören gelassen haben.« Jörg Haiders landesweites Verblassen und sein erfolgreiches Sicheinbunkern in einem Bundesland ist wahrscheinlich ein Austriazismus, also vielleicht ein Beispiel für eine binnenösterreichische Wahrheit, die durch ein unnachahmliches Gemisch aus aggressiven und defensiven Momenten hervorgebracht wird.

Wie pflegen Sie also mit diesem Land umzugehen?

Es gibt eine schimpfend gemeinte, klassische Formulierung eines Schweizer Intellektuellen, der der Schweiz seine Dankbarkeit durch den Satz erweisen wollte: Das ist das Land, das mir den Pass gibt, auszureisen. Und das würde ich gar nicht schimpfend sagen, sondern es ist wunderbar, einen österreichischen Pass zu haben. Man kann überall hin und von hier wegfahren. Ich bin lange Zeit von Österreich begeistert gewesen, weil Österreich mich nicht gezwungen hat, von Österreich begeistert zu sein. Das ist für mich Grund der Freude gewesen. Daher wurde mir vorübergehend unbehaglich, als angesichts der EU-Sanktionen patriotische Vokabeln wie »Schulterschluss« auftauchten, nicht nur wegen der Tradition dieser Vokabel, die entweder bewusst gesucht wurde oder unbewusst angewandt wurde – »Schulter an Schulter« im Ersten Weltkrieg. Österreich hat eine sprichwörtliche Differenz, nämlich die zwischen der relativen Hässlichkeit der gesellschaftlichen Verhältnisse und der absoluten Schönheit des Landes. Wobei es schöne Landstriche gibt, aus denen mich die dort einheimische Gesellschaft ausgeschlossen hat, weil ich ein Wiener bin. Als ich in Tirol meinen Heeresdienst ableistete, hoch oben in den Bergen, und als die kleine Truppe, mit der ich soldatisch unterwegs war, im Gasthaus nach Trank aus war, bekamen wir vom knarrigen Tiroler zu hören, wir Wiener seien nur dazu da, um seinesgleichen das Bier wegzusaufen. Den Tirolern das Bier wegzusaufen ist ein guter Grund, auf der Welt zu sein.

Essayist zu sein, bis in die Form des eigenen Lebens hinein, dürfte ein nicht minder guter Grund sein.

Ach, jeder Essayist ist es auf seine eigene Weise. Seltsam: Das Einzige, was ich wollte – denke ich an diesen Staat und diese Gesellschaft –, ist, auf der Grundlage von mehr oder minder wohlverstandenem Eigeninteresse durchzukommen. Worum geht es im Leben?, wurde eine für Österreich nicht untypische Schauspielerin gefragt, und sie hat geantwortet: Ums Überleben. Ich glaube das auch, es geht ums Überleben, und zugleich glaube ich: Das darf doch nicht wahr sein – es muss doch auch ein Leben geben. Ich hatte nie die Perspektive, dass der österreichische Staat und die österreichische Gesellschaft irgendwas vom Leben bereithalten. Titel und Stelle? Leute meiner Herkunft, geschweige denn meines Charakters, sind von solchen Hoffnungen abgeschnitten. Solche Hoffnungen müssten sie sich erst machen, und das würde mich hoffnungslos überfordern. Ich habe die Kreisky-Ära in Dissidenten-Tonart den »Aufschwung eines Leerlaufs« genannt. An dieser Stelle fresse ich Kreide und gebe zu: Ohne die Kreisky-Ära, in der diese Gesellschaft durchlässiger wurde, hätte ich nicht einmal überleben können. Ja, irgendwo vegetieren, aber aus dem Wort »Überleben« lese ich den Sinn heraus, dass es eventuell an der Grenze zum Leben stattfinden könnte. Die härteren Formen des Überlebens kenne ich zum

Glück nicht. So habe ich mich in einer weitverbreiteten Mischung aus zwangsweise und freiwillig für das Flüchtige entschieden. Das Wesen dieses Flüchtigen besteht darin, dass man keine Verantwortung übernimmt, außer für sich selbst und in dem moralischen Rahmen einer Privatexistenz, aber keine andere öffentliche Verantwortung, als es die Wörter verlangen, die man schreibt. Dieses Kindliche, im Staat und in der Gesellschaft nichts werden zu wollen, partiell verknallt zu sein in die Ohnmacht, das ist schon eine sehr fragwürdige Existenz, der auch das essayistische Treiben meiner Art lustvoll entspricht.

Worüber also wird der Essayist Franz Schuh im österreichischen »Gedankenjahr« nachdenken?

Ich habe so eine Vorstellung: Wenn ich einmal nicht mehr lebe, dann ist auch die Unzahl von Eindrücken verschwunden, die dieses Land – durch meine Brille gesehen – auch ausmachen. Ich erinnere mich noch an den pädagogisch aufgeheizten Widerhall des monumentalen Kraftwerkbaus bei Kaprun. Dass in den fünfziger Jahren weit weg, in unzugänglichen Höhen, ganz oben etwas entsteht. Groß und mächtig soll es sein. Und ich war ein Schulkind, und ich habe vom Großen und Mächtigen gehört, während ich auf den unsagbar schwarzen, geteerten Ölboden der Schulklasse geschaut habe. So trat das Land in dem allein von mir betriebenen Bewusstseinstheater auf. Eindrücke dieser Art werden es sein, die ich nach allen Regeln der Kunst meditieren werde. Das wird sozusagen mein privates Jubeljahr sein. Mit der einzig möglichen Haltung, nämlich der Zurückhaltung.

Zum Vergessen

Sie haben sich in einer Ihrer Lehrveranstaltungen an der Wiener Universität für angewandte Kunst mit dem Thema »Vergessen in der Kunst« beschäftigt. Wie sind Sie zu diesem Thema gekommen?

Genau genommen habe ich mich nicht mit dem Thema »Vergessen in der Kunst«, sondern mit der Frage befasst, wie Kunstwerke bestimmte Phänomene zu bewältigen, das heißt, darzustellen versuchen. Ich meine Phänomene, die in ihrer Tragweite so sehr über alles hinausgehen, was Kunst oder was überhaupt die Basis einer funktionierenden Kunstwelt noch fassen kann: Der Erste Weltkrieg, jener erste für die großen Massen organisierte Tod, ging – auch deshalb Massentod – so sehr über alles hinaus, was ein einzelner Autor oder ein einzelner Künstler schon allein wegen seiner Einzelheit verkraften kann.

Im Vergleich zu einem solchen Massenphänomen ist der Einzelne partikulär; und auch die Kunst bleibt, selbst wenn sie, was ja oft der Fall ist, aufs Allgemeine zielt, relativ partikulär. Die Frage war daher, was haben die Künstler angesichts der Situation einer massenhaften Existenzvernichtung mit ihrer Kunst gemacht; wie haben sie versucht, das Unausdenkbare, das nichtsdestoweniger real stattgefunden hat, darzustellen; wie haben sie diese Realität des Unausdenkbaren gedacht und dargestellt?

Das gesamte System, in der Welt zu sein und eine Welt zu haben, ist durch den Krieg erschüttert worden. »Hatte man bemerkt«, heißt es in Walter Benjamins Aufsatz »Der Erzähler«, »dass die Leute verstummt aus dem Felde kamen? Nicht reicher – ärmer an mittelbarer Erfahrung.« (Es ist seltsam, aber für dieses Verstummen gibt es eine für mich besonders beweiskräftige, wenngleich bloß individuelle Reminiszenz: Die Schauspielerin Inge Meysel erzählt in einem Fernsehfilm aus dem Jahre 1975 über ihr Leben von ihrem Vater, der im Ersten Weltkrieg einen Arm verloren hatte: »Mein Vater erzählte vom Krieg gar nichts. Er gab uns das Eiserne Kreuz zum Spielen.«) Benjamin erklärt die Erfahrungsarmut aus einem generellen Phänomen, aus der Entwertung der überkommenen Art, Erfahrungen zu machen: »Denn nie sind Erfahrungen gründlicher Lügen gestraft worden als die strategischen durch den Stellungskrieg, die wirtschaftlichen durch die Inflation, die körperlichen durch die Materialschlacht, die sittlichen durch die Machthaber.« Der Zivilisationsbruch tut seine Wirkung nicht bloß, indem er den einzelnen Überlebenden angesichts des massenhaften Todes isoliert, sondern der Einzelne ist auch in seiner eigenen Erfahrungswelt schwer verletzt: »Eine Generation, die noch mit der Pferdebahn zur Schule gefahren war, stand unter freiem Himmel in einer Landschaft, in der nichts unverändert geblieben war als die Wolken, unter ihnen, in einem Kraftfeld zerstörender Ströme und Explosionen, der winzige, gebrechliche Menschenkörper.« Verglichen mit der Theologie, in der man den nicht zu denkenden, unbegreiflichen Gott vorzustellen oder zu denken hat, handelt es sich in der Kunst um eine Paradoxie nichttheologischer Natur: Gott existiert, wenn überhaupt, dann transzendent; sein Zuhause ist das Jenseits, von dem aus er auf die irdischen Geschicke einwirken mag. Wie aber diese hausgemachten Weltuntergänge der Menschen, dieses reale Immanente, jedoch ebenfalls Unvorstellbare zur Darstellung gelangt – diese Frage wollte ich stellen, und zwar ohne schon bestimmte Antworten darauf nachzuzeichnen. Wie mir scheint, steckt in dieser Frage sowohl das Problem des Erinnerns als auch das Problem des Vergessens.

Was bedeutet das für Sie, die Frage zu stellen?

Es bedeutet, dass ich weniger etwas Bestimmtes behaupten möchte; ich möchte viel mehr auf ein nicht unbekanntes Problem hinweisen: Es herrscht eine Spannung zwischen einer Kunst, die ins Allgemeine geht, und der Tatsache, dass diese Kunst – zumindest in unserer Tradition – zugleich von Einzelnen gemacht wird. Die Einzelheit der Künstler ist oft stolze Isolation, aber oft genug ist besagte Spannung produktiv gewesen. Hinzu kommt, dass die Kunst, um ihrer allgemeinen Aufgabe zu entsprechen, auf bestimmten Voraussetzungen gründet, wie zum Beispiel dem Funktionieren gewisser humanitärer Regeln. Nun übersteigen jedoch die genannten Phänomene sowohl die Macht oder die Fähigkeit des Einzelnen als auch jene Art von Allgemeinheit, die die Kunst bezweckt. Die Frage lautet deshalb: Wie vergegenwärtigen die Künstler Geschehnisse, die sich per se sowohl den Künstlern als auch der Allgemeinheit der Kunst entziehen? Statt vergegenwärtigen könnte man auch erinnern sagen. Wie also erinnert die Kunst daran, dass zum Beispiel etwas, das die meisten schon vergessen haben, einmal tatsächlich, einmal physisch gewesen ist, und wenn es so furchtbar gewesen ist wie zum Beispiel der Massentod des Ersten Weltkriegs, wie will die Kunst dergleichen vergegenwärtigen, obwohl sich doch der reale historische Schrecken einer als Kunst eingebürgerten Ästhetik entzieht und, was dasselbe ist, am allerliebsten in Ideologisierungen und in propagandistischen Ästhetisierungen wiederkehrt. Das Ideologische kommt nicht zuletzt daher, dass auch das Erinnern, geschweige denn das Vergessen inadäquat sein können: Über seinen Film »Shoah« hat Claude Lanzmann gesagt, dass die Erinnerung definitiv nicht die Basis des Films abgibt; es geht »vielmehr um das ›immorial‹, um das Nichterinnerbare« – und das »Nichterinnerbare« ist in meinen Augen, der ich ein Zuschauer des Films war, die Präsenz des Todes, der in die Landschaft kriecht, in jeden Zweig, in jedes Gras, der den Worten der Menschen, sowohl der Opfer als auch der Täter, einen Sinn gibt; es ist ein Sinn, der immer viel mehr sagt, als was sie selbst, als Einzelne, davon begreifen und noch viel mehr, als sie davon verraten wollen oder sich eingestehen können. Dieser allgegenwärtige Tod, ein tiefschwarzer Schatten der Allgegenwart Gottes, ist kein schicksalhafter: Es ist ein gemachter Tod von Menschen für Menschen, und die Präsenz dieses Todes, die der Film einerseits doch nur vorspielt und andererseits damit doch bewahrt, ist keineswegs eindeutig, ist vieldeutig, zu zerstreut, manchmal auch zu konzentriert, als dass man es darstellen – im Sinne von: durch Darstellung beherrschen – könnte.

Das Entscheidende für Sie besteht darin, dass sich das, was darzustellen versucht wird, eigentlich entzieht?

Zunächst muss ich sagen, dass ich keineswegs behaupte, »die Kunst« müsse schlechthin solche Vergegenwärtigungen auf sich nehmen. Ich spreche nur von einer Kunst, die es versucht, und das Entscheidende für eine solche Kunst ist eben, dass sich ihr eigentlicher Gegenstand einerseits entzieht und dass er andererseits dennoch in ein System von Verständigungen hereingeholt wird, in ein System, dessen Ungenügen immer auch ein Teil der Darstellung sein wird. Ich hänge nicht der Meinung an, das Schreckliche sei schlechthin undarstellbar und sei daher aus den Darstellungen zu verbannen. Konkurrierenden Darstellungen, vor allem der von Steven Spielberg, bei der am Schluss die Sonne der Hoffnung leuchtet, hält Lanzmann die Kritik entgegen: Die meisten Künstler, die sich des Themas annahmen, würden »vor dem schwarzen Herz des Holocaust zurückschrecken. Sie drehen davor um.« Das »schwarze Herz«, das »Herz der Finsternis« ist die Wendung, die eine Darstellung nimmt, die das Undarstellbare mit berücksichtigt, mit inszeniert. In der Reflexion, in der theoretischen Sprache erreicht man im besten Fall eine so wenig wie möglich antithetische oder paradoxe Rede davon, dass sich das Phänomen »eigentlich« der Vergegenwärtigung entzieht. Damit sind wir beim Grundproblem des Erinnerns: dass man sich an etwas erinnern muss, was – sofern eine Distanz dazu überhaupt möglich ist – in der Erinnerung bereits etwas ganz anderes ist als das, was es de facto oder in actu vormals für sich war. Das Beispiel, das mir in diesem Zusammenhang am meisten einleuchtet, gibt ein Text von Jean Améry: »Die Tortur.« Améry beschreibt darin Foltererfahrungen aus der Zeit des Zweiten Weltkriegs: Die Leute wussten genau, dass man sie foltern würde, wenn sie in ihrem Freiheitskampf erwischt würden. Als sie von der Gestapo tatsächlich gefoltert worden waren, ergab sich eine unerhörte Differenz zwischen dem Wissen von *ich bin gefoltert worden* und der Antizipation von *ich werde gefoltert werden.* Das heißt, es gibt eine so genannte »existenzielle Differenz« zwischen dem genauen Vorherwissen von *ich werde gefoltert werden* und dem Wissen *ich bin gefoltert worden.* Und diese Differenz drückt sich nachträglich aus, denn es ist ein Unterschied, ob ich mich an die Folter erinnere, also eine Distanz zu ihr habe, oder ob ich gefoltert werde, in diesem Augenblick, also keine Distanz dazu habe. Dieser distanzlose Augenblick, der Augenblick der Tortur, ist nur unter einer Bedingung mitteilbar: »Es wäre ohne alle Vernunft«, schreibt Améry, »die mir zugefügten Schmerzen hier beschreiben zu wollen; ein Vergleichsbild würde nur für das andere stehen. Der Schmerz war, der er war. Darüber hinaus ist nichts zu sagen. Gefühlsqualitäten sind so unvergleichbar wie unbeschreibbar; sie markieren die Grenze sprachlichen Mitteilungsvermögens. Wer seinen Körperschmerz mitteilen wollte, wäre darauf gestellt, ihn zuzufügen und damit selbst zum Folterknecht zu werden.« Die wichtigste humanitäre und moralische Frage der Erinnerungsarbeit scheint mir darin zu bestehen, dass man nicht glaubt, die Erinnerung würde das Geschehene jemals abdecken können. Es geht ganz wesentlich darum, dass das reale Ereignis und die Erinnerung eine Differenz darstellen, und diese Differenz muss gegen alle Gedenkkulturen und gegen alle Gedenkroutinen in irgendeiner Form mitdargestellt werden. Andernfalls werden die Routinen des Gedenkens zu idiotischen Phrasen, die im Sinne einer Ablassveranstaltung suggerieren, das Erinnern könne dem Geschehenen Genüge tun. In denselben Problemkreis fällt auch die Differenz zwischen Menschen, die bestimmte Erfahrungen gemacht haben, und anderen, die sich gleichsam repräsentativ an Erfahrungen, die sie gar nicht gemacht haben, erinnern (möchten). Es wäre falsch zu behaupten, dass jemand, der eine bestimmte Erfahrung nicht gemacht hat, deshalb nicht ermächtigt wäre, die soziale oder kollektive Erinnerung an sie mitzutragen. Aber meines Erachtens müssen jene, die diese Erfahrungen nicht gemacht haben, die aber zugleich am kollektiven Erinnerungsprozess teilhaben, eine Distanz in ihrer Teilhabe im Verhältnis zu anderen, die die Erfahrung physisch, also als Tortur, gemacht haben, aufrecht erhalten. Da dieser Unterschied ganz wesentlich ist, kann er auch niemals und darf er auch niemals durch die übliche schulterklopfende Gemeinsamkeit beseitigt werden.

Was Sie zum Ausdruck bringen, ist im Grunde ein Plädoyer für Differenzen, für Differenzbildung, für Aufrechterhaltung von Differenzen im Umgang mit Erinnerungen. Dabei fällt auf, dass wir zwar von der Thematik des Vergessens ausgehen wollten, sehr rasch aber zum Thema der Erinnerung übergegangen sind. Vergessen und erinnern: Besteht da ein Wechselverhältnis?

Es war Kant, von dem berichtet wird, er habe sich auf einem Zettel aufgeschrieben, was es zu vergessen gelte. In Harald Weinrichs Buch »Lethe. Kunst und Kritik des Vergessens« ist von »Denk- und Erinnerungszetteln« die Rede, »deren sich Kant im Alter zur Stütze seines natürlichen Gedächtnisses bedient hat, einschließlich jenes rätselhaften Zettels, auf dem Kant sich das dringlich zu Vergessende gemerkt hat«. Auch hier stoßen wir auf ein Paradox: Man schreibt sich auf einen Zettel, was man eigentlich vergessen muss, und das erscheint auf den ersten Blick schrullig. Aber ich glaube, dass es eine dem notierenden Kant entsprechende Politik gibt: die Politik der Amnestie. Auch dabei wird genau notiert, wer als ein zu Strafender zu vergessen ist, wessen Existenz als Sträfling nicht mehr gedacht werden soll. Ich bin sehr skeptisch, ob Erinnern und Vergessen tatsächlich leicht handhabbare Gegensätze sind, ob gewissermaßen Erinnerung die andere Form des Vergessens oder Vergessen die Kehrseite der Erinnerung ist. Die beste Definition ihres Zusammenhangs scheint mir aber dennoch jene zu sein, der gemäß man vergessen (können) muss, um Platz zu schaffen für neue Erinnerungen – ja, so ein Kreislauf ist das Leben! In Bezug auf das Erinnern lässt sich eine klassische Unterscheidung treffen zwischen einer willkürlichen und einer unwillkürlichen Erinnerung. Es gibt Erinnerungen, die man wirklich haben will; also ruft man, um es modernistisch und plump genug zu sagen, etwas ab, das man gespeichert hat. Zum Beispiel möchte jemand wissen, in welchem Jahre Lichtenberg diesen oder jenen Satz geschrieben hat; er hat es einmal gelernt und jetzt denkt er nach. Oder man sieht plötzlich jemanden, den man kennt, unvermutet im Fernsehen. Das geschah mir jüngst mit Pauli, einem Mitschüler aus der Volksschulzeit, der im Fernsehen in seiner Eigenschaft als Tourist in Wien interviewt wurde: Er hatte eben ein Bad in der Donau genommen und teilte mit, dass ihm nichts anderes als die Donau übrig bleibt, weil er zu wenig Geld hat, um an heißeren Stränden zu baden. Ich gedachte seiner, bemühte mein Gedächtnis und sah ihn vor mir, wie er zu spät zum Unterricht kam – eine Gegebenheit, die mich bis heute irritiert, weil Pauli ja vis-à-vis von der Schule wohnte. Im Unterschied zu solch gesuchten Erinnerungen gibt es tatsächlich unwillkürliche, besonders in der Frage, die hier zur Rede steht: Es gibt Menschen, die durch Nebensächlichkeiten, durch den Klang oder durch Schritte, durch Gerüche völlig unwillkürlich zum Beispiel an Situationen ihres Ausgeliefertseins, ihres Eingesperrtseins erinnert werden. Wobei ja bekannt ist, dass viele dieser Erinnerungen »posttraumatisch« entstehen, das heißt, erst nach vielen Jahren erinnert man sich – willkürlich und unwillkürlich – an etwas, was zu vergessen einem gelungen ist, für einige oder mehr Jahre zu vergessen. Das ist eine merkwürdige Sache, dieses aufgeschobene Erinnern, über das man sicher sehr viel spekulieren kann – und die Psychologie tut das ja auch: Überall, wo etwas mit Faszination oder mit übergroßer Intensität erlebt wird – das trifft auf den Leidenden, wahrscheinlich aber auch auf den Leidenmachenden zu –, überall, wo so etwas wie eine unmittelbare, absolute Geistesgegenwart vorhanden ist, die man eher als physisch und weniger als irgendwie geistig bezeichnen muss, kann die Erinnerung für einige Zeit außer Kraft gesetzt, blockiert sein. Das, was man »das Seelische« nennt, arbeitet dem Geschehenen erst langsam nach. Die Erinnerung entsteht nicht in der unmittelbaren Umgebung, sondern erst in der Distanz, im zeitlichen Abstand zum Ereignis. Die Distanz oder Differenz, die sich hier bemerken lässt, hat bekanntlich etwas mit Schutzmechanismen zu tun: Erst wenn die unmittelbare Situation des Getroffenseins (und das »Getroffensein«, wörtlich verstanden, ist ein Gegenbegriff zum »Betroffensein«) wegfällt – und das kann sehr lange dauern –, wird das Trauma auch in Form von Erinnerung zugelassen. Wenn es jedoch solche Gedächtnislücken gibt, dann kann man schwer sagen, dass das Erinnern einfach die andere Seite des Vergessens ist. Jemand, der sich, aus welchen Gründen immer, erst Jahre später an etwas Traumatisches erinnert, von dem kann man kaum sagen, dass er es die ganze Zeit über vergessen habe. Das Verhältnis von Erinnern und Vergessen ist also komplizierter als eine dialektische Antithese, wiewohl sich in diesem Verhältnis gewiss auch Züge einer solchen dialektischen Antithese finden lassen.

Wie die Berichte von Überlebenden genozidärer Massaker zeigen, sind diese Verdrängungsprozesse überlebenswichtig und zum Beispiel die Bewältigung des Alltäglichen erst durch so etwas wie »Vergessen« überhaupt wieder möglich. Mit zunehmendem Alter jedoch, und auch das zeigen die Berichte, und Sie sagen es ja auch, tritt das traumatische Erlebnis auf einmal wieder zutage.

Ja, plötzlich werden die Betroffenen sozusagen unmittelbar berührt. Ich glaube allerdings nicht, dass ein Ereignis wie die Shoah von den Tätern oder von den Mitläufern verdrängt wurde. Verdrängen kann man nur etwas, was einen schwer verletzt hat. Ich habe die Befürchtung, dass zwar die kollektiven Institutionen verschiedene Praktiken, nicht daran zu denken, entwickelt haben, aber ich bezweifle, dass auf einer breiten Basis der Bevölkerung eine Verdrängung stattgefunden hat. Die Menschen waren nicht wirklich davon getroffen, dass viele andere Menschen umgebracht worden sind. Die traumatische Situation bestand für sie vielmehr darin, dass der Krieg, wenn schon nicht verloren, so doch nicht gewonnen wurde. Die eigentliche »Unfähigkeit« zu trauern liegt also deshalb vor, weil die Leute, wir reden jetzt von den Mehrheiten in den Ländern, in denen wir leben, über das Geschehene nicht traurig waren; sie waren höchstens darüber traurig, dass sie einen Krieg verloren hatten, und darüber, dass man ihnen eine Schuld an mörderischen Grausamkeiten geben konnte, für die sie sich gar nicht verantwortlich fühlten; und viele glaubten, falls sie den Krieg gewonnen hätten, dann hätte ihnen auch keiner einen Vorwurf gemacht. Die »Banalität des Bösen« war für sie ein Sachverhalt, der sie nicht berührt hat. Meine These ist also, dass die Mehrheiten eben nicht verdrängt haben, sondern dass sie schlicht ungerührt geblieben sind, und dass daher die Versuche, ihnen ihre Verantwortung in Erinnerung zu rufen, deshalb ins Leere zielten, weil man von den Leuten gleichzeitig verlangte, sie sollten auch berührt davon sein, sie sollten darüber trauern. Dafür aber sahen sie keinen Grund.

Mit anderen Worten, sich mit kollektiver Identität und Erinnerung zu beschäftigen, wie Sie es doch auch versuchen, geht am Problem der Mehrheit geradewegs vorbei. Das angemessenere Motto lautet vielmehr: Vergessen wir den Genozid, das ist nicht unser Thema, weg damit.

Nun, die Geschichte hat zwei Seiten: Die eine ist mit dem Ausdruck *in Erinnerung rufen* bezeichnet. In Erinnerung zu rufen wird im Allgemeinen als eine Strategie der Schuldzuschreibung identifiziert; dazu aber gilt, wie gesagt, dass die großen Mehrheiten (die Namen der Ausnahmen müssen wir im Gedächtnis behalten!) mehr oder weniger ungerührt davon blieben, ob die jüdischen Bürger abgeschleppt und ins KZ verfrachtet wurden. Es gibt in menschlichen Gesellschaften »naturgemäß« viele ekelerregende Erscheinungen, und zu diesen gehört an hervorragender Stelle, dass, wenn eine Staatsmacht jemanden abschleppt, einsperrt oder vernichtet, nicht wenige Leute denken, es wird schon was Gutes dran sein, dass das geschieht; die werden schon irgendeine Schuld auf sich geladen haben, sonst würde ihnen doch niemand etwas antun! Der Staatsterrorismus kalkuliert nicht bloß mit der Angst, mit dem grotesken Terror, der jeden treffen kann, sondern auch damit, dass sich durch die besagte, sehr laxe Art der Orientierung im Sozialen am Ende noch die furchtbarsten von der Obrigkeit durchgeführten Taten von selbst begründen. In den mehr avancierten – ich meine das im negativen Sinn – Sprechweisen sind am Antisemitismus immer die Juden schuld. Von solchen elaborierten Verdrehungen abgesehen, ist die Mehrheit einer Bevölkerung fast ohne Weiteres bereit, die Schuld bei den von der Staatsmacht Misshandelten oder Eingesperrten zu suchen. Schmerzlich in Erinnerung bleibt – so meine These – hauptsächlich das, was den

Leuten selber passiert. Was dann wieder schmerzte, war daher, vor der Weltöffentlichkeit als schuldig dazustehen, »hingestellt« zu werden, wie viele es empfinden. Deshalb ist Henryk M. Broders Maxime so erhellend: »Die Deutschen werden den Juden niemals verzeihen, was sie den Juden angetan haben.« Ich habe einmal versucht, die Behauptung auszuarbeiten, dass die Menschen in (kapitalistischen) Gesellschaften so sehr damit befasst sind, mit ihrer Alltäglichkeit fertig zu werden, dass sie keine Kraft oder Distanz dazu finden, die übergreifenden historischen Tatsachen, in denen diese Alltäglichkeit stattfindet, mit moralischen und politischen Erwägungen zu begleiten. Aus dieser Sicht hat die Schuld eine systematische Seite: Es ist auch »das System« selber so organisiert, dass es die Einsicht in seine moralische und politische Bedeutung zu verhindern versucht. Anstelle von Einsichten kursieren die »Phantasmen der Macht«, Trugbilder, die für viele – wie die Geschichte lehrt – selbst das Ungeheuerlichste noch ganz normal aussehen lassen. Daher erinnern sich auch viele an nichts, ohne dass sie irgendetwas vergessen hätten; sie nehmen selbst danach, nach der Aufklärung, nicht zur Kenntnis, was sie schon seinerzeit nicht wahrgenommen haben. Sie lassen sich nicht aufklären, sie haben es mit eigenen Augen gesehen. »Wer es nicht selbst erlebt hat«, sagen sie zum Beispiel, »der kann nicht wissen, wie es wirklich gewesen ist.« Erinnern ist aber nicht nur ein intuitiver, persönlicher, sondern auch ein konstruktiver, allgemeiner Vorgang: Danach, wenigstens danach, ich meine hinterher, kann man konstruieren, in welchen übergreifenden, historischen Tatsachen die Alltäglichkeit stattfand und von welcher moralischen und politischen Bedeutung sie im Großen und Ganzen war.

Gewiss, es gibt immer Ausnahmen, auch Ausnahmen von der Befangenheit im Alltäglichen, aber das sind in den meisten Fällen solche, die ihre Alltäglichkeit transzendieren, indem sie in religiösen oder in humanitär-politischen Gemeinschaften leben, in denen Aspekte der Solidarität vorgeschrieben sind. Aber jene Menschen, die in ihrer Mehrheit das Kollektiv bilden, haben keine traumatische Erinnerung daran und sehen auch keinen Grund zur Trauer. Stattdessen wehren sich die meisten gegen etwas, was sie als Schuldzuweisung identifizieren; sie wehren sich in diesem Zusammenhang entschieden dagegen, dass sich *in the long run* eine Moral durchgesetzt hat, die aus ihrer Perspektive die Moral der Ausnahmen war. Und das bekommen die Ausnahmen bis heute zu spüren. Am 25. Oktober 2007 bringen die *Oberösterreichischen Nachrichten* ein Interview mit Franziska Jägerstätter, der 94jährigen Witwe von Franz Jägerstätter, dem zum Tode verurteilten Kriegsdienstverweigerer. Man glaubt es nicht, aber in dem Interview findet sich folgende Passage: »OÖN: Werden Sie auch angefeindet? JÄGERSTÄTTER: Ja, immer noch. Sagen tun's nix, aber man spürt das.«

Ich glaube, dass die schrille Nervosität der Wiener Boulevardpresse (»Schlögl schlägt Alarm im Parlament: Asylmissbrauch nimmt zu!«) unter anderem auch Seiten hat, die man so lesen kann: Man versucht in diesen Zeitungen die Nützlichkeit, die Notwendigkeit, ja, die Rationalität bestimmter Haltungen zu erweisen, die schon seinerzeit die Politik mitbestimmt haben. Ich halte die einschlägigen Zeilen auch für eine kreischende Rechtfertigung des Geschehenen, für eine Legitimation post festum; für eine unter dem Mäntelchen der Aktualität veranstaltete aggressive Rückwärtsgewandtheit. Denn das ist doch ihr Trauma, dass diese geborenen Sieger und ihre vom Siegeswillen angesteckten Mitläufer sich plötzlich als Verlierer wiederfinden. Was ist das für eine Katastrophe, dass sich plötzlich ein jeder, und sei es nur moralisch, dem Herrenmenschentum überlegen fühlen darf! *Das* macht die traumatische Erfahrung aus, nicht jedoch die Erinnerung an die Opfer. – Die zweite Seite, der Appell, aufzuhören, über die Geschichte zu sprechen, trifft einen pragmatischen Zugang, der von dem bedeutenden Sozialphilosophen Hermann Lübbe mit dem Begriff des »kommunikativen Beschweigens« formuliert worden ist. Nach meiner Ansicht handelt es sich dabei um ein verheerendes Phänomen. Es steckt nämlich folgendes Argument dahinter: Man kann nur dann sinnvoll weitermachen und aufbauen, wenn man die Erinnerung nicht als Dauerreflexion etabliert. Der Ausdruck »Aufbau« mit seinem Implement an faschistoidem Heroismus ist bereits verräterisch: Schon wieder handelt es sich um Bauten, bei deren Errichtung Reflexion, also Nachdenklichkeit hinderlich wäre. Dass der »Aufbau« so eng mit Agitation verbunden ist, dass er – wie die vorangegangene Destruktion – schon wieder am besten als Aktivismus funktioniert, macht ihn in sich fragwürdig. Agieren, so wird suggeriert, kann ich nur, wenn ich nicht beginne, über die Moral der Politik oder über das Politische der Moral zu reflektieren. Denn die begleitende permanente Reflexion würde die Aktion, die am Ende sogar zum permanenten »Wirtschaftswunder« führt, stören. Das ist der Grund, warum sich in der Gesellschaft, und dabei handelt es sich um eine realistische Beobachtung, so etwas eingestellt hat wie das erwähnte »kommunikative Beschweigen«.

Was Lübbe von einem pragmatischen Standpunkt sieht, halte ich für eine kommunikative Pathologie der Art: Ich spreche nicht darüber, und du sprichst auch nicht darüber. Ronald D. Laing hat in seinem Buch »Knoten« mit der Darstellung einer typischen Beziehungsfalle begonnen, in der auch das kommunikative Beschweigen steckt: »Sie spielen ein

Spiel. Sie spielen damit, kein Spiel zu spielen. Zeige ich ihnen, dass ich sie spielen sehe, dann breche ich die Regeln, und sie werden mich bestrafen. Ich muss ihr Spiel, nicht zu sehen, dass ich das Spiel sehe, spielen.« Die Spieler wissen, dass da etwas ist, was stört, und sei es auch nur in der Schuldbehauptung der anderen (die Schwierigkeiten haben, mitzuspielen), aber die Schuldigen, also die alten Nazis (und auch nicht wenige ihrer Opfer) beginnen keinen Diskurs über die Störung, sondern schweigen darüber, um aus dem Schweigen die Kraft zu gewinnen, den »Aufbau« zu leisten. Dass der »Aufbau« von einem lauten Schweigen orchestriert war, fühlte die spätere Generation natürlich. Sie wuchs in den Kulissen des Aufbaus auf und wurde durch ihn – provokativ – an das erinnert, was die Aufbauenden verschweigen wollten. Das Schweigen war beredt. Auf der Basis des kommunikativen Schweigens war der Aufbau nicht von Erinnerungsarbeit begleitet. Selbstverständlich stellt sich die Frage, ob eine solche kollektiv läuternde, kathartische, den Aufbau begleitende Erinnerungsarbeit überhaupt möglich (gewesen) wäre; dass sie fehlte, hat jedenfalls die provokative Erinnerung in der nächsten Generation erweckt.

Darunter waren dann junge Leute, die den Alten zeigten, dass sie ihnen beim Spielen nicht mehr zuschauen wollten, und dafür sollten sie bestraft werden. Ich glaube, dass einer der Gründe der Eskalation ins Pathologische, die die Studentenrevolte durch die RAF erfuhr, in diesem von manchen bis heute für staatstragend und heiligmäßig gehaltenen kommunikativen Beschweigen liegt. Menschen und Institutionen, denen dieses Schweigen eingefleischt war, waren zum Beispiel nicht dazu zu bringen, den Vietnamkrieg als Teil des eigenen politischen Systems zu diskutieren. Darüber wollten sie nichts zu sagen haben, und das machte ihre Gegner wütend, voller Hass und auf diese giftige Weise redselig, übertrieben beredt, sodass sie sich eines Tages die Parole des Aktionismus plausibel machen konnten: Reden nützt nichts, von jetzt an muss gehandelt werden! Ach gewiss, die Deutschen, geschweige denn die Österreicher, sind Demokraten geworden, weil sie nicht zu viel darüber geredet haben, wie leidenschaftlich sie einmal keine gewesen sind. Der Preis des »kommunikativen Beschweigens«, das ohne Zweifel etwas gebracht hat, nicht zuletzt den Schwung im »Wiederaufbau«, wird aber unterschätzt. Dass die Versuche ausbleiben konnten, dieses Schweigen zu brechen, ist nicht denkbar. Daher halte ich es für eine hübsche Gemeinheit des Konservatismus, in diesen von einigen Professoren geschickt vorgebrachten philosophischen Zusammenhängen zu behaupten, die Aktivisten der Studentenrevolte 68 seien lediglich späte Aufrührer gewesen, die eine Erinnerungsarbeit nachgeholt hätten, zu der sie zur Zeit, als es geschah, nicht in der Lage gewesen wären. Also waren sie bloße Nachholer, zu feige, um jemals, hätten sie in der anderen Zeit gelebt, einen Aufstand zu proben, den sie als nachholende Revolutionäre risikolos haben wagen können. Diese Argumentation wird von konservativer Seite, wie ich meine, ziemlich zynisch, aber sehr elegant und sehr geschickt gegen die Versuche aufgewandt, das Vergangene wieder in Erinnerung zu rufen. Dabei ging es bei der Studentenrevolte weniger um das, was wirklich zurücklag, als vielmehr um das, was in der Dynamik des Aufbaus an diesen Phänomenen noch aktuell vorhanden war. Entscheidend war somit nicht das »Nachholen« aus der Risikolosigkeit eines Protestverhaltens heraus, sondern es waren jene aktuellen Momente (und auch manche Personen), die von dieser Vergangenheit her präsent blieben. Es wurde also die Präsenz dieser Vergangenheit angegriffen, und der Protest richtete sich gegen das Präsente. Präsent blieb es, weil der im kommunikativen Schweigen durchgeführte Aufbau all das verraten hatte, was beschwiegen wurde. Und damit stoßen wir, wenn man so will, auf eine dritte Art des Erinnerns, auf die Erinnerung ohne Subjekt. Das ist jenes Erinnern, in dem die gesellschaftlichen Verhältnisse Träger der Erinnerung sind: In der Art, wie die Interaktionen der Individuen organisiert sind, steckt Geschichte – gleichgültig, ob sie einer noch oder keiner mehr erzählt.

Zu beachten sind also nicht nur verschiedene Typen von Vergessen, sondern auch verschiedene Typen des Erinnerns?

Ja, die Geschichte ist verwirrend. Das beginnt damit, dass angesichts eines Massentods das Erinnern des Einzelnen leicht zu einer Pose gerinnt. So wie es eine leere Gedenkkultur gibt, existiert auch eine Leerheit gedenkender Individuen. Im Notfall ließen sich wohl auch die Namen jener nennen, die ihre Profession aus der Erinnerung machen. Man kann zum Geschehenen aber auch eine andere Position einnehmen – zum Beispiel die des Heideggerschen »ich schweige«. Dieses Schweigen lässt sich mit dem Hinweis begründen, dass man behauptet, was auch immer ich sage, es wäre nicht auf der Höhe dessen, worüber ich rede. Das trifft zwar einerseits eine Wahrheit, enthält aber auf der anderen Seite die Gefahr einer Ideologie. Denn umgekehrt könnte man jemanden wie Heidegger, insofern er als Rektor eine Institution gewesen ist, fragen, was er denn als Institution dazu sagt. Dem berühmten Kierkegaardschen Wort zufolge, dass das Dasein das Sich-zu-sich-selbst-Verhalten ist, kann man auch von der Institution erwarten, das sie das kann: sich zu sich selbst verhalten. Ob Heideggers Schweigen richtig oder falsch ist, halte ich für mich für nicht entscheidbar. In der Überlegung: Was auch immer ich sage, es bleibt hinter dem Phänomen zurück, liegt eine Richtigkeit, unbeschadet der Gefahr, dass solche Anschauungen zu ideologischen Strategien umgebaut werden können. »Ideologische Strategien« sind nicht zuletzt solche, mit denen es einem mehr oder weniger, und sei es auch (nur) sich selbst gegenüber, gelingt, die niedrigsten Motive wie die höchsten aussehen zu lassen. Dass so etwas möglich ist, verkompliziert die Frage des Vergessens/Erinnerns. Was wollte der schweigende Heidegger vergessen? Oder war sein Schweigen eine adäquate Form der Erinnerung? Hinzu kommt die starke Vorbildwirkung, die Martin Heidegger im intellektuellen Milieu hatte und die sein Schweigen in die Richtung eines Aufrufs zum erinnernden Vergessen hin lenkte – wir wissen, was wir vergessen; aber die Rachsüchtigen, die uns an den Pranger stellen, haben wir – mit Nietzsche – längst durchschaut. Außerdem gilt das Motto: »Ich lasse mich auf die schwachsinnigen Diskurse der anderen mit ihrer ungeschickten Erinnerungsarbeit nicht ein und bewahre die Differenz, einen feinen Unterschied zu jenen, die allzu geschäftig über derlei Thematiken reden.«

Sie setzen in Ihren Antworten immerhin voraus, dass es nicht beliebig ist, ob man vergisst oder sich erinnert.

Es kommt immer darauf an, wer sich erinnert und wer vergisst. Es hat jeweils andere Folgen, wobei nach meiner Meinung eine Schwierigkeit bleibt: Erinnerungsarbeit, was die Shoah betrifft, ist ein moralisches Gebot. Die Überlegungen dazu fallen nicht zuletzt in die Ethik (das heißt in eine Lehre von der Moral, in eine Lehre darüber, wie die Sitten sind und wie sie sein sollten), und es ist verdammt schwer, etwas, das sich moralisch gebietet und das in einer Ethik diskutiert wird, für die Politik verbindlich zu machen. Die politische und pragmatische Erfahrung weist ohnedies in andere Richtungen als in die der läuternden Erinnerung: Alle Gesellschaften, die Krieg geführt haben, schon die antiken, wussten, dass man vergessen muss, andernfalls wäre der Krieg praktisch endlos; denn mit dem fortwährenden Erinnern daran, was einem angetan wurde, blieben die Kriegsgründe präsent. Odysseus, um ein Beispiel aus der Fiktion zu nehmen (das Botho Strauß in dem Stück »Ithaka« nachgedichtet hat), bringt die gesamten Freier um, aber wenn sich alle Väter der Ermordeten erinnern, dann werden sie gegen Odysseus den Krieg entfachen, und es kehrt erst recht kein Friede ein. Also muss in einem Friedensvertrag aufgeschrieben werden, was zu vergessen ist (oder woran man sich nicht erinnern soll). Einem solchen pragmatischen Gebot steht das moralische gegenüber: »Aber die Shoah vergessen wir nicht.« Dieses moralische Gebot kann man meiner Meinung nach sehr schwer in politische Pragmatik einbauen; man muss eben wissen, dass es sich dabei um ein moralisches Gebot handelt, und versuchen, daran zu glauben (oder dafür zu arbeiten), dass die Politik »nachhaltig« ein solches Niveau erreicht, dass sie ein für alle Mal darauf Rücksicht nimmt.

Die Realpolitik ist weit davon entfernt. Die Kriege, die geführt werden, die bewaffneten Konflikte, die ausgetragen werden, halten sich die Möglichkeit offen, an die alten, bereits für überholt gehaltenen Grausamkeiten anzuschließen; sie erinnern daran. Alles, was ich über Friedensschlüsse weiß, die das Vergessen der Konfliktgründe zum Vertragsinhalt haben, steht in einem der wichtigsten Texte zum Thema: »Erinnern – Verdrängen – Vergessen« von Christian Meier, dem Historiker. In dem zitierten Dreiklang wird zweigleisig gefahren: »Einmal soll Erinnerung also die Wiederholung des Bösen vorbeugen, das andere Mal will man Erinnerung geradezu aus dem Herzen reißen, weil man befürchtet, dass sie das Böse neuerdings erzeuge.« Folgt man der Verdrängungsthese, dann besteht die Gefahr, dass man die Untat zwanghaft wiederholt, wenn man sie sich nicht bewusst macht. Selbst wenn man diese These ablehnt (und dafür gibt es Gründe), kann man der Vergangenheitspolitik schwerlich das Vergessen vorschreiben; einfach, weil es ja darauf ankommt, wer vergisst: Ich kann von keinem Menschen, der die Tortur erlebt hat, verlangen, dass er sie aus Staatsräson vergisst. Ich kann darauf hoffen, dass er vergessen kann – aber mit dieser Hoffnung erinnere ich mich bereits selber daran, was der andere vergessen soll. Wo immer der Nachweis gelingt, dass mit der Erinnerung Geschäfte gemacht werden, politische oder ökonomische, verschließe ich mich nicht den Argumenten. Aber ich meine, dass gerade die diesbezügliche Geschäftstüchtigkeit eine zwar widerwärtige, aber doch eine Form ist, mit dem Inkommensurablen umzugehen, und zwar auf eine ganz normale Weise, denn Geschäftstüchtigkeit hält diese Welt zusammen. In einer anderen Welt wird man damit auch anders umgehen. Von Christian Meier – der zitierte Aufsatz ist in seinem Buch »Das Verschwinden der Gegenwart« zu lesen – könnte man lernen, dass die Erinnerung den Konflikt ständig wachhält, dass also Erinnern eine aggressive Reaktion wäre. Darin bestand ja die Klugheit der Alten, die Kriegsgründe in einem Friedensschluss dem Vergessen anheimzugeben. Das bleibt wahr, aber quälende medizinische Experimente an Menschen durchzuführen, Alte, Frauen, Neugeborene, Ungeborene zu vernichten, Menschen fabrikmäßig zu töten, die Goldzähne für die Reichsbank einzusammeln, auch die Haare – das, so Meier, »ist ein solcher Bruch in den

Grundlagen der Zivilisation, das stellt zudem ein so virulentes Potenzial für Phantasie, für Ängste und absurde Gelüste dar, dass die Menschheit schon völlig abgestumpft sein müsste, wenn die Erinnerung daran verblasste, ja, wenn sie nicht immer wieder nur allzu lebhaft hochkommen und wellenartig sich ausbreiten sollte«.

Eine Erfahrung, die wir überraschend oft machen konnten, bestand in einem spontan ablehnenden Reflex: »Schon wieder der Nationalsozialismus! Sollte man nicht besser mit diesem Thema aufhören?« Sie sprachen gerade vom ethischen Gebot; Reaktionen wie die geschilderten kamen manchmal auch von so genannter wacher Seite.

So spontan ist der Reflex nicht. Jedenfalls hat er Muster, er ist musterhaft. Ich zitiere zum Beispiel einen Leserbrief an das *profil*: »Fast keine Ausgabe von *profil*, wo nicht in irgendeiner Form das Thema Nationalsozialismus mehr oder minder prominent behandelt wird. Haben wir keine anderen Sorgen und Interessen, als in diesen alten Geschichten zu wühlen? Ich bin Jahrgang 1946, habe also zu meinem Glück nichts von dieser Zeit mitbekommen. Trotzdem finde ich, dass durch meinen Geschichtsunterricht und diverse eigene Lektüre mein Bedarf an diesem Thema voll gedeckt ist. Ich habe es satt, immer wieder damit konfrontiert zu werden.« Das ist ein Musterbrief; es ist gleichgültig, ob der Brief ein Fake ist oder nicht. Ein Fake wäre er dann, wenn der Absender die politisch interessierte Rechte wäre, die das Thema nicht »in irgendeiner Form«, sondern in der Darstellung der Linksliberalen weghaben möchte. Aber selbst wenn der Brief echt ist, hat er etwas Falsches: Er zeigt den Schreiber als durchaus willig und in der Sache belesen – jetzt aber reicht es ihm! Es hängt mit den verschiedensten Gründen zusammen, dass man am Erinnerungsbetrieb bezweifeln kann, ob er noch irgendetwas mit dem vorhin erwähnten moralischen Gebot zu tun hat. Unsere Zeit kann man dadurch kennzeichnen, dass das Moralisieren – und darunter verstehe ich das Gegenteil von Moral – über viele Jahre ein hevorragendes Geschäft gewesen ist. Moralisieren bedeutet, einen Diskurs in einer Form zu führen, die besagt, dass ich, der ich den Diskurs führe, die richtige Moral habe. Diese Moral geht auf die Leute über, die mir glauben. Sie werden zu meinen Parteigängern, die reflexartig auf meine Schlüsselworte reagieren – wie im schlechten Kabarett, in dem man seinerzeit nur »Jörg Haider« zu sagen brauchte und schon lachten die Leute. Aber die richtige Moral haben, also zu wissen, was das Gute ist, heißt nicht automatisch, das Gute zu tun, geschweige denn, gut zu sein. Die Zeit des taxfreien Moralisierens ist vorüber. Es hat sich eine Polemik gegen jene so genannten Gutmenschen entwickelt, die mit verschiedenen Keulen um sich schlagen, darunter unter anderem mit der »Faschismuskeule«. Der Erfinder des Wortes (ich habe einen Verdacht, wer es ist), sollte in einer der großen Werbeveranstaltungen, in denen die Werbeindustrie sich selbst feiert, ausgezeichnet werden, und zwar in der Rubrik: der starke Slogan. In der »Faschismuskeule« schwingt mit, dass das Moralisieren sich mit Vorliebe in Denkverboten ausdrückt: Faschist ist bereits, wer allein an bestimmte Dinge denkt oder darüber diskutiert. Das soll er besser vergessen! So existieren Formen politischer Korrektheit, die in nichts anderem bestehen als im ständigen Lauern darauf, den anderen so weit zu kriegen, dass er jenen Fehler macht, zu dem man bereits die richtige Moral hat, um ihn zu verurteilen. Auch die Erinnerungsarbeit wird tüchtig moralisiert. Der Vorwurf, es sei verdrängt worden, ist eine den erwähnten Gutmenschen charakterisierende Behauptung, da er fortwährend erinnern möchte, obwohl er eigentlich keinen wirklichen Begriff davon hat, woran er erinnert. Stattdessen verfolgt er das Erinnern allein aus der Perspektive seines routinierten Moralisierens heraus, und alles hat den Zweck, sich selbst zu platzieren. Dieser Diskurs hat sich so stark routinisiert, dass er auf die andere Routine trifft, nämlich auf jene, die darin besteht, dass Leute sagen, das bedeutet uns gar nichts, davon wollen wir eigentlich überhaupt nichts wissen, können wir das nicht endlich vergessen. Die Routinen der Gutmenschen und jene der Banalbösmenschen bilden eine sehr relevante, stets einander ergänzende Entgegensetzung. Auch die Banalbösmenschen empfinden ihre Betroffenheit in einer beinahe unhygienischen Weise.

Können Sie das exemplifizieren?

Als ich Student war, unterrichtete an der Wiener Universität, am Institut für Theaterwissenschaften, ein gewisser Professor Heinz Kindermann. Durch Studieren kam ich darauf, dass Kindermann im Dritten Reich einer der führenden Nationalsozialisten unter den Germanisten gewesen ist. Das war für mich nahezu unbegreiflich: Wie kann ein führender Nationalsozialist auf der Universität verbleiben, der mit seinen Schriften bewiesen hat, dass er an einer Universität nichts zu suchen hat (besser als Kindermann kann man sich nicht enthabilitieren)? – Dass es das doch nicht geben dürfe, habe ich damals auch einigen Theaterwissenschaftsstudenten erzählt, darunter einem jungen, leicht schnöseligen Paar. Die Reaktion der beiden, die mir, wie man in Wien sagt, »eine Goschen« anhingen, war: »Das ist doch ganz egal, was der Kindermann früher war. Wichtig ist nur, was er jetzt ist. Was soll man sich an diese alte Geschichte erinnern und etwas Vergangenes herbeiziehen. Eigentlich ist er jetzt ja was ganz anderes: ein hochzuschätzender Gelehrter, den man nicht heruntermacht!« Die Änderung eifernder Nationalsozialisten, die fürs Akademische nunmehr hervorragend geeignet sind, beruht auf einer Behauptung, die ich nicht teilen kann, denn es kann niemand, der einmal eine solche Institution wie Kindermann war, ohne einen ausführlichen öffentlichen Selbstwiderrufungsprozess ein anderer werden. Wenn er diesen persönlichen Erinnerungsprozess, den er öffentlich durchgemacht hat, nicht vollzogen hat, dann kann er kein anderer sein; dann wird er nur darauf schauen, dass er mit einigen, leicht zu habenden Äußerlichkeiten einer anderen Identität davonkommt, de facto aber wird er derselbe geblieben sein. Es ist ein Statement des Staates, einen solchen Menschen wiederum zu verbeamten; es ist von Staats wegen ein Hinweis mit dem Zaunpfahl darauf, dass man gefälligst vergessen soll, wofür so ein Professor einst stand.

Wir sind vom Vergessen ausgegangen, auf das Erinnern gestoßen und erneut auf das Vergessen zurückgekommen. Gibt es heute so etwas wie eine Konjunktur des Vergessens?

Das ist eine interessante Frage. Wie bereits implizit erwähnt, besitzt das Vergessen, falls es überhaupt möglich und nichts anderes ist als ein bloß verkapptes Erinnern (das heißt: ein Vergessen, das lediglich nach außen demonstriert wird) therapeutische Funktionen. Zu den faszinierenden Dingen des Lebens gehört, dass man zum Beispiel geliebte Menschen, die einen verlassen haben, tatsächlich eines Tages vergessen hat; das heißt, man kann vergessen, was sie einem bedeutet haben. Diese Art von Vergessen geht am Ende, wie der Psychologe Igor Caruso unvergesslich dargestellt hat, mit brutalen Tötungsvorgängen einher. Die Erinnerung an den anderen wird getötet im gleichzeitigen Wissen, dass in der Trennung der andere die Erinnerung an einen selbst tötet. Näher betrachtet: Man tötet den anderen, und der andere tötet mich. Das sind sehr schmerzhafte und konfliktreiche Prozesse, die dann allerdings zu einem Vergessen führen. In diesem Fall hat das Vergessen eine therapeutische Funktion. Wenn Sie mich nun fragen, ob Vergessen eine Konjunktur hat, denke ich daran, dass man nicht zu Unrecht die Postmoderne eine »Strategie des Vergessens« genannt hat. Zum Beispiel haben die Vorstellungen, dass man die großen Erzählungen vergessen kann, wie das Lyotard vorgetragen hat, durchaus bis heute eine Konjunktur. Lyotard hat in seinem Text über das postmoderne Wissen die Leute ja auch entsprechend unterschieden in jene, die Schmerzen empfinden über diesen Verlust, und andere, die diese Trauer nicht haben und bereits in anderen Welten leben. Den Anspruch, die großen Erzählungen einfach zu vergessen, um in einer anderen Welt ohne sie und ohne Trauer fröhlich zu leben, empfinde ich durchaus als eine große Zumutung. Falls diese Zumutung eine reale Basis haben sollte, würde es stimmen, dass das Vergessen eine Hoch-Zeit hätte. Jürgen Habermas hat – wenn auch zum Teil ironisch – gemeint, dass die postmodernen Verunsicherungen zu einem Zweifel darüber geführt haben, ob der zusammengelegte Bürgersinn, das gemeinsame Arbeiten aller Bürger an einem Projekt nun eine totalitäre Ideologie oder ein angemessener Solidarakt sei. Wenn es tatsächlich so ist, dass die Radikalisierung des Kapitalismus (Radikalisierung schon allein deshalb, weil er in der Systemkonkurrenz als Einziger übrig geblieben ist) große Mehrheiten zum Vergessen des Projekts der Moderne (also all dieses Gute, das auch in viel Böses gemündet ist) gebracht haben, dann haben wir wirklich eine phantastische Vergessenskonjunktur. Daraus würde sich dann auch die Leere der routinierten Erinnerungskultur erklären. Sie wäre dann nichts anderes als kollektiv inszenierte Kompensation, also lediglich eine Überbrückung des Zustands der Halberinnerung in den Zustand des Ganzvergessens. Dagegen kann man eintreten. »Wenn wir«, sagte Saul Friedländer in seiner Friedenspreisrede, »diesen Schreien (der Opfer, Anm. d. Autors) lauschen, dann haben wir es nicht mit einem ritualisierten Gedenken zu tun, und wir werden auch nicht durch kommerzielle Darstellungen des Geschehens manipuliert.« Ich glaube das auch, und ich glaube auch, die Wortwahl zu verstehen: Das Wort »lauschen« will auf eine besondere, höhere Form des Hörens hinaus, auf ein Hören, das die Schreie in ihrer Authentizität wahrnehmbar macht. Aber hat das Wort »lauschen« nicht einen Unterton der Besinnlichkeit, der sich mit »Schreien« schlägt? Diese (mich irritierende) Wortwahl könnte ein Zeichen dafür sein, dass gerade ein großer Gelehrter, der viele Jahre die Vernichtung der Juden erforscht und dargestellt hat, genau weiß und es auch sagen will, wie schwierig es ist, aus dem ritualisierten Gedenken herauszukommen – es fängt ja schon bei der Wortwahl an.

Hans Ulrich Reck hat im Zusammenhang mit Erinnerungskonstruktionen zwei Maximen formuliert, wovon eine lautet: »Je grundsätzlicher der Blick einer Kultur auf sich selbst zu sein versucht, um so vitaler ist ihr Bedarf an nichtlinearen Erinnerungskonzeptionen.« Was am Zitat so erstaunt, ist ein aufgrund des Tautologischen beinahe flacher Erinnerungsbegriff.

Das scheint mir der Kern dieser ganzen Geschichten: Wenn es so ist, dass man die Erzählungen vergessen kann (also alles vergessen kann, was die Menschen einmal sein und von sich sagen wollten), wenn es so ist, dass das vorhin erwähnte Vergessen wirklich eine reale Basis hat und nicht nur auf der Behauptung eines Philosophen basiert (erstens könnte man der Erzählung vom Ende der großen Erzählungen auch wie einer kleinen Erzählung lauschen, die groß werden will, und zweitens ist der Ausdruck »Erzählen« selber ziemlich fragwürdig), wenn man das alles vergessen kann, dann ist praktisch nichts mehr vorhanden außer einer Art von Flachheit, die dann allerdings die Conditio humana wäre. Dann wäre es überdies so, dass uns allen das Erinnern nicht zum Verschwinden der Flachheit verholfen hätte. Auch bestünde unter diesen Umständen kein moralischer Grund, diese Flachheit aus dem Blickwinkel irgendeiner Erhabenheit, und sei es aus der des Leids der Opfer, zu verurteilen. Jenseits der Erzählungen, die eben Vergangenes präsent machen, gilt vor allem die Gegenwart. Man kann jedem vergangenen Leid gegenüber mit der Geste kommen: Was wollt ihr denn – is' ja eh schon vorüber! Wenn es sich dabei nämlich um eine endgültige Lebensbedingung handelte, wäre der Vorwurf der Flachheit von der Position des Erhabenen aus bloß eine Form jener Kulturkritik, von der Adorno überzeugend bemerkt hatte, dass sie genau jene Mängel der Kultur zur Voraussetzung hat, als deren Kritik sie sich wähnt. Das Reden aus erhabener Position wäre dann jene Art von Lächerlichkeit, über die die Postmodernen ihre Häme und ihren Spott immer schon ausgegossen haben. Das kann oft sehr lustig werden! Die Deutschen, natürlich, müssen sich ja von der Schwere ihrer eingebürgerten Bedenken entlasten. Dafür stellt auch das öffentlich rechtliche Fernsehen Komiker an. Schmidt und Pocher zum Beispiel. Die beiden stellten in ihrer ersten gemeinsamen Sendung ein »Nazometer« auf; ein »Nazometer« lärmt, wenn ein eventuell nationalsozialistisches Wort fällt. Einer der Komiker sagt: »Ich habe zu Hause einen schönen Gasherd.« Das »Nazometer« lärmt, das Publikum lacht zögernd, aber doch so, dass ich das Gefühl hatte, es hätte gern viel mehr gelacht. Später fällt in der Sendung beziehungsreich das Wort »Duschen« – es wird lustig auf den historischen Hintersinn angespielt. Ja, die Deutschen haben etwas zu lachen, wenn sie sich erinnern, und ich musste ziemlich alt werden, bis ich zum ersten Mal in meinem Leben vollkommen verkommene Menschen sah, und dann gleich zwei auf einmal. Man denkt, solche Menschen lebten irgendwo in freier Wildbahn. Sie kämen abgerissen daher und seien unberechenbar und gefährlich. Aber nein, sie sind hübsch angezogen beim Fernsehen, sind ziemlich harmlos, und vor allem sind sie ganz und gar berechenbar – berechenbar wie die Berichterstatter, die sich begeistert ans Harmlose halten. Einer, der das Komikerduo gegen andere Komiker aufs Podest stellen wollte, meldete: »Schmidt und Pocher torpedierten in ihrer ersten Sendung den deutschen Korrektheitsfetisch mit dem ›Nazometer‹, der bei politisch unkeuschen Worten Alarm gibt. Sowie mit den Duschgel-Sorten ›Arischer Frühling‹, ›Musta-Fa‹ und ›Anti-Fa‹.« Der Rest ist Schweigen, nichts von Gasherden und Duschen. Aber der Kampf geht weiter. Ja, in diesem heroischen Kampf der Deutschen gegen die politische Korrektheit, der fast genau so ernst und mechanisch ist wie diese selber, gibt es noch viel zu »torpedieren«.

Als Theoretiker ist man mit Differenzen gut bedient. Wie steht es mit der Komplexität? Wie weit kann man sie steigern? Oder brauchen wir tatsächlich, weil wir sie nicht mehr

> ertragen, eine Kultur des Vergessens der Art, wie sie Reck in »Gedächtnisbilder« begründet: »Die Kapazitäten sind ausgereizt, die Speicher trotz vorgeblich unbegrenzten Fassungsvermögens voll.«

Ich kann nicht leugnen, dass ich der Erste wäre, der die Historisierung des Nationalsozialismus befürworten würde. Wären es die Antifaschisten allein (die wegen der heute anmaßend klingenden Selbstdefinition genug Spott ernten), wären es sie allein, die an diesem Thema hingen, könnte man die Historisierung durchaus wünschen. Ich kann auch nicht leugnen, dass ich Horst Mahler, wie gefährlich der auch immer sei, für einen Komiker auf der anderen Seite der Spaßgesellschaft halte, wenn er deklariert: »Hitler war der Erlöser des deutschen Volkes. Nicht nur des deutschen Volkes. Und er ist als Erlöser zum Satan dämonisiert worden, damit jeder Gedanke an den Erlöser ausgetilgt ist im Bewusstsein der Deutschen und der Welt überhaupt.« *Vanity Fair* heißt die Zeitschrift, die das Interview mit Mahler druckte; es ist die reinste politische Pornographie, mit der man die Voyeure vom Fach anlockt; ja, auch ich spüre etwas davon und schäme mich dafür. Michel Friedman, der Mahler erst als Gesprächspartner diente, um ihn dann anzuzeigen, brachte so das Ganze wenigstens dorthin, wo es hingehört: vor Gericht. Der Rest war die Berechenbarkeit des Medienzirkus: Was wohl wird ein Mahler sagen, wenn man ihn nach Hitler fragt? Und dennoch war für mich eines lehrreich und erstaunlich: Mahler ist Hegelianer, und er liest Hegel so, wie nach Ernst Topitsch, dem größten Feind Hegels, Hegels Philosophie tatsächlich zu lesen ist: als Geschichtstheologie, die sich – auf einfachen Gegensätzen und der Konstruktion ihrer Synthesen beruhend – einen »Fortschritt« zusammenspinnt, bei dem der Theologe endlich und doch absolut an der Seite der Sieger herauskommt. Horst Mahler pflegt neben dem Sieg (dem Endsieg, der einem Deutschen Reich gehören wird) noch die andere, dazugehörige fixe Idee; er ist – einfach gesagt – ein Antisemit, der die Juden hegelianisch einordnet; sie seien »die Negation« zu den anderen Völkern, also das Satanische unter all den anderen göttlichen Erscheinungen. Aber »in ihrer Negativität« sind nach Mahler die Juden (mit ihrem rächenden, vernichtenden Gott) keineswegs überflüssig, sie sind notwendig: Erst durch den Kampf gegen die Juden kann das deutsche Volk zu sich selbst kommen – die Negation der Negation ist also der Lauf der Geschichte, aus dem die Deutschen siegreich hervorgehen werden, und zwar in einer Hegelianischen Mischung aus Volksgeist, Gott und Philosophie: »Der deutsche Geist«, so der von Michel Friedman interviewte Mahler, »ist das Bewusstsein, und zwar das philosophisch geläuterte Bewusstsein, dass Gott nicht der Erhabene, der Eifersüchtige ist, der andere Völker vernichten will und sich zu diesem Werk ein Volk auserwählt, damit es die anderen umbringt, sondern wir sind in Gott, und Gott ist in uns. Das ist der deutsche Geist.« Wie gut wäre es, könnte Mahler Hegel vergessen. Es ist aber relativ leicht, Hegel aus dem Mahlerischen Desaster zu befreien. Bei Hegel, dem spekulativen Philosophen, lernt man, dass man sich den Verstand nicht schenken kann. Die Spekulation funktioniert, wenn überhaupt, nur aufgrund einer empirischen Analyse, die stimmen muss. Man kann, will man sich auf Hegel berufen, nicht umgekehrt in irgendeine Spekulation die Denkfiguren der Dialektik einsetzen, um dann das ganze Werkel im eigenen Sinn zu betreiben. Aber das ist der propagandistische Zweck: eine von Hegel vermittelte Verankerung Hitlers im »deutschen Geist«. Ja, das gibt es im Jahr 2007, und typisch ist, dass Mahler großen Wert darauf legt, dass seine Denkweise keineswegs als »moralisch« zu brandmarken sei; sie sei purer Realismus. In dem Interview kann man sich die Karriere anschauen, die das Wort »Gutmensch« im Rechtsextremismus gemacht hat. »Gutmensch«, »Tugendterror« – das sind Schlüsselreizwörter auch für die österreichische Fraktion; sie war der »Mitte«, an der alles hängt, nach der alles drängt, am nächsten: Mit den Wahlerfolgen der einstigen Haider-FPÖ, mit der Wolfgang Schüssels ÖVP eine Regierung gebildet hatte, waren einige der österreichischen, sagen wir, Deutschnationalisten nahe an die Regierungsmacht herangekommen; einer von ihnen ist noch 2007 österreichischer EU-Abgeordneter. Er und seine Leute lieben – wie Horst Mahler – die Meinungsfreiheit; sie versuchen sich nämlich als Opfer zu platzieren, die nichts als ihre Meinung frei sagen, was ihnen aber exklusiv verboten ist. Bei ihren Zusammenkünften erklärt dann ein Mann, von Beruf Rechtsanwalt, es gebe keine »Sachbeweise« für Gaskammern in der NS-Zeit. Das ist eine Sprachregelung von ziemlich schmieriger Schläue: Wer sagt, es existierten nur Zeugenaussagen und Geständnisse, also nur personenbezogene Beweise, der ist fein raus, wenigstens mit einem Bein aus dem Gefängnis, obwohl er von seinem Publikum sträflich genau verstanden wird. Der Justiz gegenüber darf er immerhin sagen, dass die Behauptung der Nichtexistenz von Sachbeweisen keine Aussage über die Nichtexistenz eines Verbrechens enthält. Der Anwalt erteilt denen, die ihn missverstehen, kostenlos Nachhilfe: »Denn die Erhebung von Sachbeweisen kann die Behauptung eines konkreten Verbrechens nicht nur widerlegen, sondern ebenso gut bestätigen.« Eben so gut. Wunderbar die Sprache solcher Juristen: »Selbstverständlich nehme ich zur Frage der Existenz von NS-Gaskammern prinzipiell nicht öffentlich Stellung, weder im Gericht noch außergerichtlich.« Das ist die schöne Kunst des Auftrumpfens bei gleichzeitigem Kopfeinziehen. Aber es gibt noch andere, die das Gerichtliche fürs Erste schon hinter sich haben. Per Videobotschaft verkündet ein englischer Autor, der für seine Meinung über Sachbeweise zu Recht in einem österreichischen Gefängnis war: »Wenn ich in Europa bin, habe ich Angst.« Der Ängstliche erntet mit einer Statistik einen Lacherfolg: »25 Prozent in Österreichs Gefängnissen sind Neger.« Und der EU-Abgeordnete nennt die Zeitung, in der man mit so was zu Wort kommen kann und für die er als Autor agiert »ein Sturmgeschütz der Meinungsfreiheit« – und das ist schon wieder komisch, weil dieses der Meinungsfreiheit zugedachte Sturmgeschütz das politische Programm des deutsch-österreichischen Rechtsextremismus besser fasst als jeder andere der Betriebsausflüge ins Politische oder Philosophische. Ich will also nicht sagen, dass hier eine gesellschaftlich mächtige Gruppe, die Zukunft hat, am Werk ist. In Österreich ist diese Gruppe jämmerlich gescheitert, in Deutschland ist sie ans Scheitern gar nicht herangekommen. Ich habe aber zweierlei zur Kenntnis nehmen müssen: Erstens gibt es Leute, die sich an Taten so erinnern, dass sie sie wiederholen können. Und zweitens: Egal, ob man die Historisierung der NS-Zeit befürwortet oder nicht, es sind zu viele Menschen daran beteiligt, den Nationalsozialismus *nicht* in die Geschichtsschreibung zu entlassen. Beim Hochamt zum Fest »Allerheiligen« betonte der Wiener Erzbischof Kardinal Christoph Schönborn, der am Nationalfeiertag selig gesprochene Franz Jägerstätter bedeute »ein großes Geschenk für Österreich«. Es sei aber »ein tiefes Missverständnis«, wenn manche meinten, durch die Seligsprechung würden alle verurteilt, die Kriegsdienst geleistet haben. Solche Missverständnisse will man lieber heute als morgen vermeiden, weil sie aus einer Vergangenheit kommen, die nicht vergangen ist.

Aber genau dagegen könnte man sich doch mit einer Kultur des Vergessens helfen.

Ja, Abhilfe tut not. In einer schlaflosen Nacht, ungefähr um drei Uhr früh, sah ich im Mitteldeutschen Rundfunk einen Shakespeares »Hamlet« nachempfundenen Film, ich glaube, aus den sechziger Jahren. In Schwarzweiß sagte da ein Herr zu Hardy Krüger: »Ich bin ein alter Mann, ich habe viel vergessen, und ich bin dankbar dafür.« Aber alte Männer sind noch einmal etwas anderes: Sie können das Vergessen als Entlastung von einem Teil eines schon gelebten Lebens gut gebrauchen. Es gibt aber auch einen Kampf um die Gegenwart. Was zählt gegenwärtig wirklich, was versteht man überhaupt als Gegenwart? Hoffentlich nicht ein schon gelebtes Leben, das man lieber vergisst. Man kann nicht in politisch-moralischen Konstellationen der ersten Hälfte des vergangenen Jahrhunderts denken, als wären darin automatisch Antworten auf Fragen zu finden, die sich jetzt stellen, und wer weiß, vielleicht begeht man jetzt analoge Irrtümer zu denen, die man an der Vergangenheit verachtet. Ich weiß nicht, wie viel ich vergessen haben muss, um geistesgegenwärtig zu sein. Die Historisierung der NS-Zeit befürworte ich, weil diese Zeit von der politischen Realität unserer Tage viel weiter als die Jahre entfernt ist, die sie chronologisch zurückliegt. Wie allerdings Menschen zu dieser Vergangenheit stehen, wie sie ihre Meinungen dazu einsetzen – das sind aktuelle politische Positionierungen, die im Streit darüber, was denn Gegenwart ist, eine Rolle spielen. Die daher nötige Mischung aus Historisierung und Aktualisierung ist nicht leicht zu haben. Leicht ist hier nur, etwas falsch zu machen. Sätze wie »Wir brauchen eine Kultur des Vergessens« oder dergleichen sind in sich fragwürdig, weil sowohl das Vergessen als auch das Erinnern im Wesentlichen nur über etwas funktionieren, das man Spontaneität nennt. Ja, in Erinnerung kann man etwas rufen, aber etwas ins Vergessen zu rufen fällt schon schwer. »Wir brauchen eine Kultur des Vergessens« kann am Ende fast nur heißen: »Wer sich erinnert, soll den Mund halten.« Umgekehrt lässt sich auch eine Kultur des Erinnerns nicht mit der Aufforderung »Erinnert euch!« gewährleisten. Denn im Gegensatz zur Maxime »Bereichert euch!« handelt es sich beim Erinnern um nichts, was man verordnen kann. Es lassen sich lediglich, wie von Politikern oft versucht, bestimmte Rahmenbedingungen schaffen, die ein Erinnern erleichtern oder erschweren. Hinzu kommt eine zusätzliche, bisher nicht erwähnte Differenz, nämlich die von der Sozialpsychologie – meines Wissens nach – nicht gründlich genug behandelte Thematik der kollektiven Erinnerung. Das Problem: Ein Individuum erinnert sich. Was aber bedeutet es, wenn sich ein Kollektiv erinnert? Was erinnert sich bei einem Kollektiv? Wie vermittelt sich individuelle und kollektive Erinnerung? Ein Kollektiv ist nicht einfach dasselbe wie ein aufsummiertes, mit seinesgleichen hochgerechnetes Individuum. Das Kollektiv stellt sich stattdessen in Institutionen dar, die sich nur dann erinnern, wenn es bestimmte Praktiken nach außen gibt, also demonstrative Praktiken, die diese Erinnerung symbolisieren. Die Symbole bleiben leer, wenn die Erinnerung lediglich im symbolischen Rahmen von Institutionen geschieht und die Individuen daran nicht teilhaben. Wie viele Individuen haben Teil an der unübersehbaren Tatsache, dass Bundeskanzler Vranitzky sich seinerzeit stellvertretend erinnert hat? Sind das bloße Gesten, die nach außen hin demonstrieren, dass nicht nur gewisse Individuen des Staates Gutmenschen sind, sondern dass der Staat selbst Gutstaat geworden ist, oder hängt an diesen Ritualen mehr? In diesem Zusammenhang gibt es die Auffassung, dass Kollektive gewisse Praktiken benötigen, in denen das Erinnern veräußerlicht wird, »zum Ausdruck kommt«, wie zum Beispiel in der besagten Rede des Bundeskanzlers oder im Kunstwerk, im Mahnmal, das öffentlich aufgestellt wird. Zu den Praktiken der kollektiven Erinnerung gehört auch der Streit, der schnell darüber ausbricht, ob die Rede, das Kunstwerk, das Mahnmal »angemessen« sind oder nicht. Zum Besten an der so genannten Postmoderne und zugleich zu ihrer Problematik zählt, dass die Institutionen schwach sind. Die Institution der Kunst ist eine ziemlich schwache Institution geworden, sie reibt sich in ihren Vermarktungsprozessen auf und ist als Institution eine sehr fragwürdig autonomisierte, ja zeitweise sogar narzisstisch-autistische Angelegenheit. Wie sollte ausgerechnet eine derart geschwächte Institution Erinnerungsträger sein können für das Kollektiv? Aber ich bin für jeden Versuch dankbar, und meine Dankbarkeit gilt auch den politischen Rednern. Parlamentsreden sind ebenfalls, was den Aufruf zur Erinnerung betrifft, eher schwach. Das Parlament ist zwar gewählt – was immer in diesem Zusammenhang Wahlen auch bedeuten mögen –, aber es ist sicher kein Organ, das für das angemessene Pathos des Erinnerns sensibilisiert wäre. Wenn sich die Leute überhaupt mit dem Parlament identifizieren, dann nicht auf pathetische Weise. Ich spreche hier von Pathos im Sinne von Erleiden und im Sinne des angemessenen Ausdrucks dieses Erleidens. Darin sind sowohl Parlament als auch Kunst schwache, vielleicht zu schwache Institutionen.

Eine Reiterballade

Ich entziehe mich also, siehe oben, keineswegs den staatstragenden Debatten und lege jetzt sogar einen unvergesslichen Beitrag zur Dialektik von Erinnern und Vergessen nach. Es war nämlich Folgendes: In Gmunden – also dort, wo einst ein Qualitätsprogramm des Österreichischen Rundfunks spielte, und zwar das »Schloßhotel Ort«, hatte der tüchtige Juwelier Reiter seinen Laden renoviert. Zur Feier des Tages sponserte er an einem lauen Freitag eine Quizveranstaltung für die ganze Bevölkerung. Diese war spärlich erschienen, obwohl es eine Brillantuhr im Werte von 50 000 Schilling zu gewinnen gab – was für ein undankbares Volk! Außerdem war damals aus Wien die Quotenqueen angereist: Barbara Stöckl, in dieser Vor-Euro-Zeit noch Moderatorin der »Millionenshow«, einer Qualitätssendung des ORF. Den ganzen Tag über hatte ein jung gebliebener Halbwüchsiger vom Studio Oberösterreich die Reklametrommel gerührt. Von der Bühne am Hauptplatz herab, die mit allen Verstärkern von Radio Oberösterreich ausgestattet war, rief der Bursche im weißen Leiberl, auf dem, glaube ich, »ORF Oberösterreich« zu lesen war, den Flaneuren zu, dass Barbara Stöckl aus der »Millionenshow« zu ihnen kommen werde und dass außerdem der Juwelier Reiter eine Menge Uhren, besonders aus der Schweiz, anzubieten habe. Auf diesem Gebiet, bemerkte der routinierte Nachwuchsmoderator, sei die Schweiz ja ganz besonders stark.

Die Kooperation von Juwelier Reiter und Radio Oberösterreich nahm also ihren Lauf: Auf der Bühne produzierten

Nebelwerfer erstklassigen Nebel, um den Eindruck der auratischen Momente aus der »Millionenshow« des österreichischen Fernsehens zu erwecken. Auch in der Fernsehsendung wird der Eindruck auratischer Momente durch nichts als Nebel erweckt. Die Durchsichtigkeit der Vorgänge muss durch undurchsichtige Elemente der Inszenierung aufgewogen werden. Zugleich wurde Barbara Stöckl gefilmt und auf eine Videowand gebannt, um den Eindruck zu erwecken, man sei mitten in Gmunden, vis-à-vis vom Hotel Schwan, zugleich mitten im Fernsehen. Barbara Stöckl war bewundernswert, auch weil sie den Eindruck erweckte, dass sie genau so ernsthaft und zugleich heiter für ihr Millionenpublikum im Fernsehen wie für den Juwelier Reiter am spärlich besetzten Gmundner Hauptplatz arbeitet. Ebenfalls gelang es ihr gut, den Eindruck zu erwecken, dass 3600 Schilling (rund 260 Euro) auch kein Dreck sind, und erst recht eine Brillantuhr aus den Beständen des Juweliers Reiter im Werte von, in Worten, fünfzigtausend Schilling.

Die Quotenqueen erweckte darüber hinaus gleich am Anfang den guten Eindruck, dass ein entscheidender Unterschied bestehe zwischen der »Millionenshow« aus dem Fernsehen und dieser Veranstaltung im Gmundner Hier und Jetzt, die im Dienste der Uhren von Juwelier Reiter vonstatten gehen dürfe: In der »Millionenshow« im Fernsehen können die Kandidaten verlieren, am Gmundner Hauptplatz, wo auch der Juwelier Reiter sein Geschäft hat, ist jeder Kandidat ein Gewinner! Wer also hatte das Los gezogen?

Die erste Kandidatin, eine junge Frau, durfte ihre Tochter auf die mit allen Emblemen des Landesstudios Oberösterreich geschmückte Bühne mitnehmen, und falls sie eine Frage nicht gleich beantworten kann, durfte sie natürlich – wie das in der »Millionenshow« aus dem Fernsehen so üblich ist – auch einen so genannten Joker mitnehmen: Der Joker ist eine Person des Vertrauens, die allerdings nur einmal mit einer Antwort einspringen darf, wenn der Kandidat wieder einmal nichts als Bahnhof versteht.

Ich liebe das Gewerbe der Budenausrufer, die zum Beispiel vor den Kaufhäusern herumstehen oder am Christkindlmarkt, um bei ihrem Publikum den Eindruck zu erwecken, es müsse unbedingt in Besitz dieses Kartoffelschälgerätes und von nichts anderem geraten. Die Ausrufer-Rhetorik (Liebe macht mich blind) ist ehrlich und dem guten Zweck dienstbar. Auch die Quotenqueen auf der eilig zusammengebastelten Gmundner Schaubühne hatte etwas von dieser professionellen Ehrlichkeit. In meiner Jugend war Maxi Böhm ein großes Vorbild für diese Profession; er hatte eine Radioshow, in der mit einem Waschmittel geradezu um sich geworfen wurde, man konnte Millionen Pakete davon gewinnen. Die (Selbst-)Verkäufersprache der Quotenqueen, die im Dienste von Juwelier Reiter über den Gmundner Hauptplatz schallte, war von Maxi Böhms Witz weit entfernt, aber sie war bei weitem dem Illustriertengerede einer anderen damaligen Quotenqueen überlegen: Aus dieser anderen, einer studierten Ärztin, die beschlossen hatte, mich krank zu machen, sprach es heraus wie aus den staubig gewordenen, alten bunten Heften, die mein Wirt, der Inhaber des »Braunen Hirschen« am Rudolfsplatz, immer in die Ecke legt. Dort sammeln sie sich, bis sie einen Turm bilden, der dann abgetragen wird.

Aber dagegen die Stöckl – sie hatte ihre Rede frisch gehalten, sie beherrschte dieses herrliche Gewerbe des wesenlosen Schwätzens für einen guten Zweck, der die weite Welt von einem Kartoffelschälgerät bis zu einer Brillantuhr von Juwelier Reiter am Gmundner Hauptplatz umspannt. Hatte ich richtig gehört? Spielte man auf dieser Bühne von Radio Oberösterreich nun tatsächlich, »Also sprach Zarathustra« von Richard Strauss, um den Eindruck zu erwecken, dass dem Auftritt der Kandidaten etwas Dramatisches anhafte? So wurde ich am Gmundner Hauptplatz Zeuge und Mitspieler eines Dramas von historischem Ausmaß. Die Quotenqueen stellte die erste Frage: »Wie hieß jener Bundeskanzler, der in diesem Amt Vorgänger von Wolfgang Schüssel war?«

Plötzlich fiel der Hauptplatz in Schweigen. Auch die Uhren im Geschäft von Juwelier Reiter hielten still. Der Gesichtsausdruck der Kandidatin wurde fahl und leer. Es herrschte Amnesie oder Amnestie, je nachdem, wie man es zu sehen wünscht. Barbara Stöckl richtete die Frage an den Joker. Der Joker rief in den von Juwelier Reiter gesponserten Abend hinein: »Klestil, Klestil!«

Ich wusste nur, hier war irgendetwas untergegangen wie Karthago, aber was oder wer? Wir sind ein kluges Volk, das vergisst, was nicht zu ändern ist. Das Vergangene vergessen und in die Zukunft blicken – das ist unser Motto. So viel Eindruck war auf diesem Hauptplatz schon erweckt worden, dass ich etwas abgestumpft war. Allein Barbara Stöckl wusste mehr; sie hatte ja auch einen Spickzettel in der Hand, und also sprach sie von Südamerika, von einer Volksschullehrerin, von einem Hund ... Ich weiß nicht, wie es ihr gelungen ist, uns allen am Ende die Antwort hineinzuwürgen: »Klima, Viktor Klima.« Aber es war eine Meisterleistung, eine Großtat des diskreten Inerinnerungrufens. Der Juwelier Reiter jedenfalls zahlte für den richtigen Namen hundert Schilling (rund sieben Euro). Ein Lichtblick, notierte ich mir damals, denn so billig wird es eines Tages kommen, sich wieder einmal an Wolfgang Schüssel zu erinnern.

Welterklären

Aus meiner Sicht verkörpern Sie den raren oder fast aussterbenden Typus des Universalgelehrten. Ich meine das im positiven Sinne, Sie sind ja anscheinend nicht jemand, der mit dem Bauchladen hausieren geht und sagt: »Seht her, was ich alles weiß.« Gibt es irgendein Thema, bei dem Sie sagen, »darüber will ich nicht reden, das lehne ich ab«?

Ja, solche Themen gibt es, aber es ist charakteristisch, dass sie mir im Augenblick nicht einfallen wollen. Charakteristisch deshalb, weil wir in einer Gesprächssituation sind, die geeignet ist, zu sagen, was man zu sagen hat, und nicht geeignet ist, zu sagen, was man nicht zu sagen hat. Ich bin ganz bei Gilles Deleuze, dem Philosophen, wenn er seine Begründung vorträgt, warum er kein Intellektueller sei: »Die Intellektuellen«, sagt er, »haben eine kolossale Bildung, sie haben zu allem eine Meinung. Ich bin kein Intellektueller, weil ich keine Bildung auf Vorrat habe. Was ich weiß, weiß ich nur für die Erfordernisse einer intellektuellen Arbeit, und wenn ich einige Jahre später darauf zurückkomme, muss ich alles wieder neu lernen. Es ist sehr angenehm, keine Meinung und keine Idee zu diesem oder jenem Punkt zu haben. Wir leiden nicht an Kommunikationslosigkeit, sondern unter all den Kräften, die uns zu Äußerungen verpflichten, auch wenn wir nichts Besonderes zu sagen haben.« Die Idee dieser »Memoiren« ist der Versuch, die Verfänglichkeit von Selbstdefinitionen durchzuspielen, ohne einen Zweifel daran zu lassen, dass dieses Spiel für unsere Verständigung notwendig und auch lustig ist. Alles erscheint mir treffend an der Selbsteinschätzung des französischen Philosophen und eben auch, dass sie in ein unvermeidliches Paradox führt: Erst indem Deleuze den Anspruch, ein Intellektueller zu sein, von sich weist, und zwar mit guten Gründen, ist er wahrhaftig einer. Er stellt diejenigen, die gemeinhin als Intellektuelle gelten, weil sie sich nicht zuletzt dann äußern, wenn sie nichts Besonderes zu sagen haben, in den Schatten. Diese Leute sind erstens dadurch gekennzeichnet, dass sie nicht autonom, sondern nachgiebig denken: Sie geben den Kräften nach, die sie zu Äußerungen verpflichten, der Zeitung, dem Rundfunk, dem Fernsehen. Zweitens denken diese Leute auf Vorrat, das heißt, sie haben Bildung in ihrem Besitz und brauchen bei Anfrage davon nur was herauszugeben, ohne den Weg, der auf dem Gebiet der Bildung zum Ziel gehört, noch einmal auf sich nehmen zu müssen. Anders der wahrhaftige Intellektuelle: Er hebt seine Bildung nicht vom Konto ab; sie ist ihm ja das Produkt der Erfordernisse einer Arbeit und nicht die Folge der Bequemlichkeit, die der Besitz einräumt. In Kampfparolen ausgedrückt, genießen die einen ihr Bildungsprivileg, während der andere, der wahrhaftige Intellektuelle, wie Sisyphus immer neu anfängt, um sich alles Nötige für die Erfordernisse seiner intellektuellen Arbeit zu erkämpfen. Die einen sind saturiert und gefragt, der andere ist »der Mensch in der Revolte«.

Kein Intellektueller, ein Gelehrter, vielleicht ein Philosoph?

Ich wäre gerne ein Gelehrter und gerne ein Philosoph. Aber so wie Deleuze in seinem Beruf das Arbeiten am nächsten steht, ist es bei mir das Irren. Es sind die Fehler, die ich ständig mache, und die Furcht vor ihnen, die mich in meinem

Beruf arbeitsam halten. Dieses eigenartige Gemisch aus Furcht und aus dem Spaß, den ich bei der Arbeit doch habe, macht nervös, und gerade das ist in meiner Vorstellung ein Gelehrter nicht. Ein Gelehrter ist die Ruhe selbst. Der Gelehrte ist in meinen Augen die Verkörperung des Idyllischen im Geistesleben, die schönste Größe in einer flachen Landschaft. Vor allem er, der Gelehrte, genießt die Annehmlichkeit, keine Meinung und keine Idee zu diesem oder jenem Punkt zu haben. Er lebt im Verborgenen. Er empfängt seine Weihen nicht vom Fernsehen, nicht von einer exoterischen Publizität. Durch sein Wissen ist er sich selbst genug, und dieses Wissen ist ihm Selbstzweck – wofür andere sein Wissen auch immer benützen mögen. Es wäre leicht, diesem Typus eine Weltferne anzuhängen (oder nachzuweisen), um an seinem Beispiel zu zeigen, wie eine wissensfromme Haltung zynische Auswirkungen hat. Der Gelehrte ist in der Epoche der Wissenschaftsmanager aber so weit weggerückt, dass man ihn ruhig idealisieren darf. Ich fürchte, es gibt ihn nicht mehr, die Gelehrsamkeit überlebt heute anders als in dieser ehrwürdigen Personifikation. Ja, vereinzelte Züge des Gelehrten haben sich vererbt, aber ein Ganzes bilden sie in keinem Menschen mehr. Und was den Philosophen betrifft, so ist der Terminus ursprünglich eine Formel der Bescheidenheit: Philosoph ist eben nicht der Weise, sondern der, der die Weisheit liebt, sie also dezidiert nicht hat. Aber – ähnlich wie Deleuze, der den wahrhaftigen Intellektuellen darstellt, indem er die eingebürgerten Intellektuellen unterbietet – übertrifft die Bescheidenheit jegliche Kundgebung, man wäre schon weise. So wurde »Philosoph« ein großer Titel, und das geringste Geständnis, das man dazu ablegen muss, lautet: Kein Mensch ist »ein Philosoph«, bloß weil er Philosophie studiert hat. In diesem Sinne bin ich kein Philosoph, denn ich habe bloß Philosophie studiert, und auch in einem anderen Sinne bin ich keiner. Bei der Philosophie muss ich mich nämlich anstellen und kann die Nähe zu ihr nur so angeben: Wenn sie die Liebe zur Weisheit ist, dann liebe ich die Liebe zur Weisheit – bin also ein sekundär Beteiligter, ein Amateur, dessen Liebe zuverlässig, aber immer nach dem wirklichen Philosophieren kommt. Das hat den großen Vorteil, dass ich das wirkliche Philosophieren sehr hochhalten kann, auf dem Niveau von Hans Blumenberg zum Beispiel.

Es war einmal zu lesen: »Die Abwesenheit der Philosophie in den öffentlichen und politischen Diskursen führt dazu, dass das Bewusstsein für die Bedeutung von geistigen und ideologischen Positionen immer geringer wird.« Sehen Sie es auch so, dass die Philosophie, die Liebe zur Weisheit, zum Privatvergnügen wird?

Es wäre seltsam, würde die Liebe zur Weisheit zum kollektiven Drang. Dann ginge es der Liebe zur Weisheit wie dem Luxus für alle. Der Luxus hebt sich auf, existierte er für alle gleich. Die Liebe zur Weisheit würde ihren besonderen, auch an Personen gebundenen Charakter verlieren; sie würde die Eliten, die damit stolz und arrogant befasst sind, zum Nachteil aller überflüssig machen.

Dennoch: Glänzt die Philosophie durch Abwesenheit?

Die Frage folgt einer eingebürgerten Ideologie: Anstatt die vorhandenen philosophischen Bemühungen in der Öffentlichkeit weiterzutragen, stellt man die Frage als Behauptung, dass solche Bemühungen überhaupt nicht existieren. Weitertragen wäre selbst eine philosophische Anstrengung. Aber wer will sich schon anstrengen? Lieber macht man Tabula rasa dort, wo ein ohnedies verletztes, aber doch ziemlich lebendiges Leben ist. Außerdem sind auch Interessen beteiligt: Mit der Frage nach der Abwesenheit des Diskurses meint man immer die Abwesenheit spezifischer Diskurse, die einem recht kämen.

Konkret: Die Abwesenheit des Revolutionären. Haben es sich die zeitgenössischen Philosophen, angefangen mit Peter Sloterdijk, nicht allzu gemütlich gemacht im Kapitalismus?

Ich finde keineswegs, dass es sich Sloterdijk im Kapitalismus gemütlich gemacht hat. Die Privatperson Sloterdijk mag es ganz schön haben, gewiss schöner als ich. Er hat es sich verdient. Aber für die Philosophie und das Revolutionäre an ihr ist es gleichgültig, wo und wie es sich ein Philosoph persönlich eingerichtet hat. Es gilt der Satz: Der Geist weht, wo er will, vor allem der revolutionäre. Wenn eine gesellschaftliche Situation danach ist, wird man auch aus den unendlichen Konvoluten der Sloterdijkschen Schriften etwas Revolutionäres herausnehmen können. Umgekehrt glaube ich, dass heute alle radikal gemeinten konfrontativen Philosophien innerhalb schnellster Zeit geschluckt sind. Sie sind zu wenig schlau. Was sich heute im vorhinein als revolutionär verkauft, ist stinkkonservativ.

Sie behaupten aber auch, Sie hegten einen Widerwillen gegen die niederschmetternden Auskünfte der Weltgeschichte. Nun ist der aktuelle Befund über die Welt niederschmetternd. Kann man dazu schweigen?

Mir geht es darum, Motive zu finden, die andere Menschen zum Selberdenken bringen (was wiederum mich dazu zwingt, es ihnen nachzumachen). Dass Sie mir genau diese Frage gestellt haben, beweist, Sie denken selbst. Ich möchte eben kein so genannter »Intellektueller« sein, kein Vordenker und schon gar kein Querdenker, dessen Thesen man übernimmt. Das wäre lächerlich. Ich habe den Sinn dafür nicht verloren, dass man sich Denker am liebsten als große Verweigerer und nicht als Moderatoren im Fernsehen vorstellt. »Das Philosophische Quartett«, die Fernsehsendung der Philosophen, hat im guten, aber auch im schlechten Sinne etwas Clowneskes. Beim Zuschauen denke ich oft, jetzt legt Rüdiger Safranski seine großen Latschen auf den Tisch und Peter Sloterdijk klatscht sich dazu auf den Po. Da es nicht passiert, fehlt mir etwas an der Sendung, etwas Philosophisches. Das Verweigerungspathos hat meines Wissens Slavoj Žižek mit der größten Radikalität formuliert. In einem Interview, das in dem Band »Die politische Suspension des Ethischen« zu lesen ist, sagt er: »Die Motti der Spontaneität, des kreativen Ausdrucks der eigenen Persönlichkeit usw. werden vom System übernommen, das heißt die alte Logik, dass das System durch Unterdrückung und rigide Kanalisierung der spontanen Regungen des Subjekts reproduziert, ist aufgegeben. Nicht entfremdete Spontaneität, Ausdruck der eigenen Persönlichkeit, Selbstverwirklichung – all dies dient nun unmittelbar dem System, was der Grund dafür ist, dass schonungslose Selbstzensur ein *sine qua non* emanzipatorischer Politik ist.« Das mit Selbstzensur und Politik hätte Stalin auch gesagt. Aber ich kann Žižeks Gedanken verstehen: Er richtet sich gegen die Subjektivismen, die »dem System« Nahrung geben. Man muss sie, wie auch sonst alles Gute, dem System vorenthalten. Aber nun war auch Žižek schon einmal im

Fernsehen, und es ist keine Übertreibung, dass ich kaum je einen gesehen habe, der seine Kreativität dort so sehr selbst verwirklichte. Dieser Philosoph ist von einer Leidenschaft, die der Ausdruck seiner Persönlichkeit ist, und auch wenn er einwenden könnte, dass er auf der Inhaltsebene nichts Persönliches preisgab, so hat er doch auf der Metaebene deutlich von sich und seiner Kreativität gesprochen. Aber den anderen zu empfehlen, sich zurückzuhalten, das ist unter den Bedingungen der Konkurrenz, die nicht zuletzt für Philosophen gelten, keine schlechte Idee.

In einem Ihrer Texte schreiben Sie sinngemäß: Hätten die Ohnmächtigen die Macht, würde alles gut werden, eine konstruktive Epoche bräche an …

Das ist Ironie. Ich bin gar nicht der Meinung, dass die Ohnmächtigen die Guten sind. Das Machtproblem ist nicht dadurch zu lösen, dass die Ohnmächtigen an die Macht kommen. Das wäre wie ein Aufstand der Irren; er würde am Irrenhaus wenig ändern. Die Ohnmächtigen sind elend auf die Macht fixiert. Hätten sie sie, käme es zu jener Umkehrung der Verhältnisse, die wir schon zur Genüge kennen: Die Revolution frisst ihre Kinder. Warum? Weil sie so einen großen Appetit haben und weil sie, so lange schon hungernd, jetzt auch nur fressen wollen.

Sie schreiben aber auch, es ekle Sie vor Menschen, die aus allem und jedem Nutzen ziehen. Inwieweit ist denn eine andere Einstellung als diese in unserem Wirtschaftssystem noch möglich, ohne gleich dem Prekariat anzugehören?

Mir steht die Altersarmut bevor. Nicht pensionsversichert, ausgeschlossen aus dem großen Kreis der Versicherten, gehöre ich dem Prekariat an. In diesem Punkt herrscht bei mir ausnahmsweise die Einheit von Theorie und Praxis. Aber es ist in der Tat so: Mir ekelt vor dieser weit verbreiteten Sorge, ja nicht um einen möglichen Profit umzufallen; sie zwingt einen zum Kleingeistigen. Ich habe in meinem Buch »Hilfe! Ein Versuch zur Güte« Güte einen Sehnsuchtsbegriff genannt, also einen Begriff, der sich aus starken Wünschen herauskristallisiert. Mein Sehnsuchtsbegriff ist nicht die Güte, es ist die Großzügigkeit. Ich bin für eine Großzügigkeit, die bis zur Selbstaufgabe reicht. Zugleich muss ich zugeben, dass man halbwegs mündig nur sein kann, wenn man auch ökonomisch relativ unabhängig ist. In dieser Lebensfrage sollte, wer mir sympathisch sein will, sich auf ein Maß einschränken, bei dem sich nicht die Gier in den Augen festmacht und der Geifer aus dem Mundwinkel rinnt.

Sie schreiben über »gute Dichter«, die den Entrechteten ihre Worte leihen. Gibt's die?

Für Entrechtete zu sprechen ist immer notwendig, in bestimmten Situationen sogar möglich. Man denke an »Die letzten Tage der Menschheit« von Karl Kraus. Wortverleihen ist aber zu einem Prinzip geworden – eine Zeitlang, in den siebziger Jahren –, als einige im Literaturbetrieb reüssierten, indem sie die Sprachlosigkeit damit geschlagener Schichten für ihren Wortreichtum ausgebeutet haben. Diese Leute, die sich lauthals der Sprachlosigkeit anderer bedienen, sind mir im fortschreitenden Alter noch widerlicher geworden, denn im Wortverleihen steckt ja auch ein Geldverhältnis: Du hast dein Elend und ich habe die Sprache dafür. Ich bezahle in

Worten dafür, dass ich dein Elend nicht habe, und ich sorge dafür, dass es sich auszahlt. Es ist unmöglich, dass man jemanden, der in einer solchen Kritik den Verrat an den Armen sieht, vom Gegenteil überzeugt. Dieses heikle Verhältnis von literarischer Verarbeitung und realem Leid lässt sich nicht harmonisieren, indem man schriftlich für die Richtigen Partei nimmt. Die Gesinnungsästhetik macht es dem Künstler zu einfach; ich zerbreche mir den Kopf darüber, aber ich weiß nicht viel mehr, als dass es schwierig sein muss, als Künstler außerkünstlerische Intensitäten in die Eigengesetzlichkeit des Kunstwerks zu übersetzen. Wenn der Sinn für diese Schwierigkeit verloren geht, dann wird es billig. In einem Trailer für eine lokale Fernsehsendung, für »Wien heute«, rief der Sprecher laut aus: »Bianca Jagger ist hier in Wien und kämpft hier gegen gefährliche Streubomben im Kriegsgebiet.« Ja, Wien ist ein hartes Pflaster. Aber die ebenso elaboriert wie vollkommen gedankenlos ausgesprochene Würdigung Bianca Jaggers ist eine Parodie, die mit vielem zusammenstimmt, was derzeit als Engagement zelebriert wird.

Dennoch noch einmal zur Lage der Menschheit. Stichwort: drohender Klimakollaps. Ist Ihrer Meinung nach die Menschheit in der Lage, sich am eigenen Schopf aus dem Sumpf zu ziehen?

Wenn es nicht gelingt, aus der Beseitigung solcher Grundprobleme ein Geschäft zu machen, die Probleme also kapitalistisch zu verwerten, dann lernen die Menschen wahrscheinlich erst aus der Erfahrung. Die Probleme sind kaum durch ethische Appelle zu beseitigen. Entweder man kann mit einem Problem systemimmanent etwas anfangen oder man muss aus Katastrophen lernen. Die Geschichte Europas ist ein Beispiel dafür; es waren zwei Weltkriege nötig, um zu lernen, dass man so wie in den Jahrhunderten zuvor nicht miteinander umgehen kann.

Warum kokettieren Sie zuweilen mit der Aussage »Franz Schuh erklärt die Welt«?

Ich versuche ja keineswegs, eine Philosophie aufzustellen. Ich versuche den Gestus und die Dramaturgie, mit der Philosophien und Meinungen die Bühne betreten, vor meinem geistigen Auge zu inszenieren. Das hilft mir einerseits zu verstehen, was eine Philosophie besagt, und andererseits kann man so die Haltung herausfiltern, mit der sie sich vertreten lässt. Das entspricht mir eher, als irgendetwas zu erklären. Aber ich bin ein erwachsener Mensch von sechzig Jahren, ich habe durchaus auch Lust, wenigstens mir selbst die Welt zu erklären. Ich gebe zu, dass es mir gleichgültig ist, wer meinen Erklärungen folgt. Wichtig ist mir, mit vielen Leuten ins Gespräch zu kommen, die eine andere Meinung haben, die anders existieren. Die Vielfalt ist zumindest ein Trost für die Beschränkungen, in denen man nolens volens sein Dasein abwickelt.

Juckt es Sie nicht manchmal, das Publikum zu beschimpfen?

»Jucken« ist mir in dem Zusammenhang ein zu körperlicher Vorgang. Ich kann – aber das ist eine Privatsache – zugeben, dass ich nicht sehr menschenfreundlich bin. Ich glaube einfach nicht, dass die Mehrheit Recht hat. Der alte, klassische Satz, dass man ein Pferd nicht zum Esel stimmen kann, stellt meine Meinung über Quoten dar. Ich finde, dass man ein Publikum, das man ernst nimmt, auch beschimpfen kann.

Wenngleich schimpfen in den meisten Fällen wenig produktiv ist, mit der einen Ausnahme, dass man Freude daran hat, jemandem zu sagen, wie zuwider er einem ist. Aber heute ist das Publikum in der Hauptsache ohnedies nur eine Fiktion von Leuten, die für Kunden produzieren und dringend etwas brauchen, worauf sie sich berufen und womit sie sich rechtfertigen können.

> Sie zitieren die US-amerikanische Dichterin Gertrude Stein, die im Gegensatz zu Descartes' Definition, »Ich denke, also bin ich«, gesagt hat: »Ich bin, weil mein kleiner Hund mich kennt.« Welches Tier wären Sie gern, wenn Sie eines sein müssten?

Ich habe eine große Sympathie für Affen. Mich beschäftigt, wie die große Wissenschaft auch, das Problem der Ähnlichkeit: Die paar Unterschiede in den Genen … Elias Canetti hat den Menschenaffen idealisiert, indem er einmal sagte, mit wie viel mehr Grazie ein Affe seine Banane isst, als Menschen ihr Mittagessen hineinschlucken. Menschen sind durch die Reflexion, durch ihre Fähigkeit und Notwendigkeit zur Sorge dabei beeinträchtigt, graziös zu sein.

> Sie lassen in einem Ihrer Texte einen Dichter sagen: Es ist alles schon gefragt, alles schon gesagt, alles abgehakt. Worüber kann man noch reden?

Das sagt er in Gedanken während eines Interviews, das er huldvoll gibt. Dem Interviewer gegenüber lässt er sich nicht anmerken, für wie wesenlos er das Gespräch hält. Im Gegenteil, er liefert dem Mann die richtigen Stichworte, sodass dieser ganz aufgekratzt in Fragelaune kommt und vor allem das

Gefühl hat, er, ein Medienmann, würde vom Dichter als gleichrangig anerkannt. Diese Anerkennung macht den Interviewer euphorisch, und er merkt noch weniger, dass der Dichter, der hinter seinem antielitären Gehabe den Sinn für feine Unterschiede pflegt, für ihn nur Verachtung übrig hat. Das Einzige, was den zitierten fingierten Dichter interessiert, ist, weiter Dichter sein zu können. Dafür seift er die Menschheit ein. Meinen Dichter interessiert nur sein autistischer Starrsinn, also das Gegenteil von Gesprächsbereitschaft. Aber er kann es halt so virtuos, diese Gesprächsbereitschaft zu präsentieren und vorzuspielen. Es ist ihm jede Gesprächsbereitschaft fern, er hat nur die branchenübliche Egomanie. Und man kann nur hoffen, dass unser Gespräch genau dieser Regel nicht folgt.

Treten wir in diesem Gespräch einmal mit ganz großem Anspruch auf. Wir stellen uns die Frage: Wovon sollen wir künftig geistig leben?

Das ist deshalb eine schöne Frage, weil sie unbeantwortbar ist; sie ist unbeantwortbar, weil wir mit Sicherheit morgen von den Erfahrungen leben werden, die wir heute noch gar nicht gemacht haben. Das ist das Lebenswerte, dass man durch Existieren die Wege verändert, auf denen man existiert. Der alte Satz, dass Geschichte der Weg ist, der durch Betreten verändert wird, besagt, dass die Zukunft sich vor denen, die sie machen und erleiden (während sie sie machen und erleiden), verbirgt. Wobei in diesem Verbergen noch ein Stück Realismus steckt, nämlich die Hoffnung, dass wir eine Zukunft haben werden. Schon taucht die Frage auf: Wer ist denn überhaupt dieses »Wir«?

Sie haben die Erfahrung ins Spiel gebracht. Vielleicht hat dieses »Wir« mit kollektiven Erfahrungen zu tun. Als Gesellschaft deuten wir unsere Existenz nach jenen Erfahrungen, die alle kennen, und definieren unseren Standort nach ihnen jeweils neu.

Ich glaube nicht an die Unmittelbarkeit von kollektiven Erfahrungen, weil diese – so bedauerlich das sein mag – auch konstruiert sind, vor allem durch die Selektionen, die Medien in ihrer Berichterstattung treffen. Das gilt für das Ablegen und für das Annehmen von Werten (von dem, was den meisten wertvoll erscheinen soll) – dabei scheint mir das Moment der Spontaneität schwächer als all das Gemachte und Konstruierte. Man müsste die Frage umstellen: Was werden diese Medien in Zukunft selektieren? Aber dass es eine kollektive Erfahrung gibt, die die Leute so unmittelbar wie das Private ergreift – die Erfahrungen der Liebe oder des Erwachsenwerdens –, glaube ich nicht. Kollektive sind für mich ein schrilles und grelles Oberflächenphänomen bei gleichzeitig verdunkeltem Hintergrund. Ich glaube auch nicht, dass 9/11 einfach eine kollektive Erfahrung war. Das Ereignis war ein Verbrechen, das eine Welt in Bedrängnis gebracht hat und zugleich eine Versuchung geworden ist, es zu benützen, um bestimmte Strategien plausibel zu machen. Und nicht zuletzt im Sinne der Plausibilität dieser Strategien hat man das ursprüngliche Ereignis im Rückblick dargestellt und umgemodelt. Das Ereignis war dann genau das, worauf die Strategien, die man hatte, passten. Der Gedanke an diese Strategien existierte vor der Erfahrung, die sich nachträglich als kollektive darstellen ließ. Die Darstellung hat dann diese Strategien idealisiert, die jetzt in Verruf kommen – aus dem schnöden Grund, weil sie keinen Erfolg haben.

Dann trennen wir doch die privaten von den kollektiven Erfahrungen ...

Ich behaupte, dass unsere zukünftigen Erfahrungen genau diese Schwierigkeit verschärfen werden: Wir können nicht mit absoluter Sicherheit sagen: Halt, das ist privat, halt, das gehört dem Kollektiven an, sondern all das, was wir benennen können, wofür wir Begriffe haben, existiert in Wahrheit als ein merkwürdiges Übergangsphänomen. Die Begriffe selber taugen einmal mehr, einmal weniger angesichts der Komplexität dessen, was man mit ihnen erklären möchte. Die alte Maxime, alles sei sehr kompliziert, ist ebenso banal wie sie andererseits auch dem Komplizierten entspricht – so ist das mit den Gemeinplätzen! Wir gleiten auf unseren Begriffen, an denen wir uns festhalten, erst recht aus, und das ist heute schon das wirklich Spannende: Was davon bewährt sich und wie kann man Szenarien entwerfen, in denen sich Begriffe und Theorien überhaupt noch bewähren?

Das Problem ist ein altes: Wie fasse ich Welt in Sprache.

Es hat Zeiten gegeben (und wer weiß, ob das nicht wiederkehrt), in denen die Ereignisse selbst an der Erfüllung der Forderung, die Zeit auf ihren Begriff zu bringen, hervorragend mitgearbeitet haben. Solche Zeiten hatten auch für die Zeitgenossen (relativ) eindeutige Botschaften. Es gibt bestimmte Prinzipien, die in den Handlungen der Leute, der Kollektive oder der Eliten, stattfinden und die ablesbar sind: Die Französische Revolution war gegen die Aristokratie gerichtet. Diese Revolution machte ihre Prinzipien wahrhaft deutlich, und sei es durch die Guillotine. Klarer kann man nicht mehr sein. Heute könnte man eher das Gefühl haben, wo immer solche klaren Prinzipien, revolutionäre oder konservative, als Handlungsanweisungen in Kraft sind, dort sind sie destruktiv und verunklaren die Sache noch mehr. Der so genannte Fundamentalismus jeglicher Art ist zwar mit Sicherheit eine mögliche Reaktion auf bestimmte Unklarheiten (moralischer, sexueller, politischer Natur), aber er macht alles noch unklarer. Auch wenn er sich selber einbildet, irgendwann einmal zu Klarheit vorzustoßen. Seine Klarheit ist relativ klar – sie stellt sich ein, wenn alle tot sind. Der Fundamentalismus ist ein Versuch, solche klaren, eindeutigen Umstände um jeden Preis zu erzeugen.

Stellt sich nicht das einem Europäer so dar? Bekommt Fundamentalismus nicht in Afrika etwas mehr Beweiskraft, weil er auf komplizierte, undurchschaubare Verhältnisse, die Ungerechtigkeit und Abhängigkeit schaffen, eine Antwort weiß?

Es gibt die Vorstellung, dass Europa wegen der Kompliziertheit seiner Verhältnisse nicht mehr mitspielen wird; es gibt die Vorstellung, dass Geschichte allein dort gemacht wird, wo die Chance zum Fanatismus besteht. Der Glaube existiert ja, man könne durch eindeutiges Zerschlagen aller möglichen gordischen Knoten weiterkommen. Wahrscheinlich ist es aber doch so, dass der Fundamentalismus und dieses Bedürfnis nach Eindeutigkeit eine Reaktion und so ein Teil dieser europäischen und nordamerikanischen Differenziertheit ist. Ohne das eine würde das andere nicht sein. Einfach gesagt: »Wir« gehören zusammen, vielleicht sogar auf Gedeih und Verderb.

Fundamentalismus rechtfertigt sich durch Religion. Im Westen gewinnt Religion an Gewicht, vielleicht auch Religion der fundamentalistischen Art.

Religion, der ich mich ja widme, ist für mich ein allzu schweres Thema. Ohne Zweifel hat die Religion kompensatorische Seiten. Man schafft sich ein Weltbild, das einem verhilft, sich gerettet zu fühlen, während man eigentlich verloren ist. Auf der anderen Seite ist Religion aber auch eine Möglichkeit, der Härte der Endlichkeit ins Auge zu sehen: Gott ist groß, das heißt auch: Wir sind es nicht! Religionen haben sowohl eskapistische Momente, den Härten der Existenz billig zu entfliehen, als auch realistische Momente, in denen diese Härte klar wird und teuer kommt. Deshalb gibt es Priester, zum Beispiel in Brasilien, die auf der Seite der Armen kämpfen. Sie sehen die Armut schärfer, die Endlichkeit deutlicher, und zwar durch ihren Glauben an die Transzendenz. Dabei würde ihnen der Glaube erlauben, sich eskapistisch zu verhalten. Der Glaube ist also ein System, das diesen Doppelcharakter hat, das von den Ambivalenzen der Moderne ebenso angerührt ist wie der Rest unserer geistigen Anstrengungen.

Wenn ein ehemaliger österreichischer Bundeskanzler mit »Es ist alles so kompliziert« den Schlüsselsatz gefunden hat für unsere Verhältnisse, ist dann nicht die Religion ein System, das klare Antworten zur Verfügung hat?

Dass Religionen Antworten geben, rührt daher, dass sie gefragt sind. Das richtet sich nach dem Prinzip von Angebot und Nachfrage. Die Religionen haben traditionell ein Repertoire von Antworten, mit denen sie in der Lage sind, eine große Reihe von Fragen stillzustellen. Religionen sind Geheimnisträger, bevor sie Antwortgeber sind. Das hat den Verdacht des Priesterbetrugs mit sich gebracht, den Verdacht, dass der Priester genau weiß, es gibt gar kein Geheimnis hinter seinem Brimborium, und daher gibt es keine Antworten. Vieles an der Einfachheit des Dogmatischen scheint von der Hoffnung getragen zu sein, dass man gegen die Komplexität doch irgendwie, mit irgendeinem Brimborium über die Bühne kommt: Versuchen wir es doch mit den einfachen Wahrheiten! Aber aus diesen einfachen Wahrheiten ist der Schmerz, ist die Trauer weg. Das ist so etwas wie Hygiene, wie Sexualberatung im Boulevardblatt. Wer sich auf die Einfachheit des Dogmatischen verlässt, wird jedoch nicht besonders lebenstüchtig sein.

Welche Rolle spielen die Medien in diesem Zusammenhang? Produzieren Medien nicht auch eine Art Priesterkaste?

Die Medien haben eine erhellende Funktion, ohne sie wüssten wir noch weniger, und gleichzeitig wissen wir durch sie unendlich vieles falsch. Die Medien erinnern am ehesten an das alte kritische Subjekt, an dessen Abwesenheit und dessen Notwendigkeit. Angesichts dessen, was Medien in Massen bieten (und was sie zugleich uniformieren, vereinheitlichen), hat die Idee etwas für sich, dass es zeitgemäß wäre, systematisch zu fragen: Stimmt das, stimmt das nicht … Mit aller Irrtumsanfälligkeit, die diese unterscheidende Tätigkeit hat, und bei aller Angewiesenheit auf die Medien (ohne die nun gar nichts mehr geht, denn selbst der Protest gegen sie ist nicht vollkommen, wenn ihn die Zeitung nicht druckt), bei alledem könnte ich mir vorstellen, dass das alte kritische Subjekt wieder einmal schön grüßen lässt. Die Auffassung, dass es vollkommen veraltet ist, weil Kritik (als Intellektuellenideologie) in der von Medien erzeugten Realität nur eitel in die Irre gehen kann, gibt es allerdings auch. Jede These findet ihre Antithese, man muss nicht nur unterscheiden, sondern sich auch entscheiden. Aber zum Aufklären gibt es immer was. Ich bin einmal ins Wiener Funkhaus gegangen, um eine meiner harmlosen Glossen vorzutragen, und da kam mir einer entgegen, der sagte: »Na, Herr Schuh, gehen Sie jetzt wieder die Welt erklären?« Ich habe nur so gestaunt. Der Mann war damals Nachrichtensprecher. Der Mann hat täglich vorgelesen, was die Menschheit über die Zustände zu denken hat. Merkwürdig! Aus dieser Anekdote geht hervor, dass die Leute, die die Welt tatsächlich erklären, ständig jemanden suchen, dem sie das Negative, die ganze Lächerlichkeit des Welterklärens anhängen können.

Theodizee oder Wie gewünscht

Als der Herrgott
In seiner Allmacht
Glück und Unglück
verteilte, sprach Er:
Wer von euch
möchte die Arschkarte?

Da rief einer: Ich, ich
möchte die Arschkarte.
Und sie war das Einzige,
das er jemals
wie gewünscht bekam.

Woran glauben Sie?

In einem Gespräch mit dem deutschen Schriftsteller Uwe Timm haben Sie sich als einen religionsphilosophisch interessierten Atheisten bezeichnet. Das interessiert mich. Warum Atheist und inwieweit religionsphilosophisch interessiert?

Ich bin nicht ganz der Meinung eines mir intellektuell überlegenen Kollegen, der gesagt hat: »Die Welt wäre viel klüger, wäre die Religion nicht mehr in derselben.« Ich bin nicht oder nicht ganz dieser Meinung. Und im Ausmaß der Lücke, die der Teufel mir hier hinterlassen hat, weil ich nicht ganz dieser Meinung bin, bin ich religionsphilosophisch interessiert. Das heißt, ich meine oder denke oder behaupte, dass in religiösen Argumentationen und in religiösen Vermittlungen eine Form des Versuchs steckt, die Wahrheit über unsere Existenz zu sagen. Noch einen zweiten Schritt näher zum Abgrund des Glaubens muss ich tun: Ich glaube, dass unter den Wahrheiten über unsere Existenz auch solche sind, die ausschließlich in religiöser Sprache gesagt werden können. Würden Sie mich fragen, welche Wahrheiten das sind, würde ich antworten: Ich kann es nicht sagen, aber ich glaube, keiner kann sagen, diese und jene Wahrheit ist es; es wird ein Denkprozess in Frömmigkeit sein, eine Andacht, zu der ich nicht imstande bin, weshalb ich mich Atheist nennen muss. In diesem Denkprozess, in dieser Bewegung von Gedanken, die sich auf Transzendenz beziehen, ist nach meiner Ansicht etwas enthalten, von dem ich mit meiner Art zu denken zwar ausgeschlossen bin, aber doch nicht so weit, um nicht glauben zu können, dass etwas Wahres dabei zum Vorschein kommt. Da ich vom Glauben nicht erfüllt bin, bleibt mir in Glaubensfragen nicht viel anderes als ein schlampiges Verhältnis zu einem berühmten Satz Wittgensteins übrig: »Es gibt allerdings Unaussprechliches. Dies *zeigt* sich, es ist das Mystische.« Wenn man glaubt, dass es das Mystische gibt, kann man schwerlich jemanden verdammen, der es religiös besetzt. Aber mit den eingespielten Festlegungen auf Gott in der dafür zuständigen und üblichen Sprache bin ich nicht einverstanden. Ich halte einen Großteil aller Reden über Gott für atheistisch.

Inwieweit?

Nicht inwieweit, sondern überhaupt. Ich halte diese Reden, die einem an allen Ecken und Enden – ohne die geringste Feierlichkeit, geschweige denn Sprachkraft – im Ohr liegen, für atheistisch, weil ein Großteil des Sprachgebrauchs, in dem Gott als Subjekt eines Satzes verwendet wird, zugleich – wegen dieser grammatischen Struktur – diesen Gott, auf den sich der Satz beruft, leugnet. Falls man meint, Gott existiert, kann man von ihm nicht in der gleichen geistigen Form, also in der gleichen Sprache sprechen, wie man von Dingen oder Menschen spricht. Tut man es aber, dann kann man gleich sagen, es gibt keinen Gott. Es ist das Prinzip der Propaganda, das zum Beispiel Kirchenleute so gottlos sprechen lässt. Sie wollen ihr Publikum von Gott überzeugen, indem sie IHN plausibel machen, und dabei sagen sie nur, Gott ist so wie alles andere auch. ER müsste aber, glaube ich, anders sein, und das müsste sich in der Sprache zeigen, die von Gott spricht. Scheinbar glaubt man leichter, wenn man Gott genau wie den Rest der Welt, die man ebenfalls zu kennen glaubt, ausspricht. Und dann kommt es zu zusätzlichen Intimitäten: Gott ist, wenn ER denn ist, überhaupt nicht jener Kamerad, der einem gut zuspricht und der einem zum Beispiel aus den Seiten, die der Kardinal von Wien jeden Sonntag für die *Kronenzeitung* schreibt, gemütlich entgegenkommt. Das ist unmöglich. Existierte er, dann kann er in solchem sprachlichen Ausdruck nicht angesprochen werden. Die Sprache ist das Medium, das dem Schrecken über die Endlichkeit und dem Erzittern vor dem ganz Anderen eine Form geben kann. Die formlose Kumpanei mit Gott kann ihn auch nicht als Liebenden darstellen – auch der liebende Gott wird in der eingespielten Rede zu nichts. In dieser Frage kann der Atheist nur päpstlicher als der Papst sein.

Es fehlt sozusagen die Möglichkeit, Gott in einen Begriff zu fassen. Da stehen Sie ja ein Stück weit als Atheist in der Tradition der negativen Theologie. Man kann von Gott nicht einfach so reden.

Ja, genau: sozusagen. Deswegen muss ich zugeben, Atheismus ist ein hartes Wort für das, was ich meine, weil Atheismus nämlich, leicht durchschaubar, selber eine Religion ist. Gott der Welt auszutreiben funktioniert exakt nach dem Prinzip der Teufelsaustreibung. Ich versuche mich in dem, was ich atheistisch nenne, weich zu verhalten und nicht in einer harten Ablehnung zu verharren, die dann selber ins Religiöse kippt. Ich halte eine Welt ohne Gott für ausgeschlossen. Gott aus dieser Welt zu tilgen, das haben im Weltmaßstab Nationalsozialismus und Kommunismus versucht, und zwar dadurch, dass sie als säkulare Religionen sehr viel religiöse Energie in politische Aktionen pumpten. Damit sind sie kläglich und zugleich katastrophal gescheitert, die Kirchen hallen vom Wehklagen wider, das diese Atheisten verursacht haben. Der Atheismus als Weltreligion kann nicht funktionieren, auch weil das (wie immer fiktive) Verhältnis des Menschen zu Gott sich niemals völlig erden lässt. Es bleibt immer ein Rest, der niemals aufgehen kann in dem, was irdische Befriedigung einem ermöglicht, und es gibt andererseits immer ein Unglück, ein Leid, das so groß ist, dass man einen Größeren anflehen möchte, um es zu ertragen. Diese Differenz, die sich auf Erden nicht überbrücken lässt, hat bei nicht wenigen das (unstillbare) Bedürfnis nach Erlösung zur Folge. Dagegen bleiben die Predigten der Atheisten unerhört. Gewiss, durch das Unglück werden manche erst recht Atheisten. Aber manche eben nicht. Die Menschen vergessen entweder Gott, still und leise, oder ER wird bleiben. Mit großem Getöse, von Staats wegen oder aus wissenschaftlichen Gründen kriegen die umerziehenden Atheisten die Religion niemals los.

Was heißt Atheist für Sie?

Erstens bin ich kein universaler Atheist, weil ich von Religion im universalen Sinn wenig weiß. Ich schließe nicht aus, dass es irgendwo auf der Welt eine Religion gibt, in die ich so hineinpasse, dass ich von ihr längst als gläubig aufgenommen bin. Ich kenne ausschließlich dieses seltsame Christentum, das durch die Moderne domestiziert wurde. Im Verhältnis zu diesem Christentum bin ich Atheist. Wenn es in der Passionsgeschichte einen Moment gibt, in dem ich mich wiederfinde, dann ist es die Gottverlassenheit Jesu am Kreuz. Darin erkenne ich mich wieder, aber anders als ein christlicher Gesprächspartner wohl vermutet, der mich als armen Menschen bedauern oder als Größenwahnsinnigen verachten würde. Einen religiösen Menschen, der die Unterhaltung mit mir noch für möglich hält, muss ich mit der Idee vertraut machen, dass die Einsamkeit, nicht von Gott geleitet zu sein, auch eine beglückende Wirkung hat: Man hat keinen Herrn. Und diese Selbstermächtigung, die aus der Perspektive des gläubigen Christen als Leid, als Entfremdung gesehen wird, ist mir ein Quell der Freude. Aber ich kann den christlichen Gesprächspartner verstehen, wenn er das für Hybris hält, und außerdem ist meine Hybris ohnedies oft verschwunden wie zum Beispiel in jener Nacht im Allgemeinen Krankenhaus: Mein Blick fällt auf die Bettenburg vis-à-vis, die erleuchteten Fenster werden immer weniger, meine Nacht wird schlaflos werden, und in meinem Zimmer liegt ein Herr, der morgen schon die neue Hüfte spazieren trägt, während er heute noch seiner niedergeschmetterten Körperlichkeit obliegt: dem Stöhnen aus den Alpträumen, dem blitzartigen Erwachen aus einem Schlaf, der ihn wie eine einzige Wunde zudeckt und der ihn bis ins Morgengrauen zum Narren hält. So ist Erlösung auch mein Thema. Aber dass einer sterben muss, damit alle anderen erlöst werden, empfinde ich als Angriff auf besagte Freiheit, die sich ohnedies oft von selber ad absurdum führt, wie in der Nacht im Allgemeinen Krankenhaus ... Ich möchte nicht erlöst werden. Es gibt andere Wege, mit sich und seiner Endlichkeit unzufrieden zu sein, als diese Unzufriedenheit, die allein die Erlösung, die der Opfertod eines anderen bringt, beseitigt.

Die Theologie unterscheidet, grob gesagt, zwei Arten von Atheismus. Einerseits wird jemand Atheist genannt, der kritisch auf den Verfall des Christlichen in Theorie und Praxis reagiert. Zweitens kann Atheismus eine kritische Antwort auf eine traditionelle Metaphysik sein, die keinen Bezug zur Lebenserfahrung hat, wo einem der Glaube an Gott als

Lehre begegnet, als vorgestellte Weltanschauung, als ein Bedürfnis ohne Sitz im Leben, ohne Bezug zur Realität. Welchem Atheismus, würden Sie sagen, neigen Sie zu, welchem »weichen« Atheismus?

Ich würde zunächst sagen: Das haben Sie alles sehr schön aufgesagt. Ich will, weil mich die Frage an meine schriftstellerische Tätigkeit erinnert (vor allem jener Teil mit der Kritik an der Metaphysik), in mich gehen. Dort finde ich, dass der erste Text, den ich überhaupt geschrieben habe, ein merkwürdiges, irgendwie von Brecht abgeschriebenes Konglomerat gewesen ist, des Inhalts: Ich warte. Also habe ich, als ich zu schreiben begann, einen Zustand des Wartens für meine existenzielle Perspektive angenommen. Hätte ich damals nicht gewartet, hätte das Entscheidende, das den Dingen eine Wendung gibt, ohnedies auch auf sich warten lassen. Es war also klug, opportunistisch, gleich von mir aus zu warten. Und ich warte immer noch. Ich bin also ein wartender Atheist.

Wartend worauf?

Na, ich empfehle Ihnen, Beckett zu lesen: »Warten auf Godot«.

Der ist mir eingefallen, ja.

Ich warte in gewisser Weise auf Godot. Dieser Zustand des Wartens (der bezogen auf Godot ein Reinzustand ist, weil er ohne Hoffnung auskommt) hat eine eigene Präsenz. Ob diese Präsenz nun allerdings die reale Gegenwart Gottes ist oder sein reales Fernbleiben – dem gegenüber verhalte ich mich als Wartender defätistisch.

Es heißt auch: Du sollst dir kein Bild machen. Sie machen sich eigentlich auch kein Bild, indem Sie sagen: »Ich warte.« Das heißt, Sie verzichten auf die Ihnen angebotenen Bilder, die sich als hohl erweisen, behaupte ich jetzt einmal.

»Als hohl erweisen« kann man nicht für alle Bilder sagen. Ich habe viel Verständnis für religiöse Selbstdefinitionen, wie sie zum Beispiel Adolf Holl vornimmt, der viel konkreter der Religion nahe steht als ich. In meiner abstrakten Ferne zu ihr wird vieles undeutlich. Holl sieht im Christusbild den Gescheiterten, also nicht den Triumphierenden und gar nicht den strafenden Gott, sondern den Sohn Gottes, dessen Scheitern die Menschheit eigentlich eines Besseren hätte belehren können. Jemand wie Adolf Holl, der zum Beispiel sagt, er sei religiös geworden nicht durch eine spekulative Überlegung, sondern durch den Ritus, durch die sinnliche Ausübung religiöser Praktiken, so jemand hat sozusagen etwas Konkretes – ich habe nur die Abstraktion in dieser Frage, also die Ferne und auch eine gewisse Kälte zu ihr. Der deutsche Bischof Walter Mixa wurde über den »Gotteslästerungsparagraphen« befragt und ob er dessen Verschärfung für angebracht halte. Er antwortete, nach meinem Verständnis wie aufgezogen, wie eine Maschine, die nach dem Input endlich den Output von sich geben kann. So ratschte er seine Meinung herunter: »Die Art und Weise einer bewussten Beschädigung oder eines Lächerlichmachens von religiösen Überzeugungen und Symbolen wirft die Frage nach der Verantwortung für den inneren Frieden auf. Es gibt keine Freiheit ohne Verantwortung. Religiöse Überzeugungen, gleich welcher Art, in den Schmutz zu ziehen fördert nicht die Gesprächskultur.« Zum Problem für den inneren Frieden werden manchmal gerade Leute, die genau wissen, worin dieser

Friede besteht und wodurch er verletzt wird. Gegen sie hilft auch keine Gesprächskultur. Der Bischof wurde schließlich gefragt, ob das Strafrecht das richtige Mittel sei, um die Kränkung religiös Überzeugter zu verhindern. Er antwortete: »In diesem Fall halte ich das schon für angebracht. Denn durch das Strafrecht wird ja deutlich gesagt: bis hierher und nicht weiter! Es gibt immer wieder Leute, die kein Maß und kein Ziel mehr kennen und nur noch sich selber und ihre Ideologie – ohne Rücksicht auf Verluste.« Dieses Anlehnen an die Staatsmacht, die im Interesse durchaus ehrwürdiger Überzeugungen mit dem Strafrecht eingreifen soll, verletzt, um es mit einem Wort von Brecht zu sagen, meine atheistischen Gefühle.

Jesus scheitert ja auch an einer Religion. Die könnte man bezeichnen als die Religion der Macht. Heute gibt es Äquivalente dazu, das ist die Religion des Geldes zum Beispiel oder des Erfolgs, der über alles gestellt wird. Und da zeigt Jesus: Darum geht es nicht, aber das Scheitern ist der Trost. Ist das für Sie auch einer?

Naja, dass eine große, anerkannte Figur – Christus – auch gescheitert sein soll, wobei natürlich in der Akzentuierung des Scheiterns die Auferstehung selber nicht akzentuiert ist, das ist vielleicht ein Trick, mit dem man Anhänger gewinnt. Es ist wahnsinnig schwierig, Scheitern und Auferstehung vernünftig zusammenzudenken. Mit der Vorstellung vom scheiternden Christus ist, vorausgesetzt ich würde das alles wirklich glauben, mein eigenes Scheitern in eine tröstliche Umgebung versetzt. Aber werde ich, nachdem ich verloren bin, auferstehen? Ich habe mir eine Definition von Gott ausgedacht, es ist die Definition, dass es immer weitergeht: Hier eine Krise, da eine Krise, hier ein Schmerz, hier eine Krankheit – aber in diesem Hürdenlauf geht es weiter, ja, man lässt selbst das Unüberwindliche hinter sich, und auf dieser Erfahrung beruht bei denen, die sie machen können, Gott: Gott ist ein Zeichen dafür, dass kein Ende ist und dass es selbst nach dem Tod weitergeht, und dann ist aber zugleich Schluss mit dem Gehen: Man ist angekommen. Einerseits feiert man mit Gott, dass es weitergeht, andererseits, dass man endlich nicht mehr gehen muss. Das Geld fließt dagegen endlos, gewiss an mir vorbei und aus meiner Tasche raus, aber es fließt und fließt, und es steckt auch in so vielem drin. Ich will beichten, dass ich die Rede vom »Götzen Geld« für falsch halte. Es macht gewiss auch mir Spaß, das Geld als den entscheidenden Götzen der Zeit anzuprangern. Aber im Ernst habe ich ein Problem damit. Alle modernen Gesellschaften (das sind solche, die vom Prinzip her ein differenziertes Verhalten ermöglichen und erfordern), beruhen auf der Geldwirtschaft. Ich glaube, dass die Leute, die versuchen, das Geld zu dem einen Götzen zu stempeln, der an allem schuld ist, mit vormodernen Zuständen kokettieren. Und um es für mich zu präzisieren: Ich vermute einerseits, dass es für metaphysische Probleme, die im Ernst welche sind, keine gesellschaftlichen Lösungen gibt – immerhin eine riskante Behauptung, denn wenn es gelänge, den Tod abzuschaffen, dann wäre ich schon widerlegt. Auch »der Erfolg« löst das metaphysische Problem meiner Existenz nicht. Ich behaupte also, dass die prinzipielle Endlichkeit des Menschen von keinem politischen oder technischen oder ideologischen System zu ändern ist, und am allerwenigsten von jenen Systemen, die durchblicken lassen, dass sie's können und vor allem müssen. Das Erlösungspotenzial der Politik ist immer nur relativ zu einer Politik, die vorher was verbrochen hat, das man jetzt endlich abschaffen kann. Dafür glaube ich andererseits, dass die Endlichkeit nicht verzerrbar, nicht entstellbar ist oder in irgendeiner Weise von einem Götzen beherrschbar, in dem Sinne: Das Geld ist es, dieses Eine ist es. Wäre das Geld der allein entscheidende Götze (und es ist mit Sicherheit eines der entscheidenden Medien in der Gesellschaft), dann wäre man doch fein raus. Das Übel wäre dann benannt, und wenn man es schon nicht abschafft, dann würde man sich wenigstens auskennen. Aber man kennt sich nicht aus. In Wirklichkeit ist es komplizierter, und es sind unendlich viele Interaktionen daran beteiligt, die Misere des Endlichen hervorzubringen. Will man sich damit auskennen, dann hilft keine Verteufelung und keine Rechtgläubigkeit.

Ich möchte auf etwas hinweisen, das Sie mir vor einiger Zeit gesagt haben. Sie haben gesagt, dass die Fähigkeit zu glauben eine Gnade ist. Und diese Gnade wird manchen erteilt und manchen nicht. Das klingt so, als ob Sie sagen wollten: Ich würde auch gern glauben, wenn ich könnte.

Nein, das habe ich damit nicht gemeint, dass ich auch gerne glauben würde, wenn ich könnte. Ich bin diesbezüglich kein, um es mit einem Wort des verstorbenen Satirikers Herbert Hufnagl zu sagen, »Hätti-Wari« (kein »hätte ich, dann wäre ich«), sondern ich bin davon überzeugt, dass ein Mensch, der in der Lage ist, auf eine aufgeklärte Weise zu glauben, einer, der alles, was er in der Endlichkeit tut, ruhig auf eine Transzendenz beziehen kann, leichter lebt; er hat eine unendliche Quelle des Sinns zur Verfügung. Das Leben, und das ist leider eines der zentralen Argumente vieler Priester auf den verschiedensten Stufen der Kirchenhierarchie, fällt viel leichter, wenn man glaubt. Es ist im Propagandafeldzug der Amtskirche einer der Anbiederungsversuche, dieses Angebot, mit dem Glauben lasse es sich leichter leben.

Aber das stimmt so nicht, denn es gibt viele Menschen, die von ekklesiogenen Neurosen geplagt sind und die deshalb schwerer leben, weil sie in einer bestimmten Form des Pathologischen glauben.

Gerade was die Neurosen betrifft, muss man aber zugeben, dass sie einen nicht selten mit einem Krankheitsgewinn versorgen. Auch deshalb sind sie ja so beliebt. Nicht zuletzt von Neurosen hat man was, auch sie sind dem ökonomischen Prinzip unterworfen.

Aber man ist unfrei!

Amen. Ich habe nicht umsonst das Wort »aufgeklärt« benützt, und ich verstehe unter dem aufgeklärten Glauben, dass man zum Beispiel nicht in die neurotischen Fallen geht und daher auch nicht in die fundamentalistischen. Es ist sehr schwierig, aufgeklärt zu glauben, denn wie soll man das Absolute, das man für sein Leben als maßgeblich erachtet, gleichzeitig an den Ansprüchen anderer relativieren? Und wie, bitte, verhält es sich überhaupt mit der Freiheit eines Christenmenschen, wie muss ich den Begriff der Freiheit (um)interpretieren, um meinem Wunsch Rechnung zu tragen, dass meinem Glauben ein Gott entspricht, in dessen Hand ich mich befinde? Ich bezweifle nicht, dass die Gläubigen darauf eine schlagende Antwort haben, aber o je, vielleicht ist der Glaube überhaupt eine Neurose, und ist es eben nicht bloß »in einer bestimmten Form des Pathologischen« ?

Sie sind von der Prämisse ausgegangen, dass es angeblich leichter sei zu leben, wenn man glaubt. Jetzt haben Sie als »weicher« Atheist es schwerer zu leben, schließe ich einmal daraus. Wenn dem so ist, woran orientieren Sie sich da, woran halten Sie sich, worauf vertrauen Sie?

Ich habe dieses »leichter« nicht grundsätzlich gemeint, sondern in Bezug auf meine Vorstellung von Gnade. Denn wahrscheinlich ist das Leben für Gläubige und Ungläubige gleich schwer, wenn man sich als gläubiger Mensch – aufgeklärt – nicht die Einbildung zunutze macht, Gott sei jemand, der in der Hauptsache damit beschäftigt ist, mir zu helfen, und daher schaffe ich alles leicht. Solche Menschen treten manchmal im Fernsehen auf, und sie haben ein Schafsgesicht dabei, wenn sie ihr Bekenntnis ablegen. Dieser Begriff der Gnade würde bedeuten, dass man die Härte, die man erleidet, unter allen Umständen ebenso wie die anderen erleidet, dass man aber anders mit ihr leben kann, als man sie erleben muss, wenn man atheistisch – ohne den Gnadenakt des Glaubens – von dieser Härte unvermittelt getroffen ist. Die nötige Fähigkeit, ob gläubig oder nicht, besteht in meinen Augen darin, die eigene Endlichkeit illusionslos zu akzeptieren, ohne als Trost dafür einen kompensatorischen Gott anzunehmen. Das Leugnen des Todes durch die Religion ist für mich Atheismus: ein Drogendeal mit Gott. Die Religion geht aber nicht in Kompensationsgeschäften mit Gott auf. Der Glaube hat neben der Versuchung, der Härte des Daseins billig zu entfliehen, noch eine realistische Seite, in der diese Härte klar wird und teuer kommt. Das geschieht beispielhaft dort, wo Menschen aufgrund ihrer religiösen Überzeugung in Hospizen und Spitälern Sterbende bis in den Tod begleiten, obwohl sie nicht wissen können, dass ihre

Hilfe über den Tod hinaus einen Sinn hat. Sie müssen es glauben.

Darf ich noch einmal zurückkommen: Woran halten Sie sich, worauf können Sie vertrauen?

Eigentlich kann ich diese Frage nicht geradeheraus beantworten, sondern höchstens stotternd. Ich würde mir selbst nicht vertrauen, könnte ich ohne weiteres das Arsenal meiner Vertraulichkeiten mit dem Leben benennen. Aber wenn Sie einen Augenblick warten; ich habe mir bei einem Film über den Flamenco einen Satz aufgeschrieben, die Übersetzung eines Gesangtextes. Da stand dieser Satz als Untertitel: »Helfen tun deine Arme, wenn sie mich nachts umarmen.« Das scheint mir ein Gedanke zu sein, der sowohl leer ist als auch eine unendliche Fülle von Hoffnung enthält. In diesem Sinne warte ich halt, in diesem Sinne überbrücke ich meine Wartezeit.

Dieses Warten möchte ich noch einmal aufgreifen, weil in diesem Warten doch eine Qualität liegt, die die meisten Menschen übersehen. Uns ist jetzt Zeit zu sein gegeben – diese Gabe stammt nicht von Ihnen, sie stammt nicht von mir. Wenn man einmal darauf achtet, ist das ein unglaubliches Geschenk, ein Geheimnis. Viele Menschen sagen: »Das ist da, es ist vorhanden«, und sie übergehen das Geheimnis. Jetzt nennen die Religionen – ich verkürze das sehr stark –, jetzt nennen die Religionen dieses Geheimnis »Gott«. Es ist hier nicht wichtig, wie wir das nun benennen, aber das Phänomen ist da. Gibt es für Sie in diesem Warten etwas, was Sie erstaunen lässt, was Sie leben lässt, ohne dass Sie es begrifflich benennen wollen oder können?

Warten ist eine schöne Illusion. Es ist eine Illusion mit aufschiebender Wirkung. Wohingegen »Atheist« die Illusion im vorhinein ist: ein metaphysischer Hammerschlag, eine Gewissheit, eine Erscheinung auf dem Buchmarkt mit anschließender Diskussion: »Boomt der Atheismus?« Da bin ich lieber abwartender Atheist. Die Philosophie des Wartens ist, glaube ich, ein eigenes Kapitel, aber ich kann es benennen: Das Warten beschert einen Schwebezustand. Und das zentrale Problem des Wartenden ist natürlich, dass er die Gegenwart suspendiert. Das heißt, dass im Warten nie der eigentliche Augenblick da ist; wäre er da, wäre man angekommen, und gegen das Ankommen ist das Warten aber gerichtet. Das hält man Menschen wie mir ja vor: Es muss doch, sagt man, eine Entscheidung fallen, vor allem im Religiösen. Unentschieden vegetiert der Mensch. Die Glaubensgemeinschaft will Bekenntnisse, sie ist Wartenden gegenüber ungeduldig. Es gibt keinen Augenblick, der der eigentliche Augenblick ist. Und wenn man das mit dem Terminus »Warten« bezeichnet, so kann einem unterstellt werden, und das mit Recht, dass darin, im Warten, doch wenigstens eine schwache Hoffnung auf den eigentlichen Augenblick liegt.

Aber das übergeht ja das Phänomen, dass wir jetzt hier gemeinsam da sind, dass das ein Moment ist, der niemals wiederkommt.

Ja, das ist aber nur die eine Seite. Die andere Seite ist – und ich bilde mir ein, dass ich es oft genug sagen muss – dass wir uns nicht zuletzt in Formaten unterhalten und ausdrücken, also in sehr allgemeinen Sätzen und ihren Verknüpfungen. Das bedeutet, dass wir, so besonders wir uns auch immer vorkommen, in einem Interview ja nichts anderes nachvollziehen als die mittelalterliche Beichte. Foucault hat diesen Beichtdiskurs mit ein paar eleganten Hinweisen auf die gegenwärtig gebräuchlichen Formen beschrieben. Zur Beichte heute, also zum Interview, kommt noch etwas sehr Wesentliches dazu, was ich ebenfalls oft genug sagen muss: nämlich der Narzissmus, die Selbstliebe des modernen Menschen, der gerne, ja, danach lechzend, Auskunft über sich gibt. So hat unser Gespräch auf der einen Seite ein besonderes Moment. Auf der anderen Seite ist die Besonderheit dieses Moments längst aufgehoben durch allgemeine Regeln, derer wir beide ziemlich sicher sind, mit denen wir halbwegs gut umgehen können, und zwar zu jeder anderen Zeit und gegenüber jedem anderen Menschen, der die gleichen Regeln beherrscht.

Trotzdem: Wenn wir jetzt versuchen, das Format ein Stück weit zu vergessen und auf dieses Phänomen zu achten – das ist doch etwas Wunderbares letztlich, ein Geheimnis?!

Aber dieses Geheimnis würde ich vor dem Sprechen eher in Sicherheit bringen wollen. Ich wiederhole, dass ich die übliche religiöse Rede über Gott für atheistisch halte. Ich glaube, dass wir Gott, wenn wir ihn zum Subjekt von Hauptsätzen machen, leugnen. Gott ist nun einmal kein Subjekt eines Hauptsatzes. Er ist, wenn überhaupt, ein unendliches Verbinden und Trennen, Sein, Nichtsein und Werden, und gut, wenn wir in diesem Werden auch hervorgebracht worden sind. Aber dieses Geheimnis des gelebten Augenblicks, das ist eine Sache, die nur in einer Epiphanie, im Durchscheinen der Idee überhaupt sagbar ist. Man soll nicht glauben, dass solche Epiphanien eine elaborierte Sprache benötigen; die eingebürgerte theologische Sprache ist elaboriert genug, und ich bin sicher, so mancher Bischof oder Kardinal hat sinnigerweise einen Ghostwriter. Dieser Ghostwriter ist nicht der Heilige Geist, sondern nur ein Zeilenschinder. Die Sprache der Epiphanie hat keine Bildung zur Voraussetzung, ein naiver Ausruf, sagen wir in der Londoner U-Bahn oder in der U4 Richtung Schottenring, genügt. Wir haben keine Verfügung über diese Sprache; sie kann aus der Konzentration, aber auch aus der Beiläufigkeit kommen. Verschlossen ist sie nur den Routinen gegenüber, auf die man allerdings angewiesen bleibt, auch bei Gott – es ist unmöglich, immer wirklich von IHM zu sprechen, wenn man um den Anlass, es zu tun, gerade nicht herumkommt. Das Einzige, das man dagegen tun kann, ist: Nicht so tun, als sei Gott überall drin, wo Gott draufsteht. Aber diese Tatsache, diese Gegebenheit, dass ich bin, dass mir die Zeit zu sein gegeben ist, dass sie zugleich, wie immer auch theologisch vermittelt, Gott sein soll, glaube ich nicht. Man kann damit nicht nur theologisch umgehen, sondern auch literarisch. Marcel Prousts »Auf der Suche nach der verlorenen Zeit« ist der Versuch, die gelebten Augenblicke zu beschwören und durch eine Erzählung das Geheimnis dieser Augenblicke, nein, eben nicht zu enthüllen, sondern zu bewahren. »Nicht wie die Welt ist, ist das Mystische, sondern dass sie ist.« Wieder ein Satz von Wittgenstein, ein Satz, zu dem ich ein schlampiges Verhältnis pflege. Der Satz sagt meinem metaphysischen Temperament, dass die Welt eine Seite hat, an der sie unverfügbar bleibt, und was immer meine gottlose Warterei verdammenswert erscheinen lässt, eines spricht vielleicht für sie: Wenn einer die Gnade des Glaubens nicht hat, dann kann er doch nur warten, ob ihn der Glaube ereilt. Der Glaube ist für ihn unverfügbar. Soll er ihn herzaubern? Ich denke, der Umgang mit dem Unverfügbaren, das ist schon was … Ja, wenn ich gefragt bin, woran ich glaube: Man muss irgendwie, irgendwann einmal gelernt haben in einem erwachsenen Leben, dass das Unverfügbare, also das, was man nicht in der Hand hat, dass man es nicht aus dem Leben hinauswerfen darf, weil dasselbige und zugleich wir mit ihm dann sehr schnell an Intensität und an Vitalität verlieren; und das möchte man doch sein, vital, am Leben.

Sinnliche Gewissheit

Ich möchte dieses Kapitel über »Sinnliche Gewissheit« mit einer persönlichen Erinnerung beginnen: Es war 1978, als Sie eines Tages gemeinsam mit Konrad Paul Liessmann und Robert Menasse im Seminar zur »Phänomenologie des Geistes« von Professor Benedikt am Institut für Philosophie der Universität Wien aufgetaucht sind. Sie, die Sie alle drei den Doktortitel schon erworben hatten oder gerade im Begriff waren, promoviert zu werden, setzten sich in die Mitte der drei Tischfronten und verwickelten Benedikt an der vierten in Diskussionen, an die ich mich nicht mehr erinnere. Sie waren nur zwei-, dreimal da in diesem achtjährigen Lektüreseminar, das gerade beim Kapitel »Sinnliche Gewissheit« angekommen war. Nun, die »Sinnliche Gewissheit« ist das Einleitungskapitel Hegels, es dient dazu, seine Erkenntnistheorie aufzubauen. Gleichwohl ist sein Motiv, indem es auch gegen die deutsche Romantik gerichtet ist, ebenso sehr auch eine Vorwegnahme der Einstellung Hegels in seiner Kunstphilosophie, die sich dezidiertermaßen gegen die Ästhetik als eine Theorie des Sinnlichen wendet. Robert Menasse hat dann diesem Kapitel, könnte man etwas übertrieben sagen, ein ganzes Buch, einen Roman gewidmet. Ich möchte das vielleicht als Einsatz nehmen und fragen, ob Sie mit dieser Beschäftigung mit Hegel auch eine Erinnerung verbinden, beziehungsweise was diese Hegelsche Invektive gegen die Sinnlichkeit, gegen die sinnliche Gewissheit für Sie theoretisch bedeutet, besonders was die Ästhetik betrifft.

Zunächst einmal habe ich fast alles vergessen, was jemals an einem Wiener Philosophischen Institut gewesen ist. Ich habe selbstverständlich vergessen, dass ich jemals mit Menasse und Liessmann in Fragen der »Phänomenologie des Geistes« eine Barriere bestiegen oder mich hinter einer solchen verborgen habe. Grundsätzlich gilt, dass man deutlich unterscheiden muss zwischen einer Philologie Hegels, also einer Analyse oder Interpretation der Texte Hegels, und bestimmten Möglichkeiten, diese »Phänomenologie des Geistes« zum Beispiel, sagen wir ruhig, misszuverstehen und über das Missverständnis die eigenen Geschichten zu produzieren. Also strenge Hermeneutik der Hegelschen Schriften und weiterführender Umgang mit der philosophischen Erzählung, die sich in diesen Schriften befindet oder in diesen Schriften niedergeschrieben ist – das ist für mich grundsätzlich etwas anderes. Hermeneutisch bin ich der Meinung, dass es ein Irrtum ist, Hegel, auch als Kunstphilosophen, als Gegner der Sinnlichkeit vorzuführen, weil es bei Hegel in diesem dreistufigen absoluten Geist (Kunst–Religion–Philosophie) doch der Fall ist, dass in der Kunst die Idee, also das Absolute, zu einer sinnlichen Anschauung kommt. Hegel wird fälschlicherweise, aus Gründen, die mir unbekannt sind, in einem Sinn »Idealist« genannt, der für ihn nicht zutrifft. Hegel war einer der Philosophen, die, im Rahmen seines dialektischen Systems (es gibt ja weiß Gott andere als dialektische Systeme), die stabilste Balance gefunden haben zwischen Idealem und Sinnlichem. In dieser Dialektik hat das Sinnliche bei Hegel eine Schärfe, um die ihn jeder Materialist beneiden muss. Und seine Vorstellung von der Kunst, die bekanntlich für ihn ein Ende erreicht hat, ist eine, die ganz wesentlich am Sinnlichen hängt, wenngleich nicht an der sinnlichen Gewissheit. Was ist das Interessante an dieser Erzählung? Was erzählt jemandem, der wie ich die Philosophie aus vergnügter Distanz betreibt, dieses Kapitel der »Phänomenologie des Geistes« über die sinnliche Gewissheit – ein Kapitel, das übrigens nicht das Einleitungskapitel, sondern das erste Kapitel nach einer Einleitung ist. Ich glaube, es sind zweierlei Dinge, die da vor allem aufregend sind. Das Erste ist, dass der Mensch oder das Bild, das man sich von ihm machen kann, von allem Anfang an in einer charakteristischen Dialektik von Bedürftigkeit und Erfüllung dasteht. Der Mensch ist deswegen bedürftig, weil in der sinnlichen Gewissheit er sich dessen gewiss ist (und nur dessen gewiss ist), dass er etwas benötigt, und zwar etwas von der so genannten Außenwelt. Er hat nicht alles, was er benötigt, in sich, aber er ist nicht auf sich allein gestellt, sondern er wird sich selbst ähnlich, wird zum Menschen, indem er etwas aus dieser Welt herausholt und auf sich bezieht, als Nahrung zum Beispiel. Aber Nahrung gibt es, und so ist diese Geschichte vom Mangel zugleich eine Geschichte von der Erfüllung. Hegels Anfangskapitel kann vom Mangel und von seiner Beseitigung erzählen, weil es erstens Nahrung gibt und weil es zweitens das Begehren gibt, das den Menschen ebenso dazu treibt wie dazu befähigt, sich zu holen, was ihm fehlt und was er unbedingt benötigt. Der Mensch ist von vornherein in einer merkwürdigen – der Terminus ist ja bekannt – Vermittlungssituation. Diese Vermittlung ist durchaus nötig, und seine praktischen Fähigkeiten (wie seine theoretischen, die im Stadium der sinnlichen Gewissheit wohl im Sehen, im Hören, im Riechen liegen) sind darauf angelegt, den Menschen, oder sagen wir es unhegelisch, das Ich mit dem Nicht-Ich zu verbinden. So hat der Mensch schon auf der Stufe seiner Sinnlichkeit eine Welt; er korrespondiert mit ihr durch seine Not und durch seine Begierde, und es gilt wohl auch umgekehrt, dass in dieser Welt genug vorhanden ist, um seine Begierde zu wecken; es ist eine Wechselwirkung, in der der Mensch darauf getrimmt ist, dazu bestimmt ist, sich – nicht viel anders als ein Tier –, angestachelt von seiner Begierde, zu holen, was er benötigt. Der Mensch würde sterben, wäre er ohne Begierde, und andererseits ist die Welt auch so, dass sie auf diese Begierde antwortet. Es ist für den Menschen in der Welt was zu holen – das gilt im Prinzip, aber im Einzelnen gilt, dass die Menschen nicht alles kriegen, was sie sich holen wollen: Das ist der Konfliktstoff schlechthin. Aber auch die Konflikte nehmen ihren Lauf nur, weil das Ich und das Nicht-Ich »im Grunde« einander gewogen erscheinen. Das ist das eine. Das Zweite, das man aus der »Sinnlichen Gewissheit« lernt, ist, dass von allem Anfang an selbst dieses naturwüchsige Verhältnis kein bloß instinktives Verhalten bedeutet, wobei das ein Gemeinplatz sein könnte. Wo es bei Hegel allerdings grandios wird, ist, wie sich das darstellt, wie er diesen Sachverhalt darstellt, dass der Mensch auch in seinem naturwüchsigen Verhältnis zur Welt nicht in dieser Naturwüchsigkeit aufgeht. Das heißt, die sinnliche Gewissheit gehört von vornherein zu einer Geschichte des Bewusstseins. Und das Bewusstsein der sinnlichen Gewissheit, das vor allen Dingen nicht allein über Begierde vermittelt ist – das wäre ja das praktische Bewusstsein – , ist vor allem über Sprache vermittelt. Das enthält in meiner Lesart ein merkwürdiges Selbstdementi: Einerseits ist die entscheidende Kraft dieses Anfangs, das Wesentliche am Beginn der »Phänomenologie des Geistes«, ein Naturverhältnis, also etwas Nichtsprachliches, andererseits beginnt hier, weil »der Geist« ein treuer Begleiter sein soll, die lange Geschichte von »Sprache und Bewusstsein«.

Das Hier, das Jetzt. Denn wenn ich jetzt »hier« sage, brauche ich mich nur umzudrehen, und das Hier ist schon ein anderes geworden. Und Sekunden später ist das gleiche »Jetzt« schon ein anderes als jetzt. Das heißt, es entsteht in diesen Bewusstseinsformen jeweils eine Art Krise, anhand derer sich der Absolutismus jeder dieser Arten von »Bewusstseinen« verändern und verwandeln kann (wobei die Sprache das Allgemeine ist: Das Wort »Hier« bleibt Hier, auch wenn es schon ganz woanders hinzeigt). Diese Doppelgeschichte von Vermitteltheit in der Naturwüchsigkeit durch ein praktisches Vermögen bei gleichzeitiger Wandlungsfähigkeit dadurch, dass das Bewusstsein an sich selbst erfährt, dass es ein Anderes sein könnte, ja sein muss, das ist eine faszinierende Geschichte, selbst wenn man absieht vom schriftstellerischen Pathos, das Hegel von seinen besten Seiten zeigt. Dass das Hier, welches man, auf etwas Bestimmtes zeigend, sagt, gleich bleibt (es heißt immer noch »hier«) und doch etwas anderes meint, wenn man sich nur umgedreht hat, das enthält die Möglichkeit eines Spiels mit den Sinnen, also künstlerisches Potenzial, auch wenn »naturgemäß« die Schärfe der Sinne, die man einem Naturzustand zugestehen muss, in der Kunst verschwunden ist. Dies scheint mir aber die Funktion der Kunst: dass sie die ursprüngliche Sinnenschärfe »aufhebt«, in jedem Fall eine Reminiszenz davon darstellt oder, besser, herstellt. Die so genannte »Kultur«, in der die Kunstwerke eine unanstrengende Plausibilität genießen, leistet das Gegenteil: Sie hilft, alle sinnlichen Gewissheiten zuzuschütten. Es ist die Kultur eines permanenten Gesprächs über Kunstwerke und über Künstler. In diesem Gespräch werden die Kunstwerke und die Künstler verselbständigt, fetischisiert, in einem permanenten Getuschel miteinander verglichen, besprochen und eigentlich durch ihre Hochschätzung vernichtet. Ich glaube, dass keineswegs jeder Mensch ein Künstler ist; ich glaube, dass jeder Mensch ein Kunstkritiker ist. Und daher versuche ich mir zu überlegen – und da gibt es ganz bedeutende Philosophen, die das mit größerem Recht als ich getan haben: Wo und wie kann denn überhaupt ein Kunstwerk plausibel sein? Auf der einen Seite, in der so genannten »Kultur«, wird diese Plausibilität gepflegt, aber sie wird von ihren eventuell wirklich aktuellen Ursprüngen losgelöst, »aktuell« im Sinn von aktualisierenden, den Geist belebenden Umständen. Kultur in dieser Funktion ist langweilig, anödend, und ich habe die Künstlerzimmer-Gespräche im Ohr, in denen botmäßige Redakteure Schauspieler oder Sänger, also Künstler, hofieren. Ich weiß, weil ich einmal das Philosophische Institut regelmäßig besucht habe, dass der Begriff der Kunst ein relativ später Begriff ist, dass man früher von den Künsten gesprochen hat, wie ja überhaupt diese Bildung von Kollektivsingularen (»die Kunst«, »die Geschichte«) eine Konstruktion ist, für die es und gegen die es Gründe gibt. Der Kollektivsingular »Kunst« ist nicht zuletzt ein Argument der Kultur. In der Kultur sind die Künste mit einem mächtigen Begriff versehen, mit dem der Kunst, der sich in den Debatten bewährt und den eventuellen Zweifel am Sinn von Kunstausübungen im Keim erstickt. Dennoch behaupte ich, dass es, oder ich taste mich zu der Behauptung vor, dass es, was immer auch für eine Konstruktion der Begriff der Kunst sein mag, möglicherweise doch eine Grundlage für die Identität der Künste in einer Kunst gibt, nämlich: *die sinnliche Gewissheit*, diese Ursprungserfahrung, die der Mensch mit seiner Sinnenhaftigkeit macht. Es ist für mich »das Ästhetische«, also eine über die Sinne vermittelte Deutlichkeit, die die Kunst ausmacht. Diese Deutlichkeit existiert, und das ist ihre Stärke, nicht bloß in der Kunst. Ich zitiere dafür zum Beispiel Michel Foucault, der in »Das Leben der infamen Menschen« über die Kraft der Texte schrieb, mit denen Taugenichtse, »nichtige« Menschen, wenn sie der Macht in die Quere kamen, von dieser Macht und ihren Bürokraten beschrieben wurden. Bei diesen Texten tritt etwas ganz Merkwürdiges auf, das auch für die moderne Kunst wichtig erscheint; es sind nämlich Texte, die den kurzen Augenblick einer menschlichen Präsenz beschreiben, welche dann vollkommen verschwindet. Da ist nichts mehr als dieser eine Augenblick, der in diesem einen Text verwahrt ist. Dieser Text hat von mir aus jede Absicht, aber mit Sicherheit keine künstlerische. Und dennoch ist so ein Text an einem wesentlichen Punkt von einer hohen sprachlichen und menschlichen Kraft, weil er, wie gesagt, Existenzen in einem bestimmten Moment durchdringt und sie dann in die Vergänglichkeit entlässt. Das ist für mich ebenso eine vornehme Aufgabe der Kunst. Es ist die »sinnliche Gewissheit«, ein Changieren von einem scharfen Sinneseindruck zu dessen Verschwinden (dem Eingeständnis seiner Flüchtigkeit), das mir die Kunst bedeutend macht. Hegel hat in der Kunst die Bedeutung, die Idee, der sinnlichen Gewissheit vorgezogen; er hat, habe ich einmal jemanden sagen hören, die sinnliche Gewissheit in seiner Kunstphilosophie »eher zu einem Abstoßungspunkt« gemacht, »um sofort als Erstes die Idee im sinnlichen Scheinen einzuführen«. Aber ich glaube, dass das idealistische Räderwerk, die Dialektik, in der Frage der sinnlichen Gewiss-heit ambivalent bleibt: Einerseits gilt die sinnliche Gewissheit nicht viel, und so wie sie am Anfang der »Phänomenologie des Geistes« erscheint, ist sie auch ein Armutszeugnis, ein primitiver Zustand, der den Geist in seiner

Rückständigkeit charakterisiert. Jeder Mensch muss, seiner geistigen Bestimmung wegen, darauf achten, in diesen Zustand nicht zurückzufallen. Andererseits, wenn ich es recht verstehe, ist in Hegels Konstruktion die Auffassung enthalten, dass jede Stufe des Geistes die vorangegangene enthält, und das bedeutet, dass die Schärfe, nämlich die Gewissheit der Sinne auf jedem Niveau am Werk ist. Wenn die Sinnenschärfe auslässt, dann ist man zum Beispiel in der abstrakten Welt der Kultur, in der alles gemütlich plausibel erscheint, ohne dass es Konturen annehmen musste. In der Kultur ist die Kunst anerkannt, aber weil das um den Preis der Entsinnlichung der Kunst geschieht (die nicht wenige Künstler, die in der Kultur gefallen wollen, ebenso betreiben), weil das um diesen Preis geschieht, ist die Kunst in der Kultur gleichgültig. An dieser Stelle kann ich sagen, was unter anderem der langen Rede kurzer Sinn war: Ich bin ein Anhänger der so genannten Avantgarde; ich habe in den »Schreibkräften« einen sehr langen Aufsatz über Konrad Bayer geschrieben – und das, obwohl ich zugeben muss, ohne dazu berufen zu sein: Ich habe weder biographisch mit diesem Helden und seiner Zeit zu tun noch habe ich im Ideologisch-Politischen eine Meinung, die irgendeiner der seinen näher kommen dürfte. Außerdem bin ich für das Verständnis der konstruktiven Kalküle von Konrad Bayers Arbeit zu wenig klug. Aber ich erlebe mit, wie die Kultur (ach, die vielen Erzähler!) diese Arbeit marginalisiert und allmählich unverständlich macht. Bayers Montagen des Flüchtigen, seine Strategien des Sinnlichen lese ich als Auflehnung gegen die reizlosen Plausibilisierungs- und Einverleibungsübungen der Kultur. Was immer auch Bayers konstruktiver Geist an intellektuellen Leistungen zusammenbringt, diese Leistungen sind zugleich in einer sinnlichen Gewissheit verankert, und zwar oft so, dass die Texte »peinlich« wirken, will sagen, sie erzeugen beim Leser (paradoxerweise bei dem, der einen Sinn dafür hat) körperliche Reaktionen – und das hilft, wenn man selber schärfer denken will.

Eins von den Dingen

Dass der Alltag grau sei, halte ich für eine irreführende Ansicht, bei der das Graue im Auge des Betrachters liegt. Ja, ein Mensch, der als »aufgeklärter Anhänger der Massenkultur« gelten will und der eine Zuneigung zur Soziologie empfindet (das heißt, der etwas Emotionelles einer Disziplin entgegenbringt), was sollte der auch für die Alltagsverachtung übrig haben? Alltag ist der enge Rahmen, in dem die Menschen sich die meiste Zeit tatsächlich bewegen und auf den sie, nachdem die Feste gefeiert sind, unbedingt wieder zurückfallen. Dem Alltag entkommt keiner.

Aber ich teile die Sehnsucht nach den Ausnahmezuständen nicht, die die Alltäglichkeit ausradieren sollen, damit der Mensch »eigentlich«, also »konzentriert« außerhalb seiner alltäglichen (scheinbaren) Ungenauigkeiten existieren kann. Ich behaupte, alle Menschen sind auch das, und zwar ganz »eigentlich«, was sie im Alltag sind und darstellen. Darstellen heißt: Jeder muss sich im Alltag inszenieren, in Szene setzen, und es waren die klügsten Soziologen, die aus dem Alltagsverhalten eine Dramaturgie herauslesen konnten. Der Alltag besteht nicht zuletzt aus einer Reihe von Aufforderungen, sich zu zeigen, sich zu geben, sich rauszuhalten oder sich einzubringen, sich zu verhüllen oder selbst enthüllt zu werden. Und ich bin ein Bewunderer, ja ein unglücklicher Liebhaber vor allem des städtischen Alltags: Wie die Leute sich an Regeln halten, wie sie auf die Verletzungen der Regeln reagieren, wie sie einander durch ihre Anonymität schonen – was für eine hervorragende Leistung, die ich niemandem so leicht zutraue und zumute. Dieser Alltag, von dem ich spreche, ist ein Synonym für Frieden, das bedeutet, dass seine kriegerischen Aspekte die Ausnahme sind und als Ausnahmen bekämpft werden. So liebe ich den Frieden, ohne den Kampf zu verachten.

Aber meine Liebe zum Alltag ist unglücklich. Das kommt davon, dass ich auch einer bin, der mit dem Alltag nicht fertig wird. Davon rede ich immer gerne, denn es sind sensationelle Geschichten, die sich aus der Unfähigkeit, zurechtzukommen ergeben, zum Beispiel, wie ich damals ... Na ja. Eine meiner Lieblingsfloskeln, mit denen ich mich gerne ins Gespräch bringe, lautet: »Als ich Lektor war.« Zu den Büchern, die ich schon kannte, als sie noch Manuskripte waren, zählte Herbert J. Wimmers »Nervenlauf«. Als ich Lektor war, hatte ich meine nicht uneitle Freude daran, dass ich am Erscheinen des Buches beteiligt war. Der Titel erinnerte mich gleich an meine Nerven, die ich oft wegwerfe, weil ich auch einer bin, der allzu genau erfahren hat, was der Untertitel, »Die Tücke der Objekte«, bedeutet.

Ja, es sind kurze Texte, aus denen der »Nervenlauf« besteht, und wie die Nerven im Titel nehmen die Texte, einander rasch abwechselnd, ihren Lauf. Kaum hat man eine der Katastrophen, die die Nerven laufen machen, begriffen, folgt – wie im Leben – schon die nächste. Für mich war's eben nicht in erster Linie schriftstellerische Virtuosität des Autors, die mich an seinem Buch faszinierte; es war das Thema, mit dem ich mich selber theoretisch und praktisch, in jedem Falle aber aussichtslos, herumschlage: die Tücke des Objekts. Es gehört zu den schönen Seiten der Bildung, dass man leicht wissen kann, woher diese Metapher kommt. In Friedrich Theodor Vischers »Auch einer. Eine Reisebekanntschaft« sucht ein Mensch verzweifelt einen Schlüssel: »An solch hündisches Suchen muss ich meine arme kostbare Zeit verschwenden!«

Der Schlüssel im Roman passte wie ausgemessen unter den Leuchterfuß. Dort, unterm Leuchter, auf dem Tischchen am Bett war er praktisch unauffindbar. Und jetzt kommt es – der Ausruf des Geplagten bei Vischer lautete: »Wer kann nur daran denken, wer auf die Vermutung kommen, wer so übermenschliche Vorsicht üben, solche Tücke des Objekts zu vermeiden!«

Damit war die »Tücke des Objekts« auf der Welt. Man entgeht ihr nicht, es sind die Kleinigkeiten, die einen auffressen. Brecht erzählte es als Heldengeschichte: »Den Haien entrann ich / Die Tiger erlegte ich / Aufgefressen wurde ich / Von den Wanzen.« Aber Wanzen sind lebendige Wesen; sie tun etwas dafür, dass sie leben. Die Dinge aber, die die Nerven in Trab halten, leben nicht einmal. Man kann ihnen nichts tun. Man kann sie kaputtmachen, aber es tut ihnen nicht weh, dafür sind sie die Dinge. Kein Mensch kann es einem Schlüssel heimzahlen, was der einem antut, wenn man ihn suchen muss. Oft habe ich schon erzählt, wie ich wochenlang meine Wohnungstüre unversperrt ließ, weil ich in der Wohnung den Schlüssel nicht mehr fand, und erst nachdem ich aufgehört hatte, ihn zu suchen, weil ich mich an den Zustand der Offenheit gewöhnt hatte, entdeckte ich ihn zufällig und musste von nun an andauernd die Türe zu- und aufsperren. Der Alltag war mir wieder erschwert, und ich nannte meinen Schlüssel ein für alle Mal: den Schlüssel der Dinge.

Die Dinge haben keine Seele, und sie fühlen nicht wie du den Schmerz. Im »Nervenlauf« allerdings heißt es unter »brotschneidemaschine«, dieser schon vom Wort her gefährlichen Vorrichtung, ganz knapp und folgerichtig: »nein, schreien objekt und subjekt gleichzeitig.« Das ist die Verschmelzung von Subjekt und Objekt im Schmerz. Es ist ein mystischer Vorgang, bei dem Blut fließt und bei dem ein Nein Ausdruck der unauflöslichen Verbindung ist. Eine Brotschneidemaschine ist aufgrund ihrer natürlichen Gefährlichkeit beredt, im Notfall hört der Mensch ihren Aufschrei – aber immer zu spät, wenn das Blut schon fließt. Im »Nervenlauf« kippt das Reale ins Surreale, eine literarische Parallelaktion, weil in der »außerliterarischen Wirklichkeit« das Umgekehrte andauernd zu passieren scheint: Dort kippt das Surreale ins Reale, zum Beispiel wenn man wieder einmal seinen Schlüssel sucht. Bizarr ist Wimmers Geschichte »mokkalöffel«: Bei einem Festessen, die Schrammelmusik geigt auf, bleibt ein Mokkalöffel im Kaffee stecken. Fest steckt der Löffel im Mokka. Der Ehrengast zerrt verbissen am Löffel, seine Adern schwellen an. Der Schluss ist ebenso musikalisch wie folgerichtig: »wird der jubilar vom schlag getroffen, schluchzen schrammeln auf.«

»Die Tücke des Objekts«: Wittgenstein hielt diese Metapher für einen »unnötigen Anthropomorphismus«, ja sogar für einen »dummen Anthropomorphismus«. Selten scheint sich Wittgenstein so geärgert zu haben wie in den »Vermischten Bemerkungen« über diese unnötige und dumme Tücke des Objekts. Bei seinem Ärger kommt sogar der Teufel zu Ehren. Es genüge, sagt Wittgenstein, »Welt« zu sagen, und in der Welt zerbrechen, rutschen die Dinge und stiften – auf der Basis der Naturgesetze – alles mögliche Unheil an: »Man könnte von der Tücke der Welt reden; sich leicht vorstellen, der Teufel habe die Welt geschaffen, oder einen Teil von ihr. Und es ist nicht nötig, ein Eingreifen des Dämons von Fall zu Fall sich vorzustellen; es kann alles, ›den Naturgesetzen entsprechend‹ vor sich gehen; es ist dann eben der ganze Plan von vornherein aufs Schlimme angelegt. Der Mensch aber befindet sich auf dieser Welt, in der die Dinge zerbrechen, rutschen, alles mögliche Unheil anstiften. Und er ist natürlich eins von den Dingen.«

Ich verstehe, dass der Philosoph die Metapher von der Tücke des Objekts für eine Verniedlichung hält. Die Wahrheit, so Wittgenstein, sei viel ernster als diese Fiktion von der Tücke. Wer diesen Ernst begreifen will, der lese Wimmers »Nervenlauf«. Ach, ich verstehe: Es kann keinen dauerhaften Frieden zwischen den Menschen und den Dingen geben, nicht zuletzt, weil der Mensch unter Umständen selbst ein Ding ist, und das heißt wohl, weil auch er zerbricht, rutscht und alles mögliche Unheil anstiftet.

Der Tod und die Dinge

Herr Schuh, Ihre grundsätzliche Einstellung zu materiellen Dingen – wie fassen Sie diese in Worte?

Meine Einstellung zu materiellen Dingen? Ja, ich bin sozusagen ein Materialist, und alle Materialisten sind von Natur aus Idealisten, weil sie das Materielle oder die materiellen Dinge überbetonen, also idealisieren müssen. Materialismus wie jeder Ismus ist ein überwertiger Gefühlsinhalt , das heißt einfach: ein Komplex. Und in diesem komplexen Sinne bin ich Materialist und wundere mich daher erfreut über einen geistigen Trend, der die letzte Zeit über anhält: Es ist die Lust (oder der Zwang), Menschen über Gegenstände zu befragen, als ob Gegenstände in der Tat etwas Wesentliches wären; sie sind auch wesentlich, aber diese Hauptrolle, die sie plötzlich zu spielen beginnen, kann ich mir nur daraus erklären, dass die größeren, die übergeordneten Ideen zu riskant geworden sind. Die Leute riskieren das nicht mehr, jetzt wollen sie in der Gegenständlichkeit Fuß fassen und eine Heimat haben.

Ein Beispiel? Sie selber haben gesagt, ja, Sie? … oder meinten Sie, Sie werden tatsächlich befragt?

Nein, bitte, nicht stottern. Ich weiche keiner Frage aus – und sei sie noch so schwerwiegend wie die Frage nach der Welt der Gegenstände und meinereins mitten drin. Über manche Fragen freue ich mich aber so sehr, dass ich sie befrage und auf diesem Weg »auseinandernehme« – so wie Kinder angeblich ihre Lieblingspuppen auseinandernehmen. Als Kind habe ich keine einzige Puppe auseinandergenommen. Was nun die Frage betrifft: In der gesamten Kultur gibt es vorherrschend ein Interesse an Gegenständen. Das ist aus meiner Sicht auch eine Bewegung gegen die alte Kritik am Vorrang der Gegenstände. Diese Kritik war gegen die Sakralisierung der Kaufakte gerichtet, gegen das Sichaufgeben an die Gegenstände; eine Kritik, die nicht zuletzt am Wort »Verdinglichung« hing. Und siehe da, heute ist man bereit, diese Verdinglichung zu feiern, zu zelebrieren und zu sagen, diese (in Kaufakten erstandenen) Gegenstände bedeuten mir etwas. Versteht man das als Sprache der Verdinglichung, lautet der Text wirklich: Ich bedeute durch diesen oder jenen Gegenstand etwas. Man interessiert sich für meine Bedeutung: Gerade hat mich jemand angerufen, um mich zu fragen, ob ich nicht Lust hätte, irgendetwas über Möbel zu sagen. Und vorgestern hat mich jemand angerufen, um mich zu fragen: Haben Sie nicht Lust, über verlorene Gegenstände etwas zu sagen? Vielleicht auch über Gegenstände, die außerhalb des Gebrauches sind. Was für eine Affirmation, was für eine Übereinstimmung, ja es ist geradezu ein Glück mit der Verdinglichung, das die Menschen derzeit haben.

Sie betrachten diese Entwicklung skeptisch oder Sie ertappen sich durchaus auch selber, dass Sie da ähnlich denken oder ähnlich empfinden?

Ich betrachte diese Entwicklung nicht skeptisch, aber auch nicht unskeptisch. Sie ist mir egal. Oder um es politisch, also wie ein österreichischer Ex-Finanzminister, zu sagen: I couldn't care less. Oder, um es wie ein ehemaliger österreichischer Bundeskanzler zu sagen: Es berührt mich so, wie mich das berühmte Fahrrad berührt, das in Peking jetzt umfällt. Man kann nämlich zusehen, wie die meisten Mainstream-Konzepte sich schön langsam ändern (manche auch ganz plötzlich) und wie die Änderungen eine neue Konstellation zusammenbringen. Man weiß, es wird vorübergehen, und irgendwann kommen wieder die allumfassenden Ideen, und man wird die Leute wieder nach Gott, nach der Geschichte und der Politik und vielleicht sogar wieder nach dem Wesen des Fernsehens fragen. Aber derzeit haben wir Gegenstände auf dem Stundenplan, und mein Verhältnis zu Gegenständen ist nicht zuletzt von einer bestimmten – sagen wir's einmal harmlos – gespenstischen Tatsache bewegt, nämlich: Was sagen einem Gegenstände, wenn der Mensch, dem sie zur Verfügung standen, gestorben ist? Nach dem Tod haben für die Überlebenden die Gegenstände, die dem Verstorbenen zu Diensten waren, einen merkwürdigen Charakter. Sie sind funktionslos geworden, weil ihr Herr oder ihre Herrin nicht mehr da ist, aber sie transzendieren diese Funktionslosigkeit – sie sind metaphysisch geworden, denn sie erinnern die, die ihn gekannt haben, an den für ewig abwesenden Besitzer, der der Dingwelt, in der wir eine Zeitlang noch anzutreffen sind, Adieu gesagt hat. So sehen Sie, zu welchen Gedanken über die Gegenstände ein Materialist in der Lage ist.

Herr Doktor Schuh, wir sind nun so weit, dass wir zum Gegenstand kommen könnten, den Sie als für Ihre Person charakteristisch ausgewählt haben. Wären Sie so lieb, mir ein Bild von Ihrem Gegenstand zu machen.

So lieb ja, so weit noch nicht. Ich will noch eine Geschichte hier unterbringen. Ich hatte einen Schulfreund, den hatte ich aus den Augen verloren. Es ist die böseste Form der Untreue,

Menschen, mit denen man, an ihrer Seite lebend, vertraut war, durch die man die Welt zu verstehen gelernt hat, auf das Ausgedinge des Gedächtnisses zu setzen. Dass man sich ihrer eines Tages erinnert, hat schließlich etwas Schäbig-Nostalgisches. Hin und wieder kommt einen halt die Lust an, sie aus dem Gedächtnis hervorzuholen. Man möchte plötzlich etwas von ihrer Gegenwart wissen. Mit meinem Schulfreund hatte ich viele Reisen unternommen, und auf Reisen hatten wir eine – ich erkenn's erst heute –, eine überaus fragwürdige Aufgabenteilung; sie hat ihm am Ende nicht wirklich gefallen können: Er war für das Organisatorische, für das Technische, für die Logistik der Reisen verantwortlich. Ich hingegen fürs Kommunikative, ich sprach Menschen an, knüpfte Beziehungen, etablierte Beziehungen, und heute, wo ich auch solche Dinge zu verstehen gelernt habe, ist mir klar, dass es in einer Hinsicht ein parasitäres Verhältnis war: Ich war doch selber ängstlich, hatte vor Menschen Angst und war, wenn ich allein war, unfähig, Beziehungen zu knüpfen. Ich benötigte seine um vieles größere Unfähigkeit, damit ich auf Reisen den Gesellschaftsmenschen machen und er mir – im wörtlichen und im übertragenen Sinne – den Koffer tragen konnte. Diese Relation enthält genug an Gründen für die spätere Entfremdung nach dem Muster: Jeder geht einen anderen Weg, mit der Fürbitte, dass die Wege einander nicht mehr kreuzen und man nie wieder an den Ausgangspunkt erinnert wird. Mein Schulfreund war ein komplizierter Mensch, immer leicht an der Grenze, beleidigt zu sein. Als er einmal fand, ich hätte beim Basketballspiel, wie man in Wien sagt, »largiert«, also nicht alles gegeben, um den Sieg zu ermöglichen, da sprach er über Wochen, ja Monate kein Wort mehr mit mir. Dieses Nichtsprechen war, wie ich es nachträglich sehe, eine wesentliche, ihm eingebläute Existenzform; es war sein persönliches, privates Markenzeichen, ein Brandzeichen: Sein Vater, ein physisch großer Mann, von dem der Sohn nicht die Körpergröße, aber die etwas große Nase geerbt hatte – also nichts Gutes, sondern etwas Quälendes –, sein Vater sprach mit dem Sohn und mit dessen Mutter Jahre nicht. Der Grund: Der Sohn war – gegen den väterlichen Willen – aufs Gymnasium geschickt worden. Die Mutter arbeitete nachts für die Post, Briefe sortieren in der Westbahnhof-Filiale. Auch der Sohn verdiente dazu: Er kochte, ja, er kochte manchmal in einem chinesischen Restaurant, damals, als es in der Stadt nur das eine am Ende der Mariahilfer Straße gab. Dort kochte er, ein sechzehnjähriger Gymnasiast, ein Mittelschüler, wie man in Österreich sagt. Und zu Hause schwieg der Vater. Ich weiß nicht, und es fragt mich auch keiner, aber da reden die Leut' herum, dass alle sich nichts mehr wünschen als Familie. Die Werte, die jetzt neu sind, das sind die alten Werte. Von mir aus, aber dafür muss man vergessen können – obwohl es immer noch täglich in der Zeitung steht –, was Familie auch bedeuten kann: den Hort des ausgelebten Wahnsinns. Ja, mein Freund und ich, wir waren wahre Familienmenschen, und wenn ich jetzt nachdenke, fällt mir ein, dass seine an der Grenze des Beleidigtseins angesiedelte Mentalität mir entgegenkam: Mein beleidigter Freund bot mir stets eine Chance, mich zu rechtfertigen und meine Schuld, meine übergroße Schuld im Freundschaftsdienst abzuarbeiten. Ich habe mein Leben lang irgendjemanden gehabt, an dem ich den Berg, nein das Gebirge meiner Schuld abarbeiten habe können. Vergelt's Gott. Das einzige, was gegen Schuldgefühle hilft, ist, schuldig zu werden, sich mit wirklicher Schuld zu beladen, und da hab' ich mir auch genug geholfen. In jenen Kinder- und Jugendtagen konnte ich nichts dafür, alte Unschuld macht nostalgisch. Ich bin vor einiger Zeit in die Mariahilfer Straße gewandert und in das Haus gegangen, in dem mein Schulfreund mit seinen Eltern und seiner Schwester wohnte. Ich stand im Hof des ärmlichen Gebäudes und war wieder mit dem Vergessen konfrontiert: Ich hatte vergessen, ob es die Stiege rechts war im vierten Stock oder die Stiege links im vierten Stock, wo ich seinerzeit tausende Male hinaufgelaufen war, um an der Wohnungstür meines Schulfreundes zu läuten. (Erst später, in einem Traum, fiel die Entscheidung: Es war die Stiege rechts.) In der Wohnung im vierten Stock hatten wir Feiern exekutiert, Festlichkeiten abgehalten, wenn wir wieder ein Schuljahr geschafft hatten. Wir tranken – es hatte sich eingebürgert – eine Flasche Whisky, ja, da waren wir siebzehn, siebzehn Jahre, und ich hatte fast schon eine Glatze: Johnny Walker Red Label, heute, wo ich allein trinke, ist es Black Label und nichts als Black Label. Ich lebte während meiner Schulzeit in engen, vielleicht in noch engeren Verhältnissen als mein Freund, jedenfalls scheint mir heute das Zimmer, in dem wir damals herumsaßen, tranken und feierten (auch wenn es nichts zu feiern gab), wie eine Bude zum Zusammenquetschen von Menschen. Aber damals, naja, es war, wenn wir uns allein darin aufhalten durften, von festlichem Glanz erfüllt. Wir tauschten Lebenserfahrungen aus, während wir tranken. Wir logen einander nicht an, auch aus pragmatischen Gründen: Die Lebenserfahrungen, die wir hatten, waren uns ebenso wichtig wie fragwürdig, wir hatten keine anderen, wir mussten die, die wir hatten, besprechen; es wäre Zeitvergeudung gewesen, uns Lebenserfahrungen vorzumachen, die wir gar nicht hatten. Mir, dem alles Praktische fremd geblieben ist, hat mein Schulfreund, der die Technische Universität mit dem Doktorat absolvieren sollte (auf so was sind wir Kleinbürger stolz, auch wenn es ein Freund war und nicht wir selber, der die Härte eines technischen Studiums ausgehalten hat), mir hat mein Schulfreund bei den Darstellende-Geometrie-Aufgaben unvergesslich geholfen. Da musste man kompliziert gezeichnete Körper auf Zeichenpapier mit Farbe bespritzen (ein mir heute unerklärliches Verfahren), sodass die Zeichnungen metallen glänzten und nach Fleiß und Industrie aussahen. Ich habe das spannende Gefühl in Erinnerung, das regelmäßig entstand, wenn ich in der Rolle des Urhebers der schulischen Autorität meine Zeichnungen hinhielt: ein befremdliches Gefühl gelungengefälschter Identität. Er war ein Freund, ich hatte ihn gern; mir macht das Wort *mein* Freund Angst. Mein Freund war ein schlechter Schüler, »grottenschlecht« sagen die Deutschen. Er war das, worauf allgemeinbildende Anstalten überhaupt nicht eingestellt sind: eine Spezialbegabung, eine radikale Spezialbegabung. Wir wälzten uns durch die Schuljahre, erniedrigt und gedemütigt, geschunden, und am Ende, als wir es doch geschafft hatten (wir waren durchgekommen), hatten wir keine Kraft mehr, um zu triumphieren. So wird der Bürger gemacht. Mein Schulfreund war dabei, als mein Vater paradox auf einen meiner glücklichen Augenblicke in der ätzend dahinfließenden Schulzeit reagierte: Wir hatten was zu feiern, ich weiß nicht mehr was, und da begegneten wir auf der Straße vor meinem Wohnhaus meinem Vater. Es kam zu einem Gespräch, einem Plausch, und der Vater hatte Ursache, mich auf offener Straße zu verprügeln. Die Prügel sind nicht der Rede wert; ich rede nur davon, dass mein Freund dabei war, als ich sie bezog, und davon, dass mein Herz voll Freude gewesen war, und dass plötzlich, durch Schläge hervorgerufen, mein auf Freude eingestimmtes Herz einen totalen Stimmungswandel durchleben musste. Die Hochstimmung wurde niederschlagen, und mein Freund war dabei – so wie ich dabei war, wenn sein Vater schwieg. Es wäre auch nicht anders möglich gewesen, denn sein Vater schwieg ohne Unterbrechung. Meiner war dagegen immer zu haben für einen Plausch mit unbestimmtem Ausgang. Bin ich derselbe geblieben, der ich damals war? Die einzig richtige Antwort: ja und nein. Und mein Freund, wer ist er geworden? Im Jahr 2007 – ein novemberartiger September, ich hatte Zeit, das Buch über die Güte (»Hilfe. Ein Versuch zur Güte«) war gerade abgeschlossen – blätterte ich im Internet nach seinem Namen. Es war bloß eine Laune, vielleicht mit der Aussicht auf eines dieser verlegenen Gespräche, bei denen keiner weiß, was er sagen soll, und jeder dennoch denkt, man sei – früherer Zeiten wegen – einander ein paar Worte schuldig. Der Name meines Freundes kam mir am Bildschirm sofort entgegen. Neben dem Namen stand eine Klammer und in der Klammer die Jahreszahlen: 1946 bis 2003. Mein Schulfreund war tot, und jener Teil des Lebens, der wohl für ihn auch nicht der unwichtigste gewesen sein konnte, war seit 2003 in mir begraben. Dieses Begräbnis ist meine Geschichte; es gibt aber nach dem Tode meines Freundes etwas zu berichten, das zur anderen Geschichte gehört.

Die andere Geschichte?

Dass man es nicht erträgt, die Dinge, die einem Menschen gehörten, nach seinem Tode in ihrer gespenstischen Funktionslosigkeit übrigzulassen. Ich weiß nicht, wer mein Freund während der Lebenszeit, in der unsere Freundschaft höchstens eine Erinnerung war, gewesen ist. Er war Direktor, Geschäftsführer, und das 28 Jahre lang. Wieder hat er durchgehalten; er ist auch Hausbesitzer geworden, das Haus trägt seinen Vornamen, und im Haus an der Wiener Peripherie vermietet die Witwe eine Wohnung, eine Ferienwohnung für zwei bis sechs Personen. Dieser Wohnung, die im Netz inseriert wird, verdanke ich zum einen die wenigen Informationen über den Freund. Zum anderen aber erfuhr ich durch eine andere Eintragung im Netz, dass dieser Schulfreund ein Sammler gewesen ist. Seit den achtziger Jahren, so hieß es, »galt seine Liebe den Kochbüchern«, und weiter hieß es, »die er liebevoll sammelte«. So viel Liebe. Nach seinem Tod, schrieb die Witwe im Netz, habe sie festgestellt, es seien 829 Bücher gewesen (»systematisch geordnet, das älteste Buch aus dem 18. Jahrhundert«), und er, mein Schulfreund (der über diese Rolle, die er für mich innehatte, zum Beispiel als Sammler von Kochbüchern längst hinausgewachsen war) liebte es, so hieß es im Netz, »daraus zu kochen, aber er liebte es auch, die lustigen Geschichten darin zu lesen«. Diese Kochbücher hatte die Familie meines gewesenen Schulfreundes dem allerbesten Restaurant von Wien vermacht, auch deshalb, weil mein Freund seinerzeit in der Nähe des Areals, auf dem später das beste Restaurant Wiens errichtet wurde, Hochzeit gefeiert hatte: im Kursalon; und ich war auf seiner Hochzeit nicht eingeladen. Nun kann man behaupten, Bücher seien keine Dinge, weil sie über ihre Dinglichkeit hinaus einen Inhalt haben, der sie von dieser Dinglichkeit befreit. Aber man kann auch umgekehrt sagen, gerade deshalb zeigen Bücher, wie sehr einem Dinge, Gegenstände etwas bedeuten, einem ans Herz wachsen können. Büchern ist die Bedeutung eingeschrieben, die sie für uns haben. Um so weniger wird man Bücher nach dem Tode eines Menschen, der sie liebevoll gesammelt hat, funktionslos zurückbehalten. Ich würde mich fürchten, dass die Bücher, die mir nicht viel bedeuten, durch die Bedeutung, die sie für einen anderen hatten, mich ständig an sein Nichtsein (und in der Folge davon an den Tod überhaupt) erinnern. Man vererbt sie lieber und stellt sie in der Öffentlichkeit aus. Ein solches Erbe der Allgemeinheit zur Verfügung zu stellen, schmeichelt dem Wert der Gegenstände, die für einen einzelnen Privatmenschen so wertvoll waren. Die Öffentlichkeit hebt das Spezifische, das rein Private auf, ohne es zu vernichten. Im Gegenteil, eine Ausstellung ist eine Würdigung des Werts, sie trägt zur Wertsteigerung bei. Außerdem hat man das Erbe bei sich zu Hause aus dem Weg geräumt; es steht nicht da und ist beredt. Im ersten Stock des Restaurants kann man nun die alte Kochbuchsammlung in zwei großen Bücherkästen sehen; eine Leihgabe. Übrigens steht beim Eingang des Nobelrestaurants, wie ich im Netz lese, ein von meinem Schulfreund verfertigtes Kochbuch in Menschengröße.

(Es folgt ein längeres Schweigen und dann doch wiederum eine Frage.)

Aber was ist nun Ihr Ding?

Mein Ding ist eine Tasche, aber keine besondere Tasche, eine gewöhnliche Tasche, die es für wenige Euro zu kaufen gibt ... Ich hole sie jetzt vom Schreibtisch, sie ist im Augenblick etwas schwer, und ich lege sie in meinen Schoß und halte sie mit beiden Händen fest, damit sie nicht runterrutschen kann. Sie ist ganz billig, ordentliche Menschen, die in der Gesellschaft etwas gelernt haben, bekommen solche Taschen geschenkt, bei Kongressen der Pharmazie etwa, bei Ärztekongressen, bei Raumfahrerkongressen. Diese Taschen haben unendlich viele Nachteile, aber einen Vorteil – sie haben viele Untergruppen von Taschen, kleine Taschen in der großen Tasche, die den Rahmen abgibt (*er hält jetzt die Tasche ans Mikrophon*); und das war das Geräusch, wenn man so ein

Ding öffnet, eine ganz kleine Taschenuntergruppe hier unten am Rande der Tasche – da hört man diese grandiose Erfindung, eine der größten Erfindungen der Menschheit schlechthin: den Zippverschluss, den Reißverschluss, über den Professoren der Kulturgeschichte feurige Glossen in Tageszeitungen schreiben. Schon 1851, ja 1851, hatte der Amerikaner Elias Howe – gilt der nicht auch als einer der Erfinder der Nähmaschine? –, Howe hatte das US-Patent Nr. 8540 für einen »automatisch fortlaufenden Kleiderverschluss«. Aber erst der Krieg brachte den Durchbruch. Im Ersten Weltkrieg waren die Fliegeranzüge der Amerikaner mit Reißverschlüssen ... Ja, ja der Krieg ist der Vater aller Dinge. Der Reißverschluss, er hielt rasch Einzug in die Haute Couture und in die Freizeitmode. Aufreißen! Die Mühsal des Knöpfens fällt weg. Da laufen die Kulturhistoriker heiß. Die Kulturhistoriker sollen leben! Ich erinnere mich nur an einen Trailer von »Criminal Intent«. Die objektive Stimme, die den Kriminalfilm dem Fernsehpublikum anpreisen sollte, rief marktschreierisch: »Tod eines Historikers.« Man sah einen bewegungslosen Herrn im Bett, und dazu ertönte die Stimme einer im Film handelnden Person: »Der ist jetzt Geschichte.« Der Tod und die Dinge. Und diese Tasche (*er klammert sich an seine Tasche*) bedeutet natürlich in meiner Metaphysik vor dem Tode wirklich allerhand. Sie hat es nämlich mit Ordnung zu tun. Ich habe, wie alle Menschen, ein Ordnungsproblem. Die einen haben ihr Ordnungsproblem durch Pedanterie und Starrsinn, und die anderen haben das Ordnungsproblem durch Chaos. Ich neige zum Chaos. Und einem Menschen im Chaos sind die Taschen enorm hilfreich. Oder mir insbesondere ist diese Tasche hilfreich. Ich bin nämlich kein sonderlich gebildeter Mensch, und ich arbeite im Bildungsgewerbe und muss mir also immer das Gebildete und die

Bildung zurechtlegen. Ich kann die Bildung nicht frei schwebend anzapfen oder auch nur zurechtgelegt lassen, ich muss sie sammeln und ordnen, bevor ich selbst etwas Gebildetes, das schließlich zur Bildung beiträgt, sagen kann. Ich entnehme einer Bibliothek, im besten Fall meiner Bibliothek, ein Buch. Dann entnehme ich zum Beispiel Notizen aus meinem Schreibtisch und bewahre sie für eine spezifische Aufgabe in meiner Tasche auf. Für eine solche, ganz spezifische Aufgabe hat man verschiedene Untergruppen, vergegenständlicht gesagt: Seitentaschen. Es gibt kleinere Bücher, etwa Reclam-Taschenbücher, die der gebildete Mensch absolut benötigt – er kann sie in eine der kleinen Seitentaschen hineingeben, wohingegen die großen Brocken für die Bildung und für die Äußerung des zukünftig Gebildeten in der Haupttasche drinstecken. In der Haupttasche besteht die Möglichkeit, dass man zum Beispiel größere Mappen hineintut, etwa von Aufzeichnungen, die eine jahrelange Arbeit dokumentieren. Ich kann natürlich auch persönliche Sachen in meine Tasche tun, etwa das Schweißtuch: Der Schweiß rinnt einem bei der Intelligenzarbeit von der Stirn, das weiß niemand, der nicht selber am Schreibtisch sitzt, denn die Leute glauben, Schreibtischarbeit sei nicht anstrengend. Aber wenn man zum Beispiel von der Computerarbeit eine Maushand bekommt, also schmerzhafte Entzündungen im Handgelenk, dann benötigt man ein Mittel, mit dem man die schmerzenden Stellen einreibt.

Welche Seitentasche wäre da zuständig?

Zum Beispiel diese mittelgroße Tasche an der Vorderfront der Tasche; sie ist dafür ideal. Man muss aber vorsichtig sein, dass man Salben oder alles, was für die Gesundheit zu brauchen wäre, nicht unter die wertvollen Gegenstände der gerade zusammengesammelten Bildung hineinmischt. Sonst hat man plötzlich Verunstaltungen durch Flüssigkeiten und Cremen und so weiter, und das wäre schrecklich. Ich muss zugeben, ich rühre Bücher, die mit Fettflecken übersät sind, nicht mehr an, selbst wenn ich es war, der diese Fettflecken verursacht hat.

Betrachten wir die Tasche noch genauer. Gibt es da auf der Seite – nein, hinten ist offenbar kein –

Nein, Sie irren natürlich. Hinten ist ein idealer Platz für Schlüssel, man hat am besten mehrere Schlüssel, denn man verliert pro Tag zwei, drei Schlüssel, der vierte oder fünfte Schlüssel ist dann hier, und der rettet einen, und man kommt dann mit Müh und Not tatsächlich an seinem Arbeitsplatz an, den man, wenn man vernünftig ist, sofort wieder flieht, um sich über die Aufregungen des Verlustes zu beruhigen.

Sie sind autark und autonom mit dieser Tasche. Sie könnten jederzeit mit der Tasche irgendwohin verpflanzt werden. Haben Sie da Ihre lebenswichtigen Sachen drin, oder wäre das jetzt übertrieben?

Ich bin keineswegs autark und autonom mit dieser Tasche, sondern ich habe durch sie eine gewisse, relative Autonomie für ein Projekt, für jeweils ein Projekt. Von dem jeweiligen Projekt in der Tasche entfremde ich die eine Tasche niemals. Und alles, was über das jeweilige Projekt hinausgeht, gilt es ja, erst wiederum von Neuem zu erstellen, das heißt, die Tasche ist entweder überhaupt wegzulegen oder mit Neuem aufzufüllen. Und jetzt folgt die materialistische Utopie solcher Taschen. Viele von ihnen verschwinden. Ich weiß dann nicht mehr, wo sie sind. Die Projekte sind vorüber, die Taschen sind dann nicht mehr neu aufgefüllt worden, man hat sich eine neuere Tasche zugelegt, mit Freuden, und plötzlich findet man – nach Jahren – so eine alte Tasche wieder, und in dieser alten Tasche entdeckt man dann, was man über Jahre gesucht hat und wovon man nicht geahnt hat, dass es wirklich existiert. Das ist die Utopie der Tasche, und man sieht, die Tasche ist nicht nur materiell, sondern sie ist auch ein transzendentes Objekt, welches, einmal verloren gegangen, vielleicht doch eine Zukunft hat oder mir eine bietet.

Sie kaufen für jedes Projekt eine neue Tasche, oder überdauert eine Tasche mehrere Projekte?

Es gibt Projekte, die kann ich überhaupt nur mit einer neuen Tasche beginnen, und andere Projekte sind so, dass ich, um Platz für Neues zu schaffen, den Inhalt der alten Tasche rücksichtslos zerstreue, verstreue und einfach zum Verschwinden bringe. Ich bringe den Zusammenhalt, der dieses Projekt konstituiert hatte, zum Verschwinden, indem ich die Unterlagen aus der Tasche herauslöse, sie der Unauffindbarkeit aussetze, wo sie das Schicksal mit den meisten mir wichtigen Dingen teilen. Dinge sind mir entweder verschwunden oder sie quälen mich durch ihre fordernde Anwesenheit. Neu anfangen ist ein Trost, man kann das alte Zeug liegen lassen, weglegen, verlegen und die alten Ansprüche vergessen. Und es gibt, wie gesagt, Projekte, die ich nur mit Hilfe einer neuen Tasche zu bewältigen gedenke.

Wobei Sie kein besonderes Augenmerk darauf legen. Sie kaufen Ihre Tasche irgendwo, oder achten Sie darauf, dass

Sie genau diese verschiedenen Formate an Fächern hat, oder haben Sie eine vorgefasste Meinung, ein *eidos* von einer Tasche?

Wie andere Menschen vor dem Geschäft stehen und den Pelzmantel in der Auslage bestaunen, stehe ich vor Taschengeschäften und schaue staunend hinein, was es alles gibt; und ich möchte auch sagen: So ordentliche Taschen machen die Leute heutzutage gar nicht mehr. Die meisten Taschen, die's so gibt, sind geradezu von einem Kunstwollen, man nennt das Design, entstellt. Eine nichtige, unauffällige Alltagstasche findet man kaum mehr, und dagegen lege ich hier entschieden Protest ein.

Gibt es eine Tasche, die Sie hervorheben wollen aus Ihrem Schatz an Erfahrungen mit Taschen?

Der Witz ist, dass ich keine Tasche hervorheben möchte, weil es mir nämlich um eine Demokratie der Taschen geht. Alle Taschen – das Volk der Taschen – müssen gleich sein. Hier ist es so, dass die Unterschiede, die es natürlich gibt, überhaupt nicht ins Gewicht fallen, sondern das Wesentliche ist, dass, bei allen Unterschieden, diese einzelnen Taschen ein Reich von Gleichen bilden, und nur so ist diese Taschenwirtschaft erträglich, denn alles, was eine Hierarchie wäre, die hervorgehobenen Taschen oder die untergebenen Taschen, all das wäre eine Versündigung an der nihilistischen und nivellierten Gegenständlichkeit dieser wunderbaren Taschen.

Ist diese Tasche, die wir hier vor uns haben, auch die Tasche, in der das Projekt Ihres jüngsten Buches war?

Nein, es versteht sich, dass diese Tasche, die Sie hier sehen, die Tasche meines zukünftigen, noch geheim gehaltenen Projekts ist. Das ist nicht die Tasche von vergangenen Projekten; deren Taschen sind schon längst vergessen, sie sind Geschichte. Diese Tasche der Zukunft erhebt gegen mich einen schweren Vorwurf, schon beim Sehen, wenn ich diese Tasche sehe, auf den ersten Blick macht sie mir den schweren Vorwurf, warum ist das Projekt noch nicht beendet? Warum ist es überhaupt noch gar nicht angegangen? Warum steht diese Tasche nur herum und ist nicht im Gebrauch des Geöffnetwerdens und des Herausnehmens und des …

Aber befindet sich denn der Inhalt, den Sie brauchen, schon drin?

Es ist der Inhalt, den ich brauche, längst schon drin, ich würde sagen, seit Jahrzehnten, aber das ist eine Übertreibung, eine Übertreibung, die mir mein schlechtes Arbeitsgewissen eingibt.

Das heißt, irgendetwas ist ja doch dran, ich hab's gerade vorhin gelesen, wie es Sie ein bisschen quält, die Frage, wann Sie endlich Ihr großes Werk, Ihr Opus magnum schreiben? Ist das möglicherweise in dieser geheimnisvollen … oder ist das jetzt von mir auch eine verbotene Frage?

Nein, es gibt keine verbotenen Fragen. So was wie Schreibarbeiten oder Schreibprojekte haben ja einen doppelten Charakter. Es tut sich das nur ein Mensch an, der die Anstrengung, die Überanstrengung, mit Lust verbindet. Zugleich aber ist diese Lust in einem gewissen Grad doch überhaupt nur sinnvoll, wenn sie in den Horizont einer Realisierung gerät. Also: Es muss ein Werk daraus werden, wie immer klein oder irgendwie sonst dieses Werk ist. Es spielen sich bei solchen Arbeiten – nicht zuletzt für den Materialisten – diese Wechselwirkungen ab von Lustprinzip und Realitätsprinzip, und manchmal gewinnt das Lustprinzip, meistens aber das Realitätsprinzip. Und die Tasche ist bedauerlicherweise die Verkörperung des Realitätsprinzips, und wenn Sie gegangen sein werden, werde ich diese Tasche in eine Ecke schleudern und mich dem Lustprinzip widmen.

Und das ist ein wunderschönes Schlusswort. Ich danke Ihnen vielmals!

Nachtrag

Wolf Haas, der die Form des Interviews für eine Fiktion benützt hatte, nämlich für seine Liebesgeschichte »Das Wetter vor 15 Jahren«, hatte diese Form in einem Interview für eine Zeitung generell definiert, und zwar als eine »heile Welt aus Frage und Antwort«.

Das lässt sich noch einmal generalisieren, nämlich mit der Frage, ob nicht alle Formen der Literatur, und seien sie aus dem Journalismus übernommen, in ihrem Grunde aus der Vorstellung einer heilen Welt, aus dem unterschwelligen Konzept einer idealen Kommunikation heraus leben. Ich gestehe, für das »Interview gegen mich selbst« hatte ich ein mehr oberflächliches und daher auch sentimentales Motiv: Diese Memoiren sind eine Hommage an die vielen Gesprächsmöglichkeiten, die ich im Lauf meines Lebens wahrnehmen durfte. Es ist ja, nicht nur vor Gericht, ein Wunder, dass Menschen überhaupt etwas sagen, aber dass sie sogar miteinander sprechen, das übertrifft dieses Wunder bei weitem.

Meine Arbeit an den »Memoiren« galt einerseits dieser Pingpongidylle aus Frage und Antwort und andererseits dem Wunder, dass Leute tatsächlich miteinander reden, um – pathetisch gesagt – den Sinn hervorzubringen, der sie verbindet. Diese Verbindung existiert nämlich auch dann, wenn das Gesagte sie voneinander trennt, denn um diese Trennung als solche zu verstehen, zu realisieren, ist das gemeinsame Bezugssystem nötig, eben der Sinn, der Logos, der gleichgültig, ob er zu einer Übereinstimmung oder zu einem Konflikt führt, da sein muss, damit entweder das eine (die Übereinstimmung) oder das andere (der Konflikt) entstehen kann.

Mein Gott, hätte ich die theologischen Prämissen des Logos erwähnen müssen, die nach meiner Ansicht der Religiosität das stärkste Argument liefern? Wo kommt der Sinn her, ist die Frage. Der Sinn ist auch so platziert, dass er aus etwas anderem, sagen wir, aus einer Gehirntätigkeit schwer abgeleitet werden kann, schlicht, weil alle Ableitungen den Sinn, den sie erklären, zur Voraussetzung haben – er muss zuerst einmal da sein, damit man ihn dann erkennen kann, und wenn man ihn aus etwas anderem als aus sich selbst erklärt, ist er immer vor dem anderen, mit dessen Hilfe man ihn erklären möchte, schon da gewesen. Da lächelt der Theologe.

Es ist also so, wie es immer ist: Hat man ein Buch zu Ende geschrieben, weiß man erst, wie man es eigentlich hätte schreiben sollen. Als schlechtes Gewissen verfolgen mich die Überlegungen, die ich ausgelassen habe. Zur Religion hätte ich unbedingt eine meiner Grundüberzeugungen formulieren müssen. Ich glaube nämlich, dass die Religion nicht zur Gewalt führt; es ist, so meine These, umgekehrt: Die menschliche Gewalt, die Gewaltbereitschaft führt zur Religion. »Gott« – da lächelt der Theologe wahrscheinlich nicht mehr – ist auch eine Rationalisierung der Gewalt, die Menschen einander antun, und in die, weil Gewalt ihrer Natur gemäß eher das Anarchische befördert, Ordnung hineingebracht werden muss. Religion ist eine Gewaltphantasie. Aus der gewaltförmigen Vitalität der Menschen resultiert auch die komplexhafte Betonung des Friedens. Religion ist eine Friedensphantasie.

»Friede« ist in Gegenden der Welt, die sich nicht vom Krieg erholen, ein der Religion entlehntes Grußwort für den Alltag – wie »Grüß Gott« bei uns. Mir schien immer schon die Vermessenheit, dass es Herrscher »von Gottes Gnaden« gab, auf diese zweifache Strategie der Religion hinzudeuten: auf Krieg und Frieden, beides in einer Hand und in Gottes Hand, beides in Personalunion und in Gottes Namen. Um gewalttätig zu sein, benötigen die Menschen keine Religion, aber wenn sie eine haben, haben sie auch einen übergeordneten Sinn für ihre Gewalt; sie können begründen, warum sie für den wahren Frieden zuerst einmal Krieg führen müssen.

Während ich dieses Buch schrieb, erschienen andere Bücher und Essays, die relativieren oder ergänzen, was ich selber mühevoll zu sagen versuche. Tony Judt veröffentlichte in der *Süddeutschen Zeitung* einen Aufsatz mit dem Titel »Das Problem des Bösen im Europa der Nachkriegszeit«. Dieser Aufsatz erschien mir als die wichtigste Reflexion des Sinns und Unsinns der Gedenk-und-Gedankenjahre. Das routinierte Reden über die Shoah, der ganze »Fernseh-Antifaschismus«, die Dauerthematisierung des Bösen haben, so Judt, »die wahre Bedeutung des Bösen verwässert«, und er zitiert Hannah Arendt: »Die größte Gefahr bei Anerkennung des Totalitarismus als Fluch des Jahrhunderts liegt in einer zwanghaften Beschäftigung damit, die so weit gehen kann, dass wir für zahlreiche kleine und weniger kleine Übel blind werden, mit denen der Weg zur Hölle gepflastert ist.«

Das vergangene Böse im Kopf, übersieht man (und vielleicht sogar planmäßig), was sich aktuell und gleich bei uns um die Ecke auf diesem unerschöpflichen Gebiet tut. Die beiden Komiker Schmidt und Pocher, die Späße über Opfer der Shoah machten (bis ihre Arbeitgeber es ihnen verboten), haben deshalb noch lange nicht recht; sie »verwässern das Böse« schon auf der ersten Stufe des Nachdenkens darüber, auf der Stufe der Erinnerung daran, dass es tatsächlich geschehen ist. Ihre Anhänger sagen natürlich, es geht gar nicht gegen die Opfer, sondern darum, der Political Correctness in die fade Suppe zu spucken. Wenn man schon cool bleiben will, dann empfiehlt sich eher die Behauptung, dass die professionellen Witzarbeiter sich Themen nehmen, die einen Stau, einen Druck, einen Krampf vermuten lassen, die sich alle durch die Witztechniken lösen lassen. Solche Lösungen kommen beim Publikum immer gut an; sie sind eine Art Therapie nicht vom, sondern im Bösen. Das hat auch eine soziale Funktion: Oft nämlich wird erst durch Lachen gestanden, was man denkt – im Ernst (des Gedenkens) hält man sich ja gut trainiert zurück.

Die Peinlichkeiten in dem Kapitel »Autorenversammlung«, die Bespiegelung längst vergangener Interna, habe ich mit großem Vergnügen und mit einem ebensolchen Ernst geschrieben. Ausgelassen habe ich ausgerechnet die wichtigste Lehre, die ich aus meiner Funktion als Generalsekretär der Grazer Autorenversammlung gezogen habe: Ich habe meinen proletaroid-kleinbürgerlichen Respekt, den ich unterschiedslos allen Schriftstellern entgegenbrachte, verloren. Ich habe gelernt, Unterschiede zu machen.

Und nicht zuletzt in diesem Sinne danke ich denen, ohne deren Fragen ich keine Antworten gewusst hätte. In der Reihenfolge ihres Auftretens bitte ich vor den Vorhang: Armin Thurnher, Klaus Nüchtern, Wolfgang Kralicek, Silvia Lahner, Isa Schwentner, Peter Huemer, Paul Jandl, Richard Jochum, Bernhard Schneider, Klaus Buttinger, Anton Thuswaldner, Peter Mahr, Johannes Kaup und Christa Eder.

Inhalt

Umberto Eco im dtv

»Ein Phänomen ersten Ranges.«
Willi Winkler

Der Name der Rose
Roman
ISBN 978-3-423-10551-4 und
ISBN 978-3-423-21079-9
Anno Domini 1327: Ein Mord erschüttert die Gemäuer des Benediktinerklosters an den Hängen des Apennin …

Nachschrift zum ›Namen der Rose‹
ISBN 978-3-423-10552-1

Über Gott und die Welt
Essays und Glossen
ISBN 978-3-423-10825-6

Das Foucaultsche Pendel
Roman
ISBN 978-3-423-11581-0 und
ISBN 978-3-423-21110-9
Drei Verlagslektoren stoßen auf ein geheimnisvolles Tempelritter-Dokument …

Platon im Striptease-Lokal
Parodien und Travestien
ISBN 978-3-423-11759-3

Wie man mit einem Lachs verreist und andere nützliche Ratschläge
ISBN 978-3-423-12039-5

Im Wald der Fiktionen
Sechs Streifzüge durch die Literatur
ISBN 978-3-423-12287-0

Die Insel des vorigen Tages
Roman
ISBN 978-3-423-12335-8

Vier moralische Schriften
ISBN 978-3-423-12713-4

Über Spiegel und andere Phänomene
ISBN 978-3-423-12924-4

Baudolino
Roman
ISBN 978-3-423-13138-4

Die geheimnisvolle Flamme der Königin Loana
Illustrierter Roman
ISBN 978-3-423-13489-7

Die Kunst des Bücherliebens
ISBN 978-3-423-13989-2

Alle Titel übersetzt von Burkhart Kroeber

Bruno Schulz bei dtv

»Es blieb sehr viel übrig, nämlich fast das gesamte Werk dieses genialen Menschen, fast seine gesamte gestorbene Welt, empfangen in dieser märchenhaften, wunderbar deformierenden und uns dadurch bereichernden Phantasie, die tausendmal reicher war als die gewöhnliche Phantasie, das Zeichen des Göttlichen trug und darum vom Anfang bis zum Ende Leiden und Angst war... Schulz' Genie besteht für mich darin, dass dieser Schriftsteller durch die Deformierung der Wirklichkeit bis zu den innersten, tief versteckten Winkeln der menschlichen Seele vordringt.«

Andrzej Szczypiorski

Die Wirklichkeit ist Schatten des Wortes

Aufsätze und Briefe

Herausgegeben von Jerzy Ficowski

Übersetzt von Mikolaj Dutsch und Joseph Hahn

ISBN 978-3-423-**12822**-3

Das graphische Werk

Illustrationen von Bruno Schulz

ISBN 978-3-423-**12823**-0

Die Zimtläden

Illustrationen von Bruno Schulz

Übersetzt von Doreen Daume

ISBN 978-3-423-**13838**-3